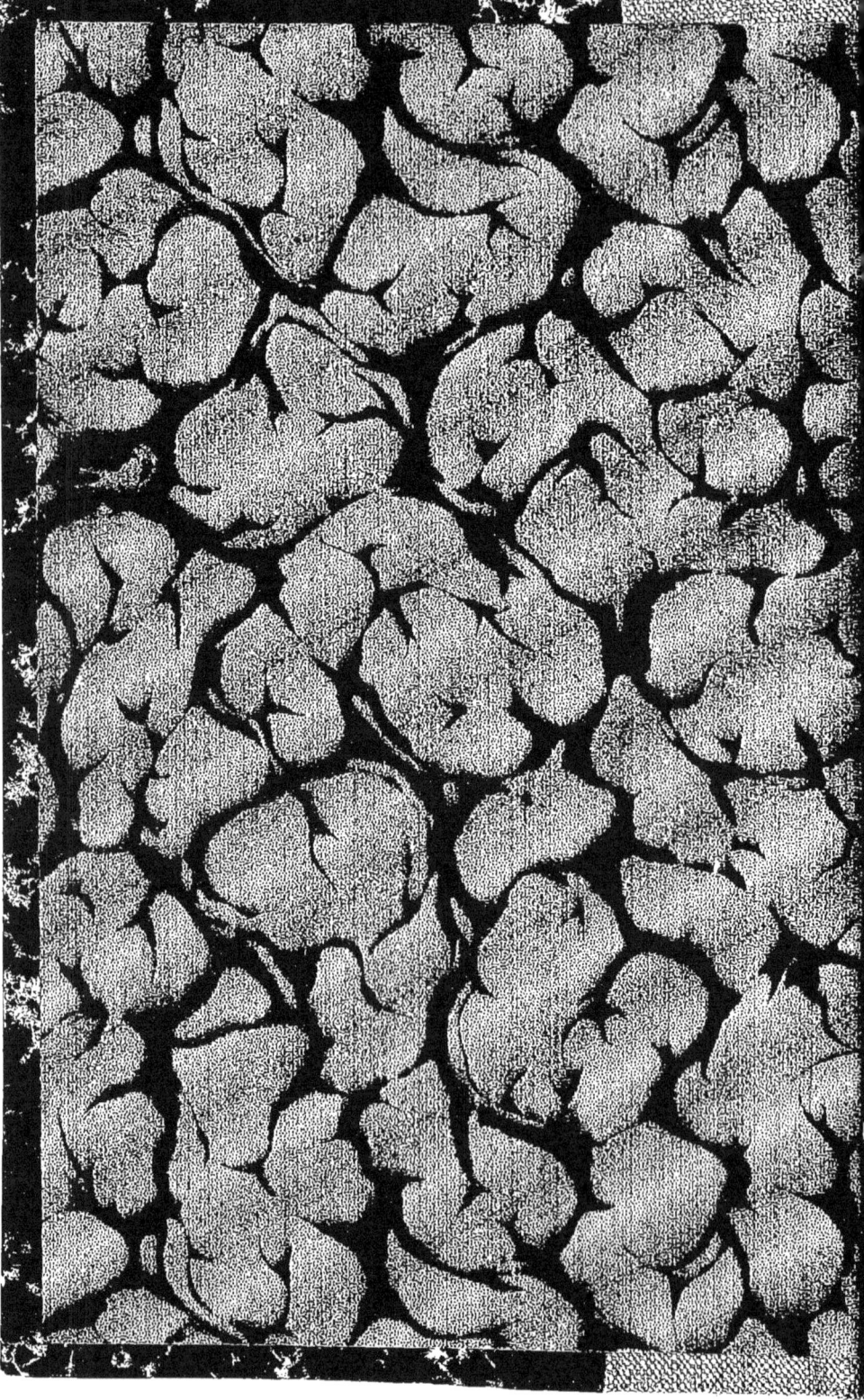

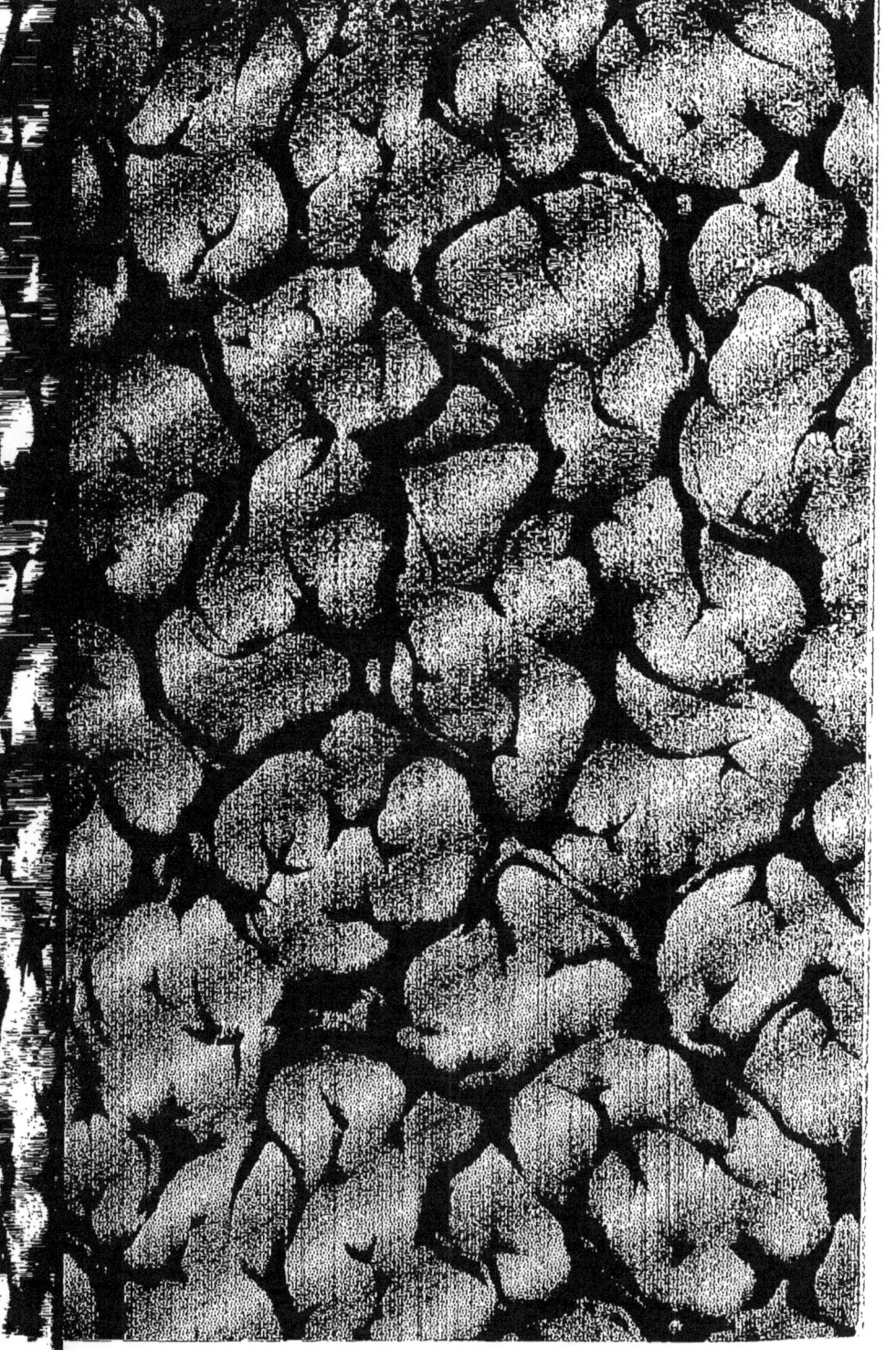

PRIX : 60 centimes.

YVELING RAMBAUD

SUR

LE TARD

7668

PARIS

ERNEST FLAMMARION, ÉDITEUR

26, rue Racine, 26

275

SUR LE TARD

ÉMILE COLIN — IMPRIMERIE DE LAGNY

YVELING RAMBAUD

SUR LE TARD

PARIS

ERNEST FLAMMARION, ÉDITEUR

26, RUE RACINE, PRÈS L'ODÉON

SUR LE TARD

I

A Alfred Edwards.

Six heures sonnaient au maigre clocher de l'église du Crétois, lorsque le train venant de Paris s'arrêta à la station de Saint-Lambert. Le chef de gare et les trois seuls employés qu'il avait sous ses ordres étaient debout, regardant d'un œil distrait les têtes curieuses ou ennuyées des voyageurs qui mettaient le nez à la portière. La locomotive haletante, obéissant au sifflet du chef de la station, allait reprendre sa course, lorsqu'un jeune homme, endormi sans doute, ou qui avait mal entendu le nom aboyé par le conducteur du train, fit de grands gestes, penché en dehors de la portière d'un compartiment de première classe, et finit par descendre au moment où les roues du wagon démarraient péniblement des rails polis ; il tenait à la main une petite mallette.

— Il était temps, monsieur, fit le chef de gare, en homme habitué à ces menus incidents de voyage qui ne pouvaient l'intéresser.

— Voudriez-vous, dit le jeune homme, m'indiquer la route que je dois prendre pour me rendre au château des Tilleuls?

— Ah! monsieur est l'hôte attendu par M. de Soutisse. Eh bien! en quittant la gare, vous trouverez sur votre gauche un sentier encaissé entre deux haies de noisetiers; vous le suivrez tout droit, jusqu'à ce que vous tombiez sur la route départementale qui le coupe en croix : vous tournerez alors à votre droite; à trois portées de fusil, vous vous trouverez en face de la grille du château. Si vous aviez quitté Paris par le train du matin, vous auriez pris la voiture de M. de Soutisse qui vous attendait à deux heures. Au surplus, ajouta le chef de gare, faisant de son mieux pour marquer son amabilité, je peux vous donner un de mes hommes, qui portera votre valise; vous ferez la route de conserve avec lui.

— Merci, monsieur, mon bagage est léger et je préfère me rendre seul au château.

Le nouvel arrivant quitta la station, s'engagea d'un pas alerte et à grandes enjambées dans le sentier qu'on venait de lui indiquer. Le spectacle nouveau qui l'entourait semblait le laisser indifférent : les bruissements d'insectes s'échappant des haies, les cris de quelques paysans qu'on percevait au loin derrière le double rideau de verdure où il se trouvait enfermé ne purent mettre en éveil sa pensée qui était ailleurs. Il allait droit devant lui, poussant de ses gros souliers de chasse les pierres qui roulaient avec un bruit sec sur le sol absolument durci. Au bout de vingt minutes, il quitta le sentier ombreux et tourna sur la grand'route poudreuse et plate qui se développait à perte de vue au milieu d'une plaine immense où çà et là des pommiers, chargés de fruits, tordaient leurs branches noueuses.

Il atteignit bientôt les murs d'enceinte d'un parc dont les arbres émergeaient au-dessus de pierres usées, rongées par une quantité de pariétaires les plus variées.

Après avoir longé ces murs pendant quelques minutes, il se trouva juste en face d'une grande grille mangée de rouille. Il venait d'arriver au but de son voyage, et la vie commençait pour lui. En effet, des cris joyeux se faisaient entendre, des cris d'enfants excités par leurs jeux et dont les notes aiguës se confondaient avec d'autres cris, ceux-ci poussés par des hirondelles qui faisaient, là-haut, avec leurs grandes courbes, les rondes du soir, en plein azur, avant l'heure du coucher.

Cette manifestation de vie joyeuse le rappela tout à coup à la réalité. Calme, tout à l'heure, indifférent, il se sentait maintenant envahi par une réelle émotion, dont, malgré un très grand effort de volonté, il ne pouvait se défendre. Il s'assit alors sur le revers du fossé pour se remettre un instant. Le soleil flamboyant, avec ses reflets de feu de forge, descendait lentement, au milieu de la gloire de ses rayons, vers cette plaine qu'il embrasait sur toute son étendue.

Derrière la grille, deux superbes avenues de tilleuls séculaires, aux frondaisons épaisses, conduisaient au château ; entre elles, une vaste pelouse à moitié fauchée. L'herbe, réunie en petites meules éparses, formait des mamelons sur lesquels deux jeunes gens de treize à quatorze ans et deux jeunes filles plus âgées s'exerçaient, comme de grands enfants, à des gymnastiques plus ou moins habiles qu'accueillaient, tantôt de grands éclats de rire aux gammes argentines, tantôt des applaudissements effrénés, auxquels deux grands chiens de chasse et un chien de garde mêlaient, en bondissant, leurs aboiements retentissants. Une femme de quarante ans environ, renversée en un fauteuil de jardin, tirait à intervalles égaux des aiguillées de tapisserie, dont le canevas, en bandes, se déroulait sur sa robe. Le château, derrière.

Ce qu'on appelait le château n'était, à dire vrai, qu'une immense maison plate, à deux étages, sans pavillons latéraux : une manière de caserne. Construit en briques rouges dont les joints de ciment blanc étaient depuis longtemps parties, l'angle des murs, de la porte du milieu et des fenêtres était de fortes pierres de taille. Un toit haut d'ardoises galeuses, sans mansardes, surmontait cette construction, qui semblait tomber en ruines.

A droite, derrière une des allées de tilleuls, le corps de ferme, que trahissaient, en même temps qu'une forte et âcre odeur de fumier et d'étable, le gloussement des poules et des dindons et la fanfare éraillée de coqs au plumage luisant. A gauche, les communs et la maison du garde Baricand.

Toutes les fenêtres du rez-de-chaussée étaient ouvertes ; dans l'embrasure de l'une d'elles, un homme qui pouvait avoir quarante-cinq ans, penché sur un chevalet, peignait avec assiduité : c'était M. de Soutisse.

Tout à coup, Mme de Soutisse, interrompant son ouvrage de tapisserie, s'adressa à une des deux jeunes filles, la plus intrépide, du reste, dans ces exercices un peu garçonniers, et lui dit :

— Dites-moi, Julie, ne vous semble-t-il pas singulier que nous n'ayons reçu aucune nouvelle de votre frère ?

Il aura peut-être été un peu trop paresseux pour prendre ce matin le train de huit heures, mais il aurait pu nous prévenir.

Mlle Julie Breton cessa ses jeux et arriva tout essoufflée, toute rouge, les cheveux remplis de brindilles d'herbes, en répondant d'une voix mutine :

— Si Valère a manqué son train du matin, j'ai quelque chose, moi, qui me dit qu'il n'a pas manqué celui de midi, et, ajouta-t-elle en riant, — qu'il s'avance à grands pas, — qu'il pousse la grille du parc...

Puis se retournant brusquement :

— Qu'il entre, et, — tenez, le voilà !

Au même instant, le voyageur apparut.

Julie Breton, d'un bond, s'élança à l'avance de son frère, pendant que les deux jeunes gens, Maurice et Lucien de Soutisse, la suivaient d'un pas plus raisonnable.

Mlle Marguerite de Soutisse, au nom de Valère, avait échangé un coup d'œil rapide avec Julie et, devenue subitement sérieuse, s'était rapprochée de sa mère.

Maintenant Valère Breton s'avançait au milieu de la pelouse et saluait la châtelaine des Tilleuls qui lui tendait d'un mouvement brusque, un peu protecteur, une main amicale cependant.

— Vous voilà, beau retardataire ! lui dit-elle en riant. Encore quelque grave affaire qui vous a retenu à Paris.

Puis, lui mettant familièrement la main sur la bouche :

— Pas d'explication, nous connaissons vos raisons d'avance.

— Ah ! c'est vous, mon brave ami ! dit M. de Soutisse, en donnant son petit doigt au nouvel arrivant ; je ne vous prends pas les mains, cher enfant, elles sont pleines de couleur. N'écoutez pas les vilains reproches qu'on vous fait et venez avec moi : je vais vous conduire à votre chambre. Vous ne sauriez croire, mon cher Valère, combien je me sens le cœur tout réchauffé en voyant votre brave et belle figure. Baricand ! Octavie ! Pas un seul de ces animaux ne viendra pour prendre votre chapelière ; donnez-la-moi.

Lucien de Soutisse, sur un signe de sa mère, débarrassa Valère de son bagage et tous trois entrèrent dans le château.

— Georges, dit Mme de Soutisse à son mari, ne soyez pas longtemps, ne vous éternisez pas dans vos bavardages habituels, on va se mettre à table ; entendez-vous le premier coup du dîner qui sonne ?

La cloche, en effet, une vieille cloche fêlée, envoyait dans l'air ses appels d'une voix enrouée.

— Est-ce que monsieur le curé ne devait pas dîner ce soir avec nous ? demanda Mlle Marguerite de Soutisse ; je m'étonne de ne pas le voir arriver, lui, si exact de coutume.

— Vous savez bien que c'est aujourd'hui le premier mercredi du mois, répondit Julie, et que le premier mercredi de chaque mois, l'abbé Bertillon va à la conférence chez le curé de Saint-Maur, au chef-lieu de canton ; qu'il y a là un fort déjeuner, où la vieille eau-de-vie de cidre fait son apparition accoutumée ; ces jours-là, tout conférencier qui déjeune, dîne du même coup.

— Taisez-vous, impie, dit madame de Soutisse ; pour que le curé ne soit pas ici, il est arrivé quelque chose. Voici d'ailleurs Fanchette, sa gouvernante, qui vient nous apporter des nouvelles.

Une vieille femme, proprement mise, coiffée d'un bonnet plat de linge blanc, à ruche discrète, les mains cachées derrière un large tablier de cachemire noir, bien étalé sur sa robe, s'avança à pas comptés, puis s'arrêta et fit une révérence.

— Madame la marquise, vous ne verrez pas M. le curé ce soir, dit-elle. Le pauvre digne homme est dans son lit.

— Que lui est-il arrivé? interrogea Julie Breton, prenant tout à coup un air de grand intérêt.

— Il lui est arrivé, ma belle demoiselle, que M. le curé ne veut jamais me croire ; il se figure qu'il a toujours vingt-cinq ans, quand il en aura quatre-vingt-trois bien sonnés à la Chandeleur. Malgré mes recommandations, figurez-vous qu'il s'est imaginé, ce matin, une demi-heure avant de partir pour la conférence, d'écheniller des pêchers; il a pris une échelle, il a grimpé dessus et, patatras! un éblouissement l'a fait tomber par terre comme une masse. Ignace, le bedeau, l'a aidé à se coucher, et je venais, sur sa recommandation, présenter ses excuses et ses respects au château.

— Nous irons, Fanchette, rendre visite demain à M. le curé; en attendant, dites-lui tous nos regrets et faites-lui tous nos compliments.

Et, suivie de ses enfants et de Julie Breton, elle entra dans la salle à manger, où, quelques instants après, M. de Soutisse, Valère et Lucien arrivèrent à leur tour.

Pendant les premiers moments, on n'entendit, dans cette vaste pièce, au plafond de laquelle montait lentement la fumée du potage servi dans une vaste soupière d'une faïence peinturlurée, que le bruit des cuillères choquant les assiettes.

Tout ce monde était trop occupé à satisfaire les exigences d'un appétit de campagne, pour songer un instant à entamer la conversation. L'instinct parlait avant
le cerveau. Ce fut Julie Breton, qui, la première, rompit le silence. D'un ton décidé et la tête renversée, dé-
barrassant d'un geste d'enfant sauvage son front
qu'envahissaient les petites mèches frisées naturellement de sa chevelure d'ébène, le nez en l'air aux narines frémissantes, l'œil curieux et émerillonné, elle
s'adressa à son frère.

— Quelle nouvelle nous apportes-tu de Paris, ou
plutôt de Versailles? Est-ce que M. Thiers est toujours
aussi rageur ?

— Pourquoi me demandes-tu cela ? répondit Valère.

— Tu ne sais donc pas, monsieur l'ingénieur, que si
ta sœur s'occupe de politique, ce n'est pas tant pour
elle que pour toi, bel ingrat. Je mène à ton profit, et sans
que tu le saches, une petite intrigue dont tu me feras
des compliments lorsque je l'aurai conduite à bonne
fin. En attendant, j'ai besoin de savoir comment se
comporte la santé de M. le président de la République,
comme dit M. de Soutisse.

Valère avoua timidement que, jusqu'à présent, il
s'était fort peu inquiété de la santé de celui que, par
lyrisme, on avait appelé le Libérateur du territoire.

— En cela, vous n'avez pas raison, dit M. de Soutisse ; libérateur ou non, M. Thiers est chef de l'Etat,
vous êtes serviteur de l'Etat, et je sais par votre chère
sœur que vous ne seriez pas mécontent d'obtenir votre
nomination dans un arrondissement qui vous éloigne-
rait le moins possible de votre mère. Mais vous détes-
tez les démarches, et il vous est commode d'en laisser

la peine à Mlle Julie, qui s'acquitte fort bien de ses fonctions de Providence.

A ce moment, le regard de Mlle Breton se dirigea lentement vers le maître de la maison ; celui-ci sourit doucement, et d'un ton mi-railleur, mi-convaincu, ajouta :

— Est-ce que, par hasard, vous n'aimeriez pas les compliments, mademoiselle ?

Julie, devenue subitement sérieuse, dans un redressement de petit coq en colère, répondit d'une voix brève :

— Je les ai en horreur, monsieur le marquis.

— En cela, vous êtes une exception, ma chère enfant, parmi la plupart des femmes

— Julie, quittez cet air sérieux, je vous en prie, interrompit Marguerite de Soutisse. Le sourire et la belle humeur conviennent plus à votre physionomie que cette apparence fâchée et boudeuse.

Valère, qui s'était tu pendant ce court dialogue, crut le moment venu de sortir sa sœur de l embarras qui la menaçait

— C'est moi, ma chère Julie, qui, bien involontairement, ai obscurci pour un instant ta sérénité habituelle ; j'en demande pardon à ta susceptibilité un peu excessive, et je ne puis mieux te marquer mon repentir qu'avec un aveu qui me sera peu favorable. Je suis réfractaire aux démarches et aux choses de la politique. On croit généralement, dans le monde, que tout élève de l'Ecole polytechnique est doublé d'un républicain farouche ; là encore, il y a des exceptions, et j'en suis une. Depuis que je suis entré dans l'administration des ponts et chaussées, j'ai évité toute relation avec les gens qui parlent politique. Vous le savez, monsieur le marquis, une fois que j'ai consciencieusement donné à mon pays la somme de travail qu'il est en droit d'exiger de moi, je deviens égoïste et je vis pour moi-même. Alors, je me donne entièrement à la malheureuse passion qui s'est emparée de moi.

— Et peut-on la connaître ? demanda Mme de Soutisse.

— La musique, madame.

— Vous ne vous contentez donc plus de jouer à miracle les valses que vous nous avez fait entendre l'hiver dernier à Versailles ? interrogea Mlle de Soutisse.

— Monsieur compose, dit en reprenant sa gaieté Mlle Julie Breton, monsieur est jaloux de Richard Wagner.

— Admirateur zélé, mais jaloux... pas. Vous voyez, monsieur de Soutisse, que votre hôte n'est pas précisément dévoré par l'ambition. Cependant, ma nomination à un poste qui me rapprocherait des miens et de mes amis — et son regard croisa furtivement celui de Mlle de Soutisse — me comblerait de joie.

— Je m'y emploierai, mon bel ami.

Et de fait, personne n'était plus en situation de protéger ses amis que le marquis Georges de Soutisse.

Le repas se termina dans une conversation générale à laquelle prirent part Maurice et Lucien qui, peu expansifs d'ordinaire, donnèrent cependant libre cours à leur langue. Ces deux frères, dont l'aîné, Maurice, se préparait à l'École de Saint-Cyr, et le second au *Borda*, avaient pris en réelle amitié Valère et sa sœur.

On sortit de table et tout le monde se réunit de nouveau sur la pelouse, où le café était servi. Valère s'assit à côté de Mme de Soutisse, tout près de sa fille, qui refusa l'invitation, cependant fort éloquente, de Mlle Breton, de recommencer avec ses deux amis, Maurice et Lucien, l'escalade des meules.

Le soleil était couché et la lune pleine éclairait le paysage de sa lumière blanche. L'heure de l'apaisement était venue ; à la ferme maintenant tout dormait, le calme régnait en maître, et là-bas, dans les champs, à perte de vue, et plus près dans le petit village de Crétois, le silence s'étendait, enveloppant tout de son mystère.

M. de Soutisse, se promenant seul, s'arrêtant par moments, fumait sa cigarette ; et les trois enfants, plus actionnés que jamais à leurs jeux, roulaient sur le foin coupé ou s'envoyaient à pleines brassées l'herbe fauchée du matin, qui répandait dans l'air sa forte et enivrante senteur.

— Mes enfants, vous allez avoir trop chaud, dit en se levant Mme de Soutisse.

— Et vous trop froid, madame, répondit Mlle Breton. L'air devient vif et je crains que vous ne vous enrhumiez.

— Mais tu es donc infatigable ? reprit Valère en s'adressant à sa sœur.

— Un peu garçonnière, voilà tout, reprit Mme de Soutisse.

— Je ne te fais pas un reproche d'adorer la musique, mon cher frère, cette belle musique qui n'est, en somme, qu'un composé de bruit et de mouvement ; sois donc indulgent aux manies bien inoffensives d'une pauvre jeune fille de dix-sept ans qui pense qu'on peut s'amuser et faire son salut sans vivre en ménage continuel avec le grand Art.

— Cette jeune fille est amusante, dit M. de Soutisse à sa femme en lui donnant le bras pour rentrer au château.

Marguerite, au bras de Valère, suivit ses parents, et Julie, tenant par la main ses deux grands amis Maurice et Lucien, encore tout essoufflés de leurs jeux, pénétra à son tour dans le vestibule, où les attendait Octavie, qui finissait d'allumer le bataillon des bougies.

Chacun remonta dans sa chambre après d'interminables et bavards souhaits de bonne nuit.

Au bout d'une demi-heure, le château, à son tour, était plongé dans le silence.

Valère, cependant, ne dormit pas. C'était en vain que les bras hors du lit, rapproché de sa bougie, il tentait de continuer la lecture d'un livre commencé.

Les préoccupations qui l'avaient absorbé pendant le chemin de la gare au château continuaient-elles de nouveau? récapitulait-il dans son esprit les moindres incidents qui s'étaient produits depuis son arrivée aux Tilleuls? la pensée de son changement de résidence, avec le grand désagrément des connaissances nouvelles qui en seraient la conséquence, l'empêchait-elle de tenir son esprit attaché à une lecture quelconque? Toujours est-il que, combattu entre le désir de continuer son livre ou celui de prendre quelque repos, incapable d'une volonté, il restait étendu en proie à des pensées vagues auxquelles il ne pouvait longtemps s'arrêter.

Tout d'un coup, il tressauta. D'un mouvement rapide, il s'assit sur son lit, et dit d'une voix impérative

— Qui est là?

En effet, un coup discret avait été frappé à sa

porte, dont la clef avait été laissée dans la serrure, du côté du corridor. La réponse ne se fit pas longtemps attendre.

— C'est moi, Valère.

— Entre.

Julie pénétra dans la chambre de son frère. Elle était vêtue d'un long peignoir blanc sur lequel s'étalaient, comme un épais rideau, ses cheveux largement ondulés et terminés par des bouclettes révoltées. Sans plus de façons, elle posa le bougeoir allumé, qu'elle tenait à la main, sur la table de Valère et vint s'asseoir, d'un pas furtif, au pied de son lit.

— Que t'est-il donc arrivé? Es-tu malade?

Et, ce disant, il la regardait de la tête aux pieds, lorsqu'il s'aperçut que la jeune écervelée était sans bas et sans chaussures.

— Es-tu folle de courir ainsi sur le carreau des couloirs, au risque d'attraper un épouvantable rhume.

— Ne gronde pas. J'ai voulu éviter qu'on s'aperçût de ma visite, car les choses que j'ai à te dire sont importantes et ne sauraient attendre et, enfin, je ne vois que ce moment pour causer seuls, sans crainte d'être surpris. C'est la première fois que tu viens ici; or tu ne sauras jamais ce qu'il m'a fallu de diplomatie pour arracher à Mme de Soutisse ton invitation. Je suis sûre du marquis; quant à sa femme, c'est autre chose. Avec ses apparences en dehors, sa brusquerie qu'on prendrait pour de la franchise, elle est la plus méfiante personne que tu puisses imaginer.

— S'est-elle donc aperçue du penchant qui m'attirait vers Marguerite, lors de notre séjour à Versailles? Marguerite, jeune comme elle est, se serait-elle trahie?

— Oh! pour cela, sois sûr du contraire ; j'ai bien plus
confiance en elle qu'en toi...

— Et pourquoi, mademoiselle l'esprit fort?

— Simplement parce qu'elle est femme. Sois assuré
aussi que si la marquise avait pu se douter du sentiment de tendresse qui vous unit, sa fille et toi, jamais,
au grand jamais, elle n'aurait toléré ta présence ici.
Elle ne t'a fait venir que pour m'être agréable, en raison de la profonde et sincère affection que nous avons
l'un pour l'autre. Depuis six semaines que je suis chez
les Soutisse, j'ai eu le temps de me confirmer pleine-
ment dans l'opinion que je m'étais faite d'elle à Versailles. Aujourd'hui je la connais bien et elle ne me
connaît pas, ce qui me donne, malgré son expérience
de mère de famille, une incontestable supériorité sur
elle. Vois-tu bien, mon cher Valère, la marquise appartient, par sa famille, à une aristocratie provinciale
qui, pour avoir des apparences de simplicité, de sans-
gêne même, ne perd rien de son rigorisme ni des pré-
ventions de sa race. Elle est parfaitement décidée à ne
marier Marguerite qu'à un homme de son monde ayant
blason et titre.

Pour vaincre la répugnance instinctive qu'elle a pour
de petits bourgeois comme nous, il faut agir avec prudence et discernement, ne rien livrer au hasard et mener tes affaires assez habilement pour rendre tout refus impossible ; je veux dire qu'il faut te faire aimer de
Marguerite d'une façon assez violente pour que ses parents, bien convaincus que son bonheur ne peut être
qu'en toi, se décident, par amour paternel, à ce qu'ils
appellent une mésalliance. Le jour où ils verront le
repos, la santé même de leur enfant sérieusement menacés, nous aurons quelque chance de les voir revenir

sur leur morgue entêtée : voilà où est l'ennemi, le respect humain et les conventions mondaines.

Oh ! il ne faut pas te le dissimuler, c'est une lutte de tous les instants : lutte où tu devras t'observer beaucoup pour ne pas te trahir et éloigner jusqu'à l'ombre d'un soupçon.

Tu peux compter sur moi, moi la plus jeune, pour t'aider de mes conseils ; je te demande même en grâce de m'obéir aveuglément. Nous avons pour nous, dans ce siège en règle, un allié dans la place, allié sûr et fidèle, puisque c'est le principal intéressé, je veux dire Marguerite. Maintenant, et tu vas voir si j'ai mûrement et sagement combiné mon plan, j'ai mis dans ma tête de folle, comme tu dis, de me créer, le cas échéant, une influence précieuse. Mme de Soutisse a beau porter haut son titre et ses origines, elle n'est pas seule à prendre une détermination dans les choses de la famille. M. de Soutisse a une volonté ; il est même jaloux de son prestige et, malgré sa bonne éducation, il lui arrive de le laisser voir. Eh bien ! je me charge, moi, de M. de Soutisse !

Valère avait écouté sa sœur sans tenter même de l'interrompre ; mais en l'entendant parler sur ce ton décidé, raisonner comme un diplomate, déduire comme un algébriste, analyser comme un psychologue, il ne put déguiser son étonnement. Etait-ce bien sa sœur, qu'il avait toujours connue si bonne, si simple, si naïve, qu'il avait traitée en petite fille obéissante et pieuse, incapable d'une mauvaise pensée, que le couvent venait de lui rendre ainsi transformée ?

Il oubliait, un moment, son amour pour Mlle de Soutisse et songeait, avec un effroi mêlé d'une réelle douleur, à ce que lui avait dit celle qui l'appelait autrefois son petit Julot. Ce sentiment fit bientôt place à un mouvement de révolte et presque de crainte ; Valère, en effet, était l'être le moins compliqué qui fût ; il avait été rudement élevé : sa mère, veuve de bonne heure, était restée seule au monde, avec ses deux enfants, dans une position presque précaire ; les revenus d'une maigre dot et la pension que le ministère lui fit après la mort de son mari, suffisaient à peine à la vie de tous les jours. Elle avait envoyé son fils dans une pension où l'enfant montra de telles dispositions que le directeur consentit à ne réclamer aucune rémunération, sentant qu'il avait sous la main un sujet remarquable, un lauréat *en herbe* pour tous les concours, qui serait, en même temps qu'un bon profit, un grand honneur pour sa maison.

Valère ne déçut point ces espérances : raisonnable avant l'âge, il travailla comme un mercenaire, mais avec plaisir cependant, comme par besoin et, un peu plus tard, il faut le dire, par satisfaction d'amour-propre. Ses succès, dans les premiers temps, l'enorgueillirent facilement. De distractions, il n'en avait aucune ; les jours de petite sortie aussi bien que pendant les vacances, il travaillait encore, toujours le nez dans ses livres.

Cette exagération d'assiduité aurait pu compromettre sa santé, mais il n'en fut rien. Mme Breton, d'ailleurs, fermait volontiers les yeux, d'abord parce que ses préférences étaient tout acquises à sa fille, et, qu'ensuite, elle se carrait volontiers dans les succès de son fils, sentant sa vanité agréablement chatouillée chaque fois que les gens de la ville de Versailles disaient en la voyant passer :

— Elle est heureuse, cette madame Breton, d'avoir un pareil sujet pour enfant !

Aussi, les pères de famille ne cessaient-ils de montrer à leurs fils Valère comme exemple.

Pendant ce temps, toutes les gâteries étaient réservées à Julie.

Le jour où, le temps du collège terminé, Valère fut reçu et dans un bon rang à l'Ecole polytechnique, Mme Breton en signe de liesse lui paya le spectacle; ce fut la première fois qu'il mit les pieds dans un théâtre.

Les deux années passées à la rue Descartes et à l'Ecole des Ponts modifièrent peu l'existence et les dispositions d'esprit du jeune homme. Le travail était décidément un besoin; ne partageant avec ses camarades que les distractions qu'il ne pouvait éviter, il ne soustrayait de ses heures d'étude que les moments qu'il consacrait à la musique, pour laquelle il avait une réelle passion.

Lorsqu'il fut nommé, à Gex, ingénieur des ponts et chaussées, il apporta dans ses nouvelles fonctions toute la compétence et tout le zèle auxquels l'avaient préparé de longues et sérieuses études; mais, du même coup, une ignorance complète de la vie. Il continuait d'être le bon et remarquable sujet du collège. Grand, solidement taillé, les épaules un peu hautes, il portait simplement une tête véritablement belle; les cheveux châtains, frisés, une barbe soyeuse, taillée en pointe, un nez aquilin à l'arête fine, que soulignait une moustache délicatement dessinée, des yeux superbes long ciliés, d'un bleu franc, un peu vagues; tout cet ensemble faisait de lui ce qu'on appelle un joli homme.

Une seule petite tare à cette physionomie pleine de charme : Valère était myope et ne quittait jamais son pince-nez.

Ce bûcheur entêté et persévérant ignorait le mal.

Franc et loyal, il ne pouvait admettre que les autres ne
le payassent point de retour. Les tendances matéria-
listes dont font assez souvent parade les hommes de
science, ne l'avaient point atteint; sans être religieux,
dans l'acception propre du mot, il n'était point scep-
tique. A ce point de vue, il semblait plus indifférent que
dédaigneux; par contre, les questions de sociologie
avaient pour lui une grande attirance; amoureux du
travail, les inactifs seuls ne trouvaient pas grâce à ses
yeux. Il avait voué à sa mère une réelle et profonde affection que n'avaient su entamer ni la préférence marquée, injuste même, que celle-ci témoignait à sa sœur,
ni les écarts de cervelle et les allures pour le moins singulières de Mme Breton.

Quelque temps après sa nomination à Gex, un parent
éloigné était mort en lui laissant une somme de quatre
cent mille francs bien liquides qu'il avait partagée de
la façon suivante : deux cent mille francs à sa mère et
cent mille francs à son cher Julot. Ceci donne la mesure de sa générosité comme aussi du peu de cas qu'il faisait de l'argent. Doux aux autres, animé d'un grand esprit
de justice, ce savant n'aimait en morale que la ligne droite.
Si, au physique, on ne lui connaissait qu'un défaut :
la myopie, il faut dire que son caractère avait aussi le
sien; cet homme généreux, brave, simple et naïf, travailleur acharné, savant autant qu'on peut l'être, gardait pour lui toutes ces qualités maîtresses, et malgré
une patiente douceur, se laissait par moments aller à
des violences singulières dont ses subordonnés avaient
quelquefois à souffrir.

C'est à Versailles qu'il fut présenté pour la première
fois à la famille de Soutisse. Dès qu'il aperçut Mlle de
Soutisse, il éprouva un trouble qu'il eut d'abord peine

à s'expliquer; mais, bientôt, la persistante pensée de la jeune fille devint pour lui une sorte d'obsession, qui se traduisit peu à peu en un amour immatériel dont l'issue ne lui venait même pas à l'esprit. Il aima tendrement, chastement, — puis à mesure qu'il la connut davantage, — avec violence.

Il connaissait trop l'esprit léger de sa mère pour lu en faire la confidence; mais, comme ce cœur primesautier sentait l'impérieuse nécessité d'un épanchement, c'est à Julie qu'il révéla son état d'âme.

Aussi la surprise et la douleur le frappèrent-elles comme d'un coup violent, quand il entendit sa sœur développer avec complaisance le plan qu'elle avait arrêté avec une si précoce habileté.

Au premier moment, il ne sut que répondre; il gardait le silence, mais Julie, toujours assise sur le rebord du lit, lui dit du ton le plus naturel du monde, avec un rire dans la voix :

— Voyons, qu'as-tu donc, mon bon Valère? Viens-tu de perdre subitement l'esprit? Je m'attendais, je te l'avoue, à ce que tu accueillerais avec joie ma communication; j'espérais même, ajouta-t-elle avec un sourire mutin, que tu ferais des compliments à son auteur.

Valère, comme réveillé tout à coup, prit les deux mains de sa sœur, et, la regardant bien fixement dans les yeux, lui répondit :

— Ma chère Julie, il faut que tu saches d'abord que je fais un immense effort de volonté pour te répondre avec calme, que je n'oublie pas que tu es ma sœur, car, autrement, je ne sais à quelle rage tu me verrais en proie.

— Qu'ai-je donc fait de mal? reprit-elle, naïve dans son vice.

— Tu m'as montré, ma pauvre chère sœur, que toi que j'aime encore d'une si douce affection, toi, à qui j'attribuais, avec la grâce de ton âge, ton intelligence éveillée, une âme simple, restée à l'abri des souillures et des vilaines choses de ce monde, tu es devenue tout d'un coup la victime de pernicieux et épouvantables conseils. Je ne saurais en accuser notre mère, mais si c'est au couvent qu'on t'a donné ces leçons de morale, celles que par ironie, sans doute, tu appelles les bonnes sœurs méritent les injures dont certaines gens les accablent : elles ne t'ont donc enseigné que l'art de dissimuler et de mentir ? Elles ont gâté dans sa fleur ton cœur pur et candide, et, poussant leur vilaine tâche jusqu'au bout, elles ont arraché de ton âme la divine illusion.

— Que de grands mots, mon cher ami, pour un si petit sujet. Allons, tu es mal luné ce soir, et tu n'es pas mécontent de trouver le placement d'une homélie rentrée ; tu aurais dû choisir une autre victime. Bonne nuit, je m'en vais.

— Non, tu ne t'en iras pas, ce que j'ai à te dire n'est pas fini et, comme tu le prétends toi-même, les occasions sont rares de causer seul à seul ; je veux profiter de celle que tu m'as offerte.

— Mais pourquoi tous ces discours ? Te figures-tu que je ne t'ai point compris, que ton langage n'a pas été assez clair ? Tu fais donc un procès à mon intelligence, que tu reconnais trop éveillée ? Voyons, de bonne foi, résumons-nous. Tu aimes Marguerite de Soutisse et tu veux l'épouser, n'est-ce pas ? En suivant la voie ordinaire, tu es certain que ses parents te la refuseront. Combien de fois m'as-tu dit que ce refus serait le malheur de ta vie ! Il faut donc éviter ce malheur. Je t'indique des moyens journellement employés dans le monde, en pareille occasion, et qu'il n'est venu à l'idée de personne de traiter d'infamies. Dans tout ceci, qu'ai-je en vue? Est-ce mon intérêt ou le tien? D'ailleurs, mon cher, tes appréciations de prud'homme ne sauraient m'atteindre; mais, puisque tu veux la vérité, je vais te la dire : Ce n'est pas au couvent qu'on m'a appris ce que tu appelles ma rouerie, ce n'est pas au couvent qu'on a tenté de souiller d'impureté ma candeur dont tu parles comme d'une morte, mais c'est maman, maman elle-même, à qui j'ai fait part de ton amour, qu'elle avait deviné du reste, qui m'a aidée à arrêter le plan de conduite que nous avions à tenir. Es-tu content, maintenant?

Valère reçut cette confidence sans trop d'étonnement. Rien, en effet, ne pouvait le surprendre lorsqu'il s'agissait de Mme Breton, dont il qualifiait le caractère de bizarre seulement, par excès de respect filial. Toute sa colère contre Julie tomba donc tout d'un coup pour faire place à un sentiment de réelle commisération.

Il attira à lui sa sœur et, l'embrassant tendrement :

— J'étais bien sûr que ce n'était pas toi qui avais échafaudé tous ces projets ténébreux, indignes de l'honnêteté de ton cœur aussi bien que de celle qui en est l'objet. J'aime profondément Marguerite, tu m'as dit qu'elle m'aimait; notre amour est trop vrai et trop chaste pour qu'il ne triomphe pas tout seul des obstacles qui pourraient se dresser devant lui. D'ailleurs, si le portrait que tu m'as fait de Mme de Soutisse a quelque ressemblance, malgré certaines exagérations, je connais le marquis et je suis sûr qu'avec

lui les choses marcheront plus facilement. Pour le
moment, le mieux est de laisser l'événement se produire de lui-même.

Julie, tout à fait réconciliée maintenant avec son
frère, se leva, prit son bougeoir, et s'éloigna lui souhaitant une bonne nuit, mais tout en conservant par
devers elle la ferme volonté de s'occuper, malgré
lui, de ses affaires, convaincue qu'elle était que, sans
son aide, rien ne pouvait aboutir.

. . . .

La façon dont la famille Breton entra en relations
avec les de Soutisse est assez singulière.

Lorsque l'Assemblée nationale quitta Bordeaux pour
s'installer à Versailles, M. de Soutisse, qui avait été
élu député de son département à une fort belle majorité, pria la marquise de trouver un appartement où
ils pourraient s'installer tous.

Mme de Soutisse chercha quelque temps et finit par
trouver, rue des Bourdonnais, un vieil hôtel meublé
que les propriétaires avaient abandonné quelque temps
avant l'invasion. Cet hôtel datait du siècle dernier :
façade sur rue et jardin planté de vieux arbres sur
les derrières. Il était assez vaste en ces deux étages
pour que la famille, maîtres et gens, y tînt largement
à l'aise. En face, de l'autre côté de la rue, au premier
étage, se trouvait l'appartement de Mme Breton.

Lorsque celle-ci vit arriver de nombreuses voitures
apportant un surcroît de mobilier, venant du château
des Tilleuls, sa curiosité mise en éveil l'attacha à sa
fenêtre. Là, derrière les vitres, le rideau relevé, elle
suivait d'un œil intéressé les allées et venues des
déménageurs, examinant dans ses moindres détails
chaque objet transporté de la voiture sous la porte

cochère de la maison. Son assiduité à ce poste d'observation fut encore plus grande lorsque les nouveaux hôtes vinrent s'installer définitivement. A partir de ce moment, elle n'eut plus qu'une envie : celle d'entrer en relations avec le marquis et la marquise de Soutisse.

Mme Breton était une grande personne, forte, à la figure poupine, encadrée de deux boucles anglaises qui tombaient fort bas.

Dans la ville, Mme Breton avait la réputation d'une personne remuante, un peu bavarde, passablement intrigante ; mais son amour maternel dont elle faisait grand étalage, le succès de son fils, la gentillesse de Julie, élevée au couvent, ce qui est un point important pour les gens bien pensants ; enfin, et surtout, quelques œuvres de bienfaisance, où elle s'était fait admettre à coups de diplomatie — sans que rien la rebutât — en qualité de dame patronnesse, l'avaient fait accepter dans cette société froide, béguine, collet monté, peu indulgente, qui règne en maîtresse dans la ville de Versailles.

Son mari, ancien secrétaire de la mairie où il était resté employé trente-cinq ans, l'avait laissée veuve de bonne heure ; on disait bien tout bas que ce pauvre M. Breton n'avait pas rencontré la plus fidèle des épouses ; on rappelait même que, dans ses belles années, la femme de monsieur le secrétaire de la mairie, beaucoup plus jeune que son aveugle mari, ne s'était pas montrée trop cruelle envers les officiers nombreux de la garnison : mais tout cela se perdait dans les ombres du passé où toutes choses s'effacent petit à petit et finissent par disparaître avec le temps.

Lorsque Mme Breton, toujours en faction à son poste d'observation, se rendit compte que ses voisins d'en face s'étaient définitivement installés, la pensée lui vint, indécise d'abord, de faire la connaissance de personnes qu'elle savait riches et puissantes. Bientôt elle s'arrêta à cette idée et chercha alors, d'une façon opiniâtre, les moyens de la mettre à exécution. Elle organisa ses batteries. Comme première attaque, elle se contenta d'adresser un amical sourire aux enfants du marquis, chaque fois qu'accompagnés d'un domestique, ils sortaient de l'hôtel ou y rentraient. Les jeunes de Soutisse ne prêtaient qu'une médiocre attention à ses invites, mais le jour où Julie Breton montra son visage mutin à côté de celui de sa mère, ils rendirent l'amical salut qui leur était adressé : ils en vinrent bientôt à parler à leurs parents de la vieille dame et de sa charmante fille.

Mme de Soutisse, en vraie mère qu'elle était, n'attribua ces avances qu'à la séduction que pouvaient exercer ses enfants ; mais la réflexion aidant, elle s'enquit de ce qu'était sa voisine. Les renseignements lui semblèrent suffisants, lorsqu'une circonstance fortuite amena bientôt un rapprochement.

Mme Breton, qui cherchait depuis longtemps l'occasion de nouer des relations avec les de Soutisse, profita d'une quête au profit d'un ouvroir installé dans la ville pour aller, en sa qualité de dame patronnesse, demander à la marquise la moindre obole, suivant le terme consacré.

En effet, un après-midi, le domestique l'annonça à la marquise.

Elle se montra pateline et cauteleuse, elle expliqua

en termes simples le but de sa démarche, s'étala complaisamment sur le sort si digne d'intérêt des pauvres petites orphelines, enfants abandonnées pour lesquelles elle venait tendre la main ; elle eut des mines attristées et souligna de regards attendris le récit des misères humaines ; puis, par un retour tout indiqué vers les bonheurs de ce monde, elle parla des enfants assez fortunés pour connaître les joies de la famille, et elle en vint, tout naturellement, aux jeunes de Soutisse.

— Rien qu'en les voyant, madame la marquise, on se rend compte tout de suite que vos chers enfants, dit-elle, sont aimés et connaissent les joies ineffables du foyer ; un air de satisfaction enveloppe tout leur individu, et comment pourrait-il en être autrement, avec des parents comme les leurs? Rien ne leur manque : l'affection des leurs, la beauté, la fortune.

Mme de Soutisse, qui goûtait peu les compliments, ne put cependant résister aux éloges dont Marguerite, Maurice et Lucien étaient l'objet ; malgré sa fierté, elle se sentit touchée par ces éloges, et, comme elle était charitable, elle remit 50 francs à la quêteuse, qui se retira dans un déluge de remerciements.

Mme de Soutisse la reconduisit jusqu'à la porte du salon et tendit à la visiteuse une main que celle-ci s'empressa de saisir en un mouvement de reconnaissante effusion.

Mme Breton traversa la rue d'un pas alerte ; la joie la rendait légère, et elle rentra chez elle. Elle raconta immédiatement à Julie, impatiente, le résultat de sa démarche.

— Nous voilà dans la place, enfin, ma petite mi-gnonne ; il ne s'agit plus, maintenant, que de bien manœuvrer pour s'y maintenir. Ces gens-là, vois-tu, sont riches et puissants, par conséquent, utiles ; c'est donc une relation inespérée que nous avons là, et qui sait ? peut-être y trouveras-tu l'occasion de t'y marier. Te voilà en âge de songer à prendre un mari. Ton frère est casé dans une belle position que son travail, son intelligence ne feront qu'améliorer. Je me fais vieille, et je ne voudrais pas rejoindre ton père sans avoir assuré ton bonheur ; tu es jeune, jolie, instruite ; grâce à la générosité de Valère, tu as une petite dot de 100,000 francs à laquelle viendra se joindre ce que je te laisserai après moi ; tu représentes donc un parti des plus sortables, et tu peux avoir des prétentions justifiées.

— Que tu es bonne, ma chère maman, mais com-bien tu me fais de la peine ; pourquoi parler de ta fin, pourquoi me torturer le cœur, quand il me semble que je ne te quitterai jamais !

En disant ces mots, elle s'élança vers sa mère, l'en-toura de ses bras câlins, l'embrassant avec effusion ; puis, revenant au sujet que sa cervelle de jeune fille avait longuement chevauché lorsque, dans le dortoir du couvent, étendue sur sa couchette entourée de rideaux blancs, elle songeait à l'avenir, elle reprit tout à coup :

— Alors, la marquise de Soutisse t'a parlé de moi ?

— J'ai évité de prononcer même ton nom ; je ne l'ai entretenue que de ses enfants à elle ; sois patiente ; au moment opportun, j'agirai comme il faudra. Je ne te demande qu'une chose, c'est de suivre de point en point les conseils que te dicteront mon amour pour toi et mon expérience de femme qui a la prétention de bien connaître les choses de la vie. Tu ne fais, ma chère enfant, que naître à l'existence, la lutte pour toi va commencer. Il faut donc t'y préparer et t'armer avec soin, de façon à ne rien laisser au hasard ; le monde est vilain, mets-toi cela d'abord dans la cervelle ; il est légion, et tu es seule contre lui ; par conséquent, tous les moyens sont bons pour réussir, car, si tu tombes, tu n'auras personne pour te plaindre, tandis que si tu sors victorieuse, on s'inclinera devant toi.

C'est ainsi que, depuis quelque temps déjà, la bonne Mme Breton formait le cœur de sa fille.

Quinze jours passèrent et Valère vint à Versailles faire une visite à sa mère.

Mme Breton, qui n'avait pas perdu de vue un seul instant les projets qu'elle nourrissait, adressa à Mme de Soutisse un billet dans lequel elle la priait de vouloir bien accepter pour le lendemain, à cinq heures, un thé qu'offrait sa fille et auquel elle serait honorée de voir assister ses trois chères enfants.

La marquise accepta, et c'est ainsi que Mlle Marguerite de Soutisse et ses frères firent la connaissance de Mlle Julie et de M. Valère Breton.

A partir de ce jour, les relations devinrent continues entre les deux familles. Tout fut prétexte à rapprochement : Mme Breton, avec une ingénieuse facilité, faisait naître de nouvelles occasions. Sachant la marquise très pieuse, elle manœuvra si bien qu'elle parvint à la faire accepter pour Marguerite le confesseur de Julie. Plus tard, après une entente avec la loueuse de chaises, à l'église, elle fit de ses voisines de la rue des Bourdonnais, ses voisines dans la cathédrale Saint-Louis.

Des concerts de bienfaisance réunirent encore Mlle de Soutisse à Julie Breton.

Les sentiments religieux que Mme Breton montrait avec éclat, conquirent la confiance de la mère de Marguerite et celle-ci n'hésita pas à lui confier quelquefois sa fille. Une sorte de vie intime s'établit entre les deux maisons, et, de fait, il était difficile qu'il en fût autrement; la largeur d'une rue les séparait seulement l'une de l'autre?

Cependant, l'époque des vacances parlementaires approchait; le marquis de Soutisse allait retourner dans son département, et la marquise commençait les préparatifs du départ, fixé au 20 juillet, pour s'installer avec ses enfants au château des Tilleuls.

Mme Breton, qui se complaisait dans la façon dont elle avait mené sa barque, ne voyait pas, sans inquiétude, cette séparation de plusieurs mois. L'éloignement l'effrayait. Dans son langage un peu terre à terre et sa logique bourgeoise, elle se disait que les absents ont toujours tort. Comment parer ce coup, par quel moyen empêcher que son influence cessât de s'exercer? Toutes ces questions se dressaient devant elle et lui faisaient des nuits d'insomnie passées à la recherche d'une solution pratique.

Elle se leva un matin toute joyeuse: elle aussi avait trouvé!

Le résultat de ses veilles était celui-ci: employer son médecin, qu'elle avait procuré du reste à la famille de Soutisse, à l'exécution de ses projets.

Les de Soutisse donnaient un dîner l'avant-veille de leur départ, dîner auquel étaient tout naturellement conviés Mme Breton et ses enfants. Mme Breton s'habilla en hâte et se rendit chez le docteur qu'elle eut la chance de rencontrer :

— Mon cher ami, lui dit-elle, je ne suis pas sans inquiétude sur la santé de ma Julie ; cette enfant, trop surmenée par son travail du couvent, a besoin de respirer le grand air.

— Mais qui vous empêche, chère madame, de la mener soit aux bains de mer, soit ailleurs?

— Valère, mon bon Valère ! est-ce que je ne suis pas l'esclave de mes enfants? vous ignorez que l'ingénieur sollicite son changement de résidence. Or, le travail d'avancement se fait justement au ministère à l'époque où je pourrais utilement m'absenter pour la santé de ma fille, et ma présence est absolument nécessaire à la situation de mon fils. Moi seule je puis faire les démarches qui amèneront son changement...

Le docteur, quelque peu surpris, hasarda :

— Je ne vois pas en quoi mon concours peut vous être utile.

— Écoutez-moi et vous allez comprendre : dans six jours, les de Soutisse, que vous soignez, sur ma recommandation, avant de prendre leurs quartiers d'été, donnent un dîner, réunion familiale, toute intime, à laquelle on doit vous convier; je le sais, et où nous nous trouverons invités. Je ne vous demande qu'une chose, vous le voyez, je n'y vais pas par quatre chemins, et vous n'engagerez en rien votre conscience professionnelle, c'est de vous étendre, au courant de la conversation, sur les bienfaits de l'air des champs pour tout le monde en général et pour les jeunes filles en particulier. Ce faisant, vous m'obligerez beaucoup.

— Vous savez bien, madame, répondit finement le
médecin, que je ne puis rien vous refuser.

Et Mme Breton reprit le chemin de la rue des Bourdonnais. Arrivée chez elle, elle se dirigea aussitôt vers
la chambre de Julie qu'elle trouva en train de se coiffer.
La jeune fille, assise devant une glace, procédait à l'ar-
rangement de sa chevelure dont les boucles révoltées se
soumettaient difficilement aux coups de brosse les plus
patiemment donnés. Et puis, la coquetterie naturelle à
son âge ne s'était-elle point accrue sous l'influence des
conseils de sa mère? Elle était vraiment charmante à
voir avec sa mine éveillée, son teint clair et ses yeux pi-
qués comme deux pierres précieuses noires sous l'arc
fin et soyeux de ses sourcils; ses bras exquis qui com-
çaient à perdre la gracilité de l'adolescence, légèrement couverts d'un duvet de pêche, émergeaient, dans
un contour harmonieux, des larges manches d'un peignoir matinal. L'arrivée subite de sa mère, qui entra
sans avoir pris le soin de se retirer son chapeau, fut pour
elle la cause d'un étonnement qu'elle ne dissimula pas.

— Mais quelle heure est-il donc, chère maman?
comme te voilà habillée! dit-elle en se levant pour embrasser la bonne dame.

— Je ne sors pas, mignonne, je rentre; tu te doutes
bien qu'il a fallu un motif important pour que je quitte
la maison de si bonne heure!

Et devant la surprise de sa fille qui paraissait ne pas
comprendre, elle ajouta:

— Mais il s'agissait de toi, comme toujours. Je viens
de chez notre médecin. Il te trouve trop bonne mine, et
de fait, comment veux-tu être intéressante avec tes
joues de poupée à bonnet? Il faut, m'entends-tu bien,
ma mignonne, pour quelques jours seulement, laisser

tomber ce teint de rose, rien n'est plus facile : en te couchant tard, en te levant de bonne heure, en marchant beaucoup, en allant, par exemple, pendant quelques jours à pied à Trianon, pour revenir de la même façon, nous arriverions au résultat désiré. Il est nécessaire, en un mot, entends-tu bien, que tu aies momentanément, du moins, l'apparence d'une jeune fille anémiée à qui, seul, l'air de la campagne peut rendre la santé et son éclat. Les de Soutisse s'en vont pour trois mois. En égoïstes qu'ils sont, ils n'ont point songé à t'inviter aux Tilleuls; ta mère est trop fière pour le leur demander, et d'autre part, tu le sens bien, nous ne devons pas, pour les projets que nous avons conçus, nous laisser oublier un instant. Je veux amener la marquise à t'offrir, pour te rétablir de ton indisposition passagère, un séjour de quelque temps au château.

Loin de se révolter contre une proposition aussi peu naturelle, Julie, tout au contraire, admira intérieurement la sagacité de sa mère ; elle entreprit immédiatement, et presque en s'amusant, le régime délétère qu'elle venait de lui prescrire. Il n'en fut pas de même de la servante qui, l'accompagnant dans ses marches forcées, s'étonna de ce nouveau et singulier régime. Au bout de trois jours, il produisait déjà ses résultats : Julie avait maintenant les traits tirés, les yeux cerclés de noir, et grâce à l'exagération qu'elle donnait à une lassitude toute naturelle, Mme Breton put faire une visite à la marquise pour lui annoncer que la santé de sa fille ne la laissait pas sans inquiétude.

Mme de Soutisse ne ne releva pas ce changement subit; elle répondit par quelques souhaits banals de rétablissement, sur lesquels la visiteuse se retira sans insister davantage, heureuse d'avoir posé un premier jalon.

Le fameux dîner d'adieu arriva enfin. Maurice et Lucien de Soutisse furent pleins d'entrain ; la pensée de revoir la vieille maison familiale les mettait en joie ; Marguerite, elle, était plus triste. D'une nature douce et résignée, facile à impressionner, elle s'était faite bien vite à l'habitude de voir tous les jours sa nouvelle amie vers laquelle elle se sentait de plus en plus attirée. Cette affection s'accroissait aussi de l'impression vague, mais cependant attirante, que Valère lui avait produite et que Julie, avec une délicatesse infinie, se plaisait à aviver.

Quant à Mlle Breton, pâle, alanguie, elle ne touchait que du bout de sa fourchette aux différents mets qu'on plaçait sur son assiette. Cette petite comédie discrète, d'abord inaperçue, attira l'attention de la marquise.

En bonne mère de famille, elle en fit tout haut la remarque.

A ce moment, Mme Breton, qui ne perdait pas de vue le docteur, fit un signe imperceptible et le médecin, de l'air le plus naturel, prit la parole :

— Oui, Mlle Julie traverse une crise qui ne doit pas encore inspirer de sérieuses inquiétudes, dit-il ; néanmoins, il serait temps de lui opposer un régime suivi et rationnel.

— Mais lequel ? demanda M. de Soutisse.

A cette question impérieuse, Mme Breton considéra le marquis comme une providence.

— Pour commencer, répondit le docteur, un changement d'air est indiqué ; quelques semaines passées à la campagne produiraient le plus salutaire effet. L'appétit reviendrait rapidement avec les forces, et ces vilaines idées noires, qui sont le propre des maladies de langueur chez les jeunes filles, disparaîtraient comme par enchantement.

— Mais, si madame Breton et mademoiselle Julie voulaient nous faire le plaisir et l'amitié d'accepter notre invitation, deux chambres sont prêtes à les recevoir aux Tilleuls et nous partirions tous ensemble, dit Mme de Soutisse.

A ces mots, Mme Breton se répandit en remerciements et en grimaces : que de reconnaissance..... elle devrait à la famille le rétablissement de sa chère enfant...

— Malheureusement, ajouta-t-elle, je ne pourrai accepter pour moi une si généreuse invitation. Je n'ai pas que ma Julie en ce monde ; je me dois aussi à mon fils. Or, il m'est absolument impossible pendant les vacances de m'absenter de Versailles : des démarches à faire, des voyages fréquents à Paris, des visites chez des personnages influents vont, pendant un temps que je ne saurais déterminer, m'attacher ici ; heureusement que la santé ne me fait point défaut, reprit-elle avec une petite moue mutine, qui mit en valeur l'ampleur de ses joues rebondies et colorées. Mais l'offre si charmante qui m'est faite et dont je ne puis profiter, je la retiens pour ma fille, que je vous confie de grand cœur, madame la marquise. Oui, je vous la donne sans restriction, et ce me sera une consolation, dans ma solitude, de la savoir près d'une mère telle que vous.

Julie, à son tour, mais sans marquer la moindre émotion, d'un air dolent et fatigué, adressa ses remerciements à Mme et à M. de Soutisse, en regardant ce dernier d'un œil tout rempli de tristesse.

II

M. de Soutisse venait d'atteindre sa quarante-sixième année ; c'était un homme de haute taille, à l'allure martiale, et dans la physionomie duquel des yeux, tantôt tendres et tantôt rieurs, effaçaient l'apparente rudesse que lui donnait une moustache touffue, portée à la façon des officiers. Son père, le vieux marquis de Soutisse, malgré une lignée d'ancêtres dont la plupart avaient versé leur sang pour leur roi, s'était rallié au régime impérial ; il mourut quelque temps après la bataille de Sadowa. Il avait tenté, mais en vain, de ramener son fils à ses idées nouvelles : celui-ci était demeuré rebelle.

Georges de Soutisse ne tenait de l'éducation paternelle que le savoir-vivre qui, joint à une élégance native, à une beauté physique vraiment remarquable, en fit, ce qu'on appelle dans le monde, un cavalier accompli.

Quant à son instruction, il s'en était chargé lui-même ; il commença ses études françaises et latines avec le vague savoir du curé du Crétois, l'abbé Bertillon. Lorsque sa mère mourut, le marquis envoya son fils à Paris, dans une grande pension de la rue du Bac.

Travailleur, épris de poésie, amoureux des belles-lettres, il sortit de cette maison muni de ses diplômes pour rejoindre son père au château des Tilleuls, où il n'avait fait que de régulières apparitions, au temps des grandes vacances. Pour dire vrai, M. de Soutisse, le sachant travailleur, s'était fort peu occupé de lui, s'en rapportant à son beau-frère, le comte de Vernon, qu'il avait désigné comme correspondant de Georges. C'est dans un vieil hôtel du faubourg Saint-Germain que le jeune écolier passait ses dimanches de sortie, toujours en lecture, ayant choisi comme séjour la bibliothèque de son oncle.

Lorsqu'il arriva aux Tilleuls pour s'y installer définitivement, le marquis le pria de l'accompagner à cheval dans une promenade assez longue qu'il devait faire aux environs et au cours de laquelle il rendit visite à ses nombreux fermiers. A Morinvillers, comme à Lue, comme aux Orfraies, aussi bien qu'à la Banque et à la ferme-école de Clessons, l'accueil le plus sympathique accueillit le jeune seigneur, que les tenanciers avaient connu tout petit et vu depuis, chaque année, à l'époque de la chasse, pendant les grandes vacances.

Partout, ce fut le même cri de surprise admirative, le même salut :

— Comme vous voilà devenu grand, monsieur Georges ! M. le marquis doit être fier d'avoir un fils tel que vous, et beau, et savant; on vous verra souvent, n'est-ce pas, maintenant que le temps du collège est passé ?

Les allures bon enfant de Georges de Soutisse, « son peu de fierté », comme disaient les paysans, lui avaient depuis longtemps attiré les sympathies du pays. Il causait volontiers avec les fermiers, les entretenant de leurs travaux, moins par goût que par besoin de savoir, et surtout, enfin, pour obéir à sa nature généreuse.

Au retour de cette excursion, son père, pour la première fois, lui demanda ce qu'il comptait faire et lui dit, tout en marchant au pas égal des chevaux :

— Me ferez-vous le plaisir, mon cher fils, de me tenir au courant de vos intentions ? J'avais rêvé pour vous, vous le savez, la carrière des armes, mais vous y montriez si peu de dispositions que je n'ai point voulu contrecarrer vos desseins et je vous ai laissé libre de diriger vos études dans la voie qui conviendrait le mieux à vos goûts. Il vous a convenu de travailler les auteurs anciens, d'étudier la philosophie et de vous adonner d'une façon assidue à la littérature, ce qui n'était point mon rêve, loin de là, mais comme j'estime qu'il faut, à un homme, quel que soit son état de fortune, une occupation dans ce monde, que vous n'avez point mordu plus à l'agriculture qu'au métier des armes, dites-moi la profession qu'il vous a plu de choisir ?

Georges répondit simplement :

— Mais, mon cher père, je veux faire de la littérature.

— Ceci, mon fils, est un état de crève-la-faim ; nous parlons sérieusement.

Le jeune comte demeura quelques instants rêveur.

— Je ne suppose pas, mon cher Georges, que vous vous soyiez imaginé ne rien faire. D'ailleurs, le temps ne marche pas sur nos talons et vous avez toute la durée des vacances pour vous arrêter à une détermination.

Ils rentrèrent tranquillement au château, sans que jamais plus, pendant deux mois, le marquis de Soutisse revînt sur sa conversation.

Georges connaissait bien son père et savait qu'il fallait obéir. Mais son caractère insouciant reprit le dessus, il ne songea plus à la volonté paternelle et se laissa vivre doucement. Il partagea son temps entre son occupation favorite, la lecture, les promenades lointaines, la chasse et la pêche. Il ne voyait son père qu'aux heures des repas, causant peu parce qu'il ne trouvait rien à dire. Les sujets qu'il aurait pu traiter n'auraient pas trouvé d'écho. Quelles idées échanger avec un vieillard qui avait quitté le service du roi à la Révolution de 1830, et, depuis cette époque, ne s'était occupé que d'améliorer ses fermes? Le vieux marquis ne se plaignit pas de ce silence, car, de son côté, il s'était imposé de ne point entretenir son fils de sujets qui le laissaient complètement indifférent.

Cependant, le temps marchait vite et Georges n'avait point encore pris de décision, il n'y songeait même pas. Ce fut son père qui, un soir à dîner, vers la fin de septembre, lui demanda doucement le choix auquel il s'était arrêté :

— Eh bien ! monsieur le poète, quelle carrière avez-vous choisie ?

Georges, après quelques instants de silence, répondit tranquillement :

— Mon cher père, la magistrature.

— Ceci est un état de cadet, mon fils, mais enfin, il ne salit pas notre blason et je vous sais même gré de l'avoir pris. Je vous avoue qu'avec votre cervelle de rêveur, j'avais craint, un instant, que vous ne choisissiez la basoche, pépinière de bavards, de ratés et de chicaniers.

Georges remercia intérieurement les dieux de l'inspiration qu'ils lui avaient envoyée en mettant sur ses lèvres ce mot : magistrat.

N'était-ce pas, en effet, pour lui, l'indépendance rêvée, si longtemps caressée et qui devait faire le mobile

de toute sa vie? N'était-ce pas aussi le retour dans c
cher Paris, pour lequel il se sentait une attirance irrésis
tible? Paris, c'est la liberté, chacun y vit à sa guise, s
disait-il, travaille suivant ses goûts, sans se préoccupe
du voisin : c'est le foyer dont tous les cerveaux em
pruntent sa chaleur ; Paris, c'est l'univers ! N'y trouve
t-on pas les bibliothèques les plus riches du monde
les plus beaux musées, les meilleurs théâtres? N'y en
tend-on pas les plus beaux vers? N'y contemple-t-o
pas les monuments modèles des architectures les plu
diverses? Mais certainement la magistrature devenai
pour lui un sauveur! Ne fallait-il pas, pour s'y prépa
rer, prendre ses inscriptions à l'Ecole de droit? Et l
droit, en tirant sur la longe scolaire, nécessitait au
moins trois années d'études ; d'ici là, beaucoup d'eau
passerait sous les ponts!

Georges quitta les Tilleuls le 2 octobre suivant, ave
un boursicot maigrement garni et une pension de
plus modestes. Le péché mignon de son gentilhomme
de père était un ordre économique que les tenanciers
en retard dans leur fermage traitaient le soir, les jour
de foire, irrespectueusement de ladrerie.

M. le marquis de Soutisse n'était point généreux, e
il avait été tout heureux de son invention lorsque, en
embrassant son fils, le jour de son départ, il lui dit :

— Avec cent francs par mois, de mon temps, un jeune
homme de votre âge avait de quoi vivre à Paris e
même, au besoin, assez pour s'acheter des gants blancs
et des escarpins pour aller au bal. D'ailleurs, j'ajoute à
votre pension deux cents francs d'étrennes...

— Merci, mon père.

— Non pour vous, mais pour les gens à qui vous se
rez dans l'obligation d'en donner. Enfin, voici une lettre

pour mon ancien garde Thiébaud, qui tient maintenant rue de Seine une maison meublée, convenable, de prix modique, où les étudiants comme vous — et il insista sur ce mot — trouvent le gîte et le couvert. N'oubliez pas, maintenant, mon cher Georges, que vous ferez plaisir à votre vieux père chaque fois que vous viendrez le voir aux Tilleuls.

Légèrement lesté d'argent, le jeune comte Georges de Soutisse fit son entrée dans la *capitale*, la tête haute, l'âme radieuse, tout plein d'illusions.

Les premiers temps, il suivit assez régulièrement les cours de l'École de droit : il avait pris absolument au sérieux son rôle d'étudiant, auquel il était reconnaissant de devoir la liberté. Mais le droit romain l'intéressait peu. Aussi, à partir du mois de février, son assiduité se relâcha sensiblement. Les prétextes à absence étaient si fréquents, et les motifs si entraînants ! Sa belle humeur, la rondeur de son caractère, l'indifférence dans laquelle il laissait son titre, auquel il ne songeait point, — il oubliait même la particule, — attirèrent à lui quelques camarades qu'il sut choisir suivant ses goûts, et qui, bientôt, devinrent des amis. Le cadre des relations s'élargissant, il se lia bientôt avec des étudiants en médecine, des élèves de l'École des beaux-arts, des musiciens en herbe candidats au prix de Rome, de futurs auteurs dramatiques qui, en attendant d'être représentés à la Comédie-Française, se contentaient de petits actes au théâtre Bobino, et, les plus heureux, d'un gros mélo au boulevard du Crime.

Alors commencèrent pour lui les soirées heureuses, passées, tantôt à l'atelier d'un peintre ou d'un sculpteur, tantôt chez des gens de lettres, au milieu d'un élément jeune comme lui, insouciant, ivre d'idéal, à qui l'avenir se présentait brillant ou glorieux. Sans jouer précisément les Joseph, ces jeunes gens recherchaient plutôt les occasions des bonnes causeries, des discussions d'art, de littérature ou de philosophie, où chacun, suivant son tempérament et ses préférences, tranchait du grand critique ; aussi les voyait-on rarement attablés au milieu de l'atmosphère fumeuse des cafés ou risquer un cavalier seul à la Grande-Chaumière, le Moulin-Rouge de l'époque. D'autres fois, toute cette jeunesse se rendait au théâtre pour entendre la pièce nouvelle, les interprètes en vogue ou l'opéra d'un maître ancien.

Ils formaient, en somme, un petit cénacle. Cette réunion de jeunes, à l'esprit délicat, amoureux du beau, n'allait pas, on s'en doute, sans être l'objet des plaisanteries de camarades moins studieux. Des jalousies se manifestaient de la part de ceux qui, pour une raison quelconque, ne faisaient point partie de cette compagnie d'élite. La moindre des critiques consistait dans l'appellation de « bonzes », qu'on leur appliquait volontiers, comme s'ils faisaient partie d'un temple aux rites mystérieux. Plusieurs d'entre eux, en effet, chercheurs d'impressions nouvelles, avaient fumé de l'opium ; on le sut, et il n'en fallut pas davantage pour envenimer des propos déjà malveillants. Que signifiait cette aristocratie de la pensée, ce parti pris d'originalité qui les poussait à se singulariser quand même ? Ils n'étaient que de faux artistes, de faux convaincus, et l'opinion des jaloux se résumait dans cette appellation unique : « Poseurs ! »

Loin de s'émouvoir de ces propos, les amis sentirent le besoin de se rapprocher davantage et d'opposer ainsi un dédain collectif aux appréciations des futurs notaires de Brives-la-Gaillarde ou des futurs officiers de santé de Morlaix. Ils restaient entiers dans leurs idées, enthousiastes des œuvres qu'ils croyaient belles, et ne recherchant d'autre société, en dehors de la leur, que celle d'écrivains éminents où d'artistes se rapprochant le plus de l'idéal dans lequel ils se complaisaient eux-mêmes.

Georges de Soutisse faisait de rares visites aux Tilleuls; chacun de ses voyages avait d'ailleurs un but intéressé.

Sans prendre la peine d'inventer un prétexte à ses demandes d'argent, ennemi du mensonge, il faisait un appel direct à la générosité si restrictive du vieux marquis qui s'exécutait d'ailleurs sans trop mauvaise grâce. Le coup le plus cruel qu'il tenta, dans cet ordre de choses, c'est lorsqu'il demanda à son père de l'installer chez lui au lieu de le laisser en une misérable chambre d'hôtel.

— Je fais cette démarche auprès de vous, mon cher père, beaucoup plus pour notre nom que dans un but de jouissance égoïste. Vous ne pouvez vous faire une idée de ce qu'est la maison meublée du vieux Thiébaud. En dehors de la pénurie des appartements, où presque l'essentiel manque, le compère tient avant tout à avoir des locataires, peu lui importe leur qualité, pourvu que sa maison soit pleine ; aussi suis-je exposé à des voisinages inouïs.

— Vous ne voulez pas le Louvre, je pense ?

— Non, mais votre permission de prendre dans les combles du château, qui en sont remplis, quelques meubles avec lesquels je pourrais m'installer chez moi, à des conditions moins coûteuses que celles que m'impose votre ancien garde.

A cette pensée que son fils pourrait être économe, le marquis, tout joyeux, donna l'autorisation qu'en toute autre circonstance il aurait refusée.

La seconde année de son séjour à Paris, Georges eut donc un chez soi ; mais la pension paternelle, déjà insuffisante, devint un maigre appoint devant les exigences de son nouvel établissement.

Dans les premiers temps, il eut recours à la bourse généreuse de son oncle, le comte de Vernon, avec lequel il continuait de familiales relations, mais lorsqu'il vit sa dette atteindre un certain chiffre, il s'interdit à lui-même toute demande d'emprunt. Parmi ses amis, quelques-uns d'entre eux recevaient de leurs parents de larges pensions qu'ils mettaient en commun dans leur phalanstère. Georges souffrait d'autant plus de leurs sacrifices qu'il savait son père fort riche.

Il résolut de se procurer de l'argent à n'importe quel prix ; ne devait-il pas, d'ailleurs, dans un an, atteindre sa majorité et recevoir sa part de l'héritage maternel ?

Ce fut Thiébaud, l'honnête Thiébaud, à qui le marquis l'avait recommandé comme à un vieux serviteur dévoué de la famille, qui l'adressa à un usurier. L'usurier n'était qu'un prête-nom : en réalité, c'était Thiébaud lui-même qui avançait les fonds à un intérêt suffisamment rémunérateur de 40 0/0, sans courir l'ombre d'un risque ; il connaissait la fortune du jeune comte mieux que lui même, et l'honneur du débiteur lui était assuré.

Sans se livrer à des débordements, Georges de Soutisse, lorsqu'il se vit une première fois à la tête d'une somme de 30,000 francs, vécut grandement, dépensant, sans compter, son argent avec ses amis, en donnant à ceux qui en manquaient. C'est ainsi qu'il atteignit, en même temps que sa majorité, la fin de sa seconde an-

née de droit. D'examens, il n'en avait pas été question ;
son père, d'ailleurs, ne l'interrogeant jamais au sujet
de ses études, lui évitait de faire un aveu pénible.

Les comptes de succession furent acceptés par Georges tels que son père les lui présenta ; il avait l'âme
trop haute pour descendre à ce qu'il appelait ce détail, et, d'autre part, il éprouvait une répugnance marquée pour les questions d'argent. C'est donc avec un
revenu personnel d'une douzaine de mille francs bien
liquidés après le règlement des dettes usuraires contractées par lui qu'il revint pour la troisième fois à
Paris. Son séjour se prolongea deux ans encore avant
qu'il retournât aux Tilleuls. Pendant ces deux années,
il changea, il mena une joyeuse existence ; il obtint les
faveurs d'une chanteuse à la mode, collabora à plusieurs pièces que l'on joua et qui lui donnèrent entrée
dans les coulisses de théâtres. Il prépara, en outre, un
volume de vers.

Le petit cercle d'intimes s'était d'ailleurs petit à petit éparpillé ; d'une vingtaine qu'ils étaient à l'origine,
trois maintenant demeuraient à Paris. Les discussions
à perte de vue, les causeries intimes, les lectures furent
abandonnées par la force des choses, et puis des relations nouvelles, plus faciles, mais sérieuses toutefois,
remplacèrent les anciennes que Georges, malgré le
tourbillon où l'entraînait l'existence, se rappela et re-
gretta toujours ; adieu aussi la musique, le piano, où il
était arrivé à être d'une bonne force ; adieu ! toiles et
pinceaux et les excursions dans les bois de Verrières et
sur les coteaux des Vaux-de-Cernay, où il était dit que
ce lettré fin et délicat, poète à ses heures, doué d'une
âme d'artiste, toucherait à toutes les manifestations
de l'Art. Il était loin maintenant le temps où, sac au

dos, guêtres aux jambes, portant siège et chevalet pliés, tout le bagage du peintre enfin collé aux épaules, il s'en allait, par les sentiers perdus, chercher un motif pour telle étude à laquelle il consacrait de longues heures de solitude sous la verdure silencieuse des bois. Aujourd'hui, tout était changé; la chanteuse avait chassé loin d'elle des arts dont elle se sentait jalouse, ne voulant pas que Georges eût d'autres préoccupations qu'elle dans la vie.

La fortune de sa mère était arrivée à point pour ce genre d'existence si dissemblable de celle qu'il avait menée; aussi le vide cérébral ne tarda-t-il pas à se faire sentir. La maîtresse, malgré sa beauté, sa place enviée au théâtre, son réel talent de chanteuse, ne put remplacer les émotions sincères que lui procuraient la poésie et le cercle de si chaude amitié qui avaient occupé son esprit et son cœur pendant deux années inoubliables.

Il s'en voulait de s'être laissé aller à une passion qu'il considérait comme indigne de celle qu'il avait eue déjà, et, mentalement, se demandait pardon à lui-même de son insigne faiblesse. Quelle femme pouvait valoir un beau poème, une statue aux formes impeccables, un paysage en claire lumière, une symphonie de Schuman? C'était faire injure au génie humain que de donner le pas à la matière sur l'essence divine qui fait sa force et sa gloire.

En face d'un réveil aussi subit, le remords pénétra très avant en son âme, et, avec lui, le dégoût. Sa détermination fut prise bien vite; il vendit ce qui lui restait du bien maternel, et, lorsque le tout fut converti en une épaisse liasse de billets de banque, il en fit l'envoi à sa maîtresse avec la plus galante épître, prétextant les nécessités d'un voyage à l'étranger imposé par la volonté paternelle.

Sa situation, ainsi réglée, il alla raconter tout au long son aventure à son oncle de Vernon. En le voyant arriver, le vieux gentilhomme l'accueillit par ces mots :

— Mon cher neveu, je suis depuis ce matin au courant de cette affaire dont le dénouement seul m'était inconnu ; il m'est agréable de le tenir de votre bouche et je vous fais mon sincère compliment.

— Mais, comment ?

— J'ai su la chose tout simplement par votre père qui m'a raconté dans ses plus grands détails la vie de polichinelle que vous menez depuis cinq ans à Paris, la façon dont vous vous étiez ruiné, car vous êtes bel et bien ruiné, et du même coup, il m'a adressé d'ironiques compliments sur la manière de surveiller mon neveu. Votre cas n'est pas pour me déplaire ; il est commun à tous les jeunes gens de famille qui jettent leur gourme et qui payent leur apprentissage de la vie de ce monde. C'est plus ou moins cher, mais, à mon avis, c'est indispensable. Il faut maintenant aller au plus pressé. Or, voici ce que je vous propose : laisser pendant trois mois votre cher père mariner dans son juste courroux, cela nous donnera le temps de nous retourner ; en attendant, prenez vos cliques et vos claques, faites vos malles, et si vous m'acceptez comme pourvoyeur et compagnon de route, nous vivrons ces trois mois ensemble, en Italie, puis après nous verrons venir l'événement.

— Mais quel événement ? interrogea Georges de Soutisse, qui ne comprenait rien aux propos de son oncle.

M. de Vernon, ancien garde du corps, était un vieux garçon baroque qui continuait jusqu'à la fin l'existence

4

d'un beau qui n'a pas répudié la vie licencieuse des belles années.

— L'événement, mais l'événement inévitable qui peut seul vous sortir d'embarras et qui vous permettra en même temps de perpétuer le nom des Soutisse.

— Le mariage ! Je n'y avais pas songé ; aussi m'y voyez-vous peu préparé.

— A votre âge, c'est tout naturel, puisque, au mien, je n'ai pas encore eu le temps d'y penser, ajouta en riant le vieil oncle ; mais nos deux natures sont si dissemblables ! D'ailleurs, mon cher ami, vous n'avez pas le choix, vous n'avez rien à espérer de votre père ; si vous avez conservé encore quelque illusion à ce sujet, il faut vite l'effacer de votre esprit. Donc, le mariage est la seule solution possible. Vous vous êtes établi rêveur de votre état, poète si vous voulez, artiste, vous en savez juste assez pour mourir de faim.

Mais encore faudrait-il que je trouve une femme, et une femme que j'aime.

— Une femme, naturellement, — que vous aimiez, ceci est de la gourmandise ! Vous tâcherez de l'aimer... après. L'essentiel, c'est ce que celle à qui vous allez donner votre nom soit riche, de votre monde, et, jolie, si possible.

— Oui, j'ai bien compris, faite exprès pour moi, l'oiseau rare, enfin.

— Et que diriez-vous si j'avais cet oiseau dans la manche ?

— Je penserais que vous êtes un véritable sauveur et je vous en aurais une reconnaissance véritable.

— Je mérite moins que vous ne le croyez, mon cher neveu, l'assurance qu'on fait toujours en pareil cas d'un sentiment bien rare ; je n'ai pas été un si grand clerc ; lorsque j'ai vu le train que vous meniez, je me

suis-dit : Voilà un garçon qui n'en a pas pour un an,
et j'ai songé à vous sortir d'ennui. Vous êtes mon parent le plus direct. Votre caractère, quoique diamétralement opposé au mien, me convient ; j'ai le faible d'aimer les belles-lettres, et je vous ai institué mon léga-
taire universel, ce qui n'est point à dédaigner. J'ai
donc immédiatement pensé à une alliance pour vous ;
je me suis mis en quête d'une fiancée et je l'ai trouvée
bien près de nous, dans notre propre famille : c'est
votre petite cousine, Mlle Alix de la Roche-Sesson... Je
le vois, ce nom ne vous dit rien.

Le comte et la comtesse de la Roche-Sesson, père et
mère de ce que vous appelez l'oiseau rare, habitent
continuellement le Poitou ; ils ne sont pas venus vingt
fois à Paris dans toute leur existence, et leur fille, Alix,
n'a jamais quitté le château de ses ancêtres. Elle a
dix-huit ans, elle est grande et blonde, avec des yeux
bleus ; l'opulence de son corsage, la solidité de toute sa
personne feraient rougir de honte la plupart des jeunes
filles que vous voyez à Paris. Elle est fort jolie, très
fière de sa noblesse, fort pieuse, charitable, quoique
très économe, horriblement pratique et connaissant le
gouvernement d'une maison comme une maitresse
femme. J'oubliais : elle sait lire et écrire ; en dehors de
la Bible, des Évangiles ou de son livre de messe, et de
la vie des saints, elle n'a jamais mis le nez dans un
livre. Son père et sa mère l'ont rudement élevée,
comme s'ils ne devaient pas lui laisser un jour les
beaux millions en belles et bonnes terres qui com-
posent leur fortune. Point important : six cent mille
francs de dot, représentant vingt-trois mille livres de
rente, pas un sou de plus, pas un sou de moins.

Ma...

— Je vais avoir fini. Sitôt que mon choix pour vous
a été arrêté, sans vous consulter, — le naufragé ne
choisit pas sa planche de salut, — j'ai fait des ouvertures à nos cousins de la Roche-Sesson : je ne leur ai
rien caché de votre existence. Ils ont consulté leur fille
qui, du premier coup, avec son caractère d'homme, a
répondu : je ne dis pas non. Sitôt qu'il a été question
d'un mariage pour leur enfant, nos nobles et rustiques
cousins se sont décidés à la mener à Paris. Je leur ai
écrit de remettre ce voyage à trois mois. Avant de
nous rendre à Turin, première station de notre excursion italienne, nous ferons un crochet et nous irons
passer deux jours à la Roche-Sesson. Tout cela vous
agrée-t-il, mon cher comte ?

Georges de Soutisse ne pouvait croire qu'une pareille
chance lui fût réservée. Sans se perdre dans des for-
mules de remerciements — son oncle les aimait peu
— il tendit d'un mouvement brusque et spontané ses
deux mains au vieillard qui les serra avec force. Le
pacte était conclu tacitement.

. . . .

Ce ne fut pas sans une certaine appréhension que
Georges de Soutisse, accompagné du comte de Vernon,
pénétra dans le salon où se trouvaient réunis le comte,
la comtesse de la Roche-Sesson et leur fille Alix. La
présentation fut froide, surtout de la part de la comtesse,
la réputation de galanterie de M. de Vernon, qui
n'avait pas hésité à se faire le chaperon de son neveu,
— et quel neveu ! — la préoccupait, malgré tout. Son
mari, vrai gentilhomme campagnard, couronné de
cheveux blancs, qui faisaient ressortir le ton hâlé de
son visage comme celui d'un paysan, y mit moins de
réserve. Il avait de tout temps voué une sincère

amitié au capitaine aux gardes. Alix, à l'arrivée de ses parents, s'était levée, abandonnant un grossier ouvrage de couture — elle était en train de confectionner, dans de la bure, une culotte pour un des petits pauvres du pays. Elle était exactement ressemblante au portrait que M. de Vernon en avait fait à son neveu. Sans contrainte aucune, sans baisser par conséquent les yeux à la façon des jeunes filles de la ville qui se croient, dans de pareilles circonstances, obligées de jouer les Agnès, elle trouva un mot aimable pour les deux arrivants. Le jour baissait; un domestique, qui avait toute la barbe, chaussé de souliers à gros clous, apporta les lampes. Les nouvelles de Paris étaient heureusement là pour défrayer les conversations.

Le plébiscite du Dix Décembre qui fit, du prince Louis, l'empereur Napoléon III, fut le sujet sur lequel chacun s'étendit. Bientôt la causerie s'anima ; seule, Alix, qui avait repris son ouvrage, n'y prenait point part. Georges de Soutisse, du reste, ne plaçait que quelques mots, par convenance, la politique ayant eu jusqu'à présent le don de l'intéresser médiocrement. La jeune fille s'en aperçut et rapprocha sa chaise de celle de son cousin; cette simplicité dans la façon d'agir n'était point pour déplaire à Georges, rebelle par tempérament aux minuties et aux mille conventions d'une trop parfaite éducation. Aussi, sans contrainte, commencèrent-ils tous les deux à échanger quelques paroles à voix basse. Lui, doucement, avec la musique que donne l'habitude de dire des vers, — elle, dans le murmure un peu indécis de ceux qui disent les répons pendant les prières du soir.

Lorsque le même domestique annonça le dîner, il offrit le bras à sa cousine, et passa dans la salle à manger pour s'asseoir auprès d'elle. La défiance qui l'avait accompagné durant la route de Paris au château disparut tout à fait.

Mᵐᵉ de la Roche-Sesson, qui ne quittait jamais ses lunettes, quoiqu'elle regardât souvent par-dessus, épia le jeune homme pendant le repas, suivant ses moindres gestes, et comme toute surprise de le trouver plus charmant qu'on ne lui avait dit : l'appréhension chez elle faisait place maintenant à un sentiment de bienveillance.

On passa ensuite au salon. Là, dans la grande pièce, aux lambris blancs, sur lesquels se détachaient, dans leurs vieux cadres, de nombreux portraits de famille, était dressée une table de whist; dans un coin, à l'autre extrémité du salon, un piano fermé. Mᵐᵉ de la Roche-Sesson s'approcha de Georges et, d'une voix qu'elle fit aussi douce que possible :

— Jouez-vous le whist, mon cousin ?

— Je n'ai jamais touché une carte de ma vie, madame.

— Ça vous manque, dit en riant le comte de Vernon.

— Moi aussi, reprit Alix, j'ai l'horreur des cartes.

— Alors, faisons un mort, conclut le comte de la Roche-Sesson.

Les trois vieilles personnes s'assirent à la table préparée. La conversation reprit entre les deux jeunes gens.

— On vous dit très bon musicien, mon cousin ?

— On m'a beaucoup flatté ; je ne suis, je vous assure, qu'un exécutant de moyenne force.

— Moi, je n'ai jamais voulu apprendre le piano, et cependant rien ne me fait plaisir comme d'entendre de la musique; aussi, voyez-vous là un instrument dont vient jouer quelquefois Mˡˡᵉ de Saint-Cyon, notre receveuse des postes.

— Si je ne craignais de déranger les joueurs...

— Allez donc, ils sont trop absorbés pour prêter la moindre attention à autre chose qu'à leur partie.

Et Georges se leva, alla vers l'instrument, pendant qu'Alix allumait les bougies.

Cette opération une fois faite, la jeune fille prit une chaise et s'assit à côté du tabouret sur lequel Georges de Soutissé venait de prendre place.

Pendant que ses doigts préludaient par quelques accords, il se demandait, étant donnée l'éducation abrupte de sa cousine, quel genre de musique il pourrait bien exécuter.

Il pensa d'abord à lui jouer quelque pas redoublé ou une marche triomphale, ou mieux encore une de ces mélodies banales qui furent le triomphe facile de Loïsa Puget. Il préféra cependant, haussant les impressions de sa parente au niveau des sentiments qu'il lui prêtait depuis quelque temps, commencer par jouer une valse de Chopin : — si elle ne comprend pas, se disait-il avec peine, je le verrai bien.

Mais quel ne fut pas son étonnement lorsqu'il vit la jeune fille tout à fait séduite, le regard perdu dans le vague, écouter, absolument charmée, cette musique névrosée, toute de délicatesse, d'une grâce maladive, qui la pénétrait comme un instrument aigu, dont la blessure serait douloureusement agréable.

Les dernières vibrations des cordes s'en allaient mourant dans l'étendue du salon sans qu'Alix ait osé remuer. Le silence s'étant fait complet, toute onde sonore éteinte, elle se rapprocha tout naturellement de Georges et lui demanda quelque chose de plus triste encore. Le charmé, cette fois, se dégagea de la jeune fille pour aller droit à l'âme de l'artiste. A son tour, perdu dans sa vision, Georges laissa courir ses doigts sur le clavier ; les harmonies s'en dégageaient lentes, émues, enveloppant l'exécutant et celle qui l'écoutait ; une communion sensationnelle s'établit bientôt entre eux. Puis le piano devint muet encore une fois et c'est la main dans la main que cette phrase, dite à toute volée par le comte de Vernon, vint les sortir de leur rêve :

— Ah! ça, mon neveu, mais c'est de la musique à porter le diable en terre! Ne sauriez-vous nous jouer quelque chose de plus gaillard et de plus réjouissant?

Alors, obéissant à l'injonction, Georges exécuta l'air que chante le tambour-major dans le *Caïd*.

Les trois joueurs de whist, qui avaient posé leurs cartes pour écouter et qui marquaient la mesure en tambourinant la table de leurs doigts, témoignèrent leur enthousiasme par des bravos unanimes, après que fut plaqué le dernier accord.

— Vous me jouerez quelque chose demain, mais pour moi seule, dit de sa voix franche Alix de la Roche-Sesson, en se levant. En attendant, venez m'aider à servir le thé.

La soirée fut vite terminée, la comtesse ne voulant déroger en rien à ses habitudes campagnardes qui consistaient à se coucher de bonne heure pour se lever tôt.

— D'ailleurs, reprit-elle, nos hôtes viennent de faire tout d'une traite une assez longue route, l'air des champs fatigue les Parisiens qui n'y sont pas accoutumés et nos cousins doivent avoir grand besoin de leur lit.

Le lendemain, on se leva de bonne heure.

Le domestique vint prévenir M. Georges de Soutisse que son oncle le demandait dans sa chambre. Il s'y rendit immédiatement. A peine entré, il fut accueilli par ces mots :

— Eh! eh! monsieur le musicien, vous allez vite en besogne, et marchez, ce me semble, sur les traces de Joconde. La petite n'est point si sauvage ; je m'attendais à trouver une personne plus positive, dans l'incapacité complète de comprendre votre musique de rêveur et de poète bayant aux étoiles. A vous la pomme pour émouvoir les pierres. Qui m'aurait jamais dit que cette jeune et prosaïque personne, à l'éducation terre à terre, de garçonnière apparence, se laisserait toucher par vos rêveries de croquenotes. Mes compliments, monsieur, vous donnez à votre oncle la preuve qu'il ne pouvait admettre : que tout chemin mène à Rome. Au train dont vont les choses, vous pouvez vous passer de mes services.

Georges se défendit doucement et demanda le motif qui l'avait fait appeler dans sa chambre.

— Mais je voulais savoir de vous s'il vous convient, en l'absence de votre père, de faire votre demande ?

— Ne serait-ce pas aller un peu vite en besogne ? En bonne conscience, je ne connais pas encore assez ma cousine, et je ne sais pas ses dispositions, pour que je je vous laisse le risque d'une démarche qui pourrait être prématurée.

— Ah ! vous voulez un siège en règle ? De mon temps, mon neveu, il suffisait d'être en face de la place, pour la prendre d'assaut ; à votre aise.

Georges descendit à la salle à manger, où l'attendait déjà sa cousine.

— Comme on voit, lui dit-elle, en lui tendant la main, que vous venez de ce grand et beau Paris, où toutes choses, à ce qu'on m'a raconté, sont interverties dans leur rôle. Mon père a déjà quitté le château depuis une heure, et ma mère est descendue aux cuisines, où

elle préside à la confection d'un gâteau du pays. Si
vous voulez, nous sortirons ensemble; je suis équi-
pée en chasse, il y a pour vous un excellent fusil, faisons un tour avant le déjeuner et tâchons de tuer
quelque gibier.

— A vos ordres, ma cousine.

Mlle de la Roche-Sesson, toute préparée, présenta un
fusil à Georges, un carnier et une ceinture remplie de
munitions, puis prit à son tour une arme; ils sortirent
tous deux, allèrent au chenil délivrer deux superbes
chiens d'arrêt et gagnèrent la plaine.

Le pays était giboyeux. Georges, habile tireur, dut cependant baisser pavillon devant l'adresse consommée de
sa cousine. Elle prenait sa revanche de la musique. Tout
occupés de la chasse, ils n'échangèrent, pendant ce tête-à-
tête qui dura deux heures, que quelques phrases où rien
ne transperçait de l'intimité de la veille. Cependant, Alix
ne perdait pas de vue son cousin; elle l'étudiait curieusement : elle constata avec plaisir que l'habitude de
vivre constamment à la ville n'avait en rien altéré son
goût pour la marche et les exercices du corps. Chaque
fois qu'une pièce de gibier, abattue par lui, tombait à
terre, elle ressentait, malgré elle, un plaisir réel à cons-
tater son adresse. En retournant au château, le fusil
sur l'épaule, le carnier plein, les deux chiens quêtant
devant eux dans les bois, ils prirent un sentier d'écart
où les branches réunies des arbres dépouillés de
feuilles, formaient une voûte entrelacée au travers de
laquelle un soleil pâle de fin d'hiver tamisait ses
rayons. Ils demeurèrent quelque temps silencieux,
marchant l'un près de l'autre sur les feuilles mortes et
saupoudrées encore de gelée blanche, lorsque Alix
prit la parole :

— Vous aimez donc la vie des champs, mon cousin? Je craignais, et elle donna à ce mot un accent particulier, que les quelques années passées à Paris vous aient à ce point changé, que la ville et ses plaisirs soient devenus pour vous indispensables.

— Paris est loin, bien loin, et je n'ai plus le goût d'y vivre jamais; je l'ai vu de trop près pour désirer m'y installer tout à fait. Je préfère conserver pour moi le souvenir précieux des quelques amitiés que j'y ai contractées; ceux qui furent mes compagnons de rêve sont maintenant dispersés aux vents de l'existence; chacun d'eux, en cela plus sage que moi, est entré dans la carrière qu'il s'était tracée : d'autres occupations les absorbent, et je suis resté seul avec mes aspirations de poète, sans m'occuper des côtés réels de la vie; moins sage qu'eux, touchant à tous les arts sans m'arrêter à un seul pour le faire mien, je les ai vus prendre leur vol. Ils commencent leur fortune dont la base est le travail, tandis que moi je n'ai même plus la mienne, et je suis seul ici-bas.

— Mais votre père?

— Mon père, justement mécontent, plus pratique, plus sérieux, comme on dit, tient en profond mépris les arts en général, et la littérature en particulier. Ses idées sont tellement arrêtées que, quand bien même je serais arrivé à la gloire, comme peintre, comme poète ou comme musicien, il n'aurait tiré aucun orgueil de mes triomphes, eussent-ils été des plus lucratifs.

Alix ne répondit pas, un silence de quelques minutes s'était établi entre eux.

Tout à coup, elle s'arrêta net, et dans un mouvement de brusquerie accoutumé, elle reprit

— Alors, il faut vous marier !

— Mais, ma cousine, quelle femme sera jamais assez désintéressée pour associer sa vie à celle d'un homme qui n'a rien à lui donner en échange ?

— Mais, moi, répondit simplement Alix.

A ces mots, Georges saisit la main de sa cousine, et la couvrit de baisers : il pleurait comme un enfant.

Ils reprirent leur route et débouchèrent un instant après sur une aile du château. Tous les deux, d'un pas plus léger que celui du départ, malgré la fatigue d'une marche non interrompue à travers champs, entrèrent dans le vestibule. Le domestique les débarrassa de leurs fusils et de leurs carniers et Alix, sans dire un mot, monta précipitamment chez elle.

Après avoir changé de toilette, elle se rendit dans le petit salon, où sa mère l'attendait tout en lisant un journal.

— Tu es seule, dit-elle, je vais t'apprendre une grande nouvelle : je me suis promise à mon cousin, Georges de Soutisse.

— Qu'il en soit fait selon ta volonté, ma chère fille, et que Dieu bénisse ton choix

Et, voyant repartir son enfant, elle ajouta.

— Tu sors encore, où vas-tu ?

— A l'église, mère chérie.

Le comte de la Roche-Sesson arriva quelque temps après, suivi du comte de Vernon, qui avait dû subir, bien à contre-cœur, l'inévitable promenade du gentilhomme fermier, fier de montrer ses cultures.

La comtesse, encore toute émue de la confidence que venait de lui faire sa fille, raconta à son mari et à son cousin le rapide résultat des deux seules entrevues des jeunes gens.

— Je m'y attendais, fit M. de Vernon ; j'en aurais mis ma main au feu. Je connais le gaillard, ma cousine. Il a tout ce que je n'ai pas, c'est-à-dire qu'il est capable de faire le bonheur d'une femme. Quant à ce que j'ai, c'est-à-dire ma fortune, je la lui laisserai un jour, mais le plus tard possible, si vous voulez bien me le permettre. Avec ce qui doit lui revenir à la mort de son grigou de père, Georges est, pour l'avenir, un superbe parti. Quant au présent, rien, rien, absolument rien. Les chers enfants vivront donc sur la dot que vous faites à votre fille. Quant à moi, vous me permettrez de me charger de la corbeille.

— Mais le marquis ? interrompit M. de la Roche-Sesson.

— J'ai plein pouvoir pour agir en son nom. En conséquence, mes chers cousins, j'ai l'honneur de vous demander pour mon neveu, le comte Marie-Georges de Soutisse, la main de Mlle Thérèse-Alix de la Roche-Sesson. Cette affaire est menée à la hussarde, ou je ne m'y entends plus !

— Accordée, répondirent ensemble le comte et la comtesse.

Et sans plus de façons, mus par une même impulsion, les trois vieillards se jetèrent dans les bras les uns des autres.

Le séjour du comte de Vernon et de son neveu au château de la Roche-Sesson dura un peu plus longtemps que ne l'avaient projeté les deux visiteurs.

D'ailleurs, le plan qu'ils avaient arrêté fut sensiblement modifié. En premier lieu, sur la demande formelle d'Alix, on dut renoncer au voyage en Italie. En conseil de famille on décida de partir tous ensemble pour Paris. L'oncle ne dissimula pas le contentement que lui procura cette détermination.

— C'est à vous, ma cousine, bientôt ma nièce, que nous devons cette modification au programme. Pour ma part, je vous en suis tout à fait reconnaissant ; l'affection que j'ai pour mon neveu a fait de moi un oncle modèle, obéissant aux exigences de la situation. Ce n'est pas sans regret, cependant, que j'avais fait pour trois mois le sacrifice de mon Paris auquel on ne saurait comparer aucun pays du monde. A vous aussi la palme pour débrouiller tôt les situations. Ah ! vous n'avez pas été longue à vous décider au mariage ; je sais bien que votre cousin est en tout point digne de l'honneur que vous lui faites. Vous allez comme un soldat va à l'assaut ; je n'ai pas à vous faire compliment de votre choix, mes éloges seraient bien inférieurs à l'opinion que vous avez de Georges, puisqu'il sera bientôt votre mari. Si je vous dis toutes ces choses, en vous marquant mon admiration pour votre caractère, c'est que j'ai un petit service à vous demander, je l'avoue franchement. Grâce à vous, le voyage en Italie est aux vieilles lunes ; il est remplacé par celui de Paris : je grille d'impatience d'y être déjà. Les ordres sont envoyés et à mon hôtel, où vous me faites l'amitié de descendre, tous. A l'heure présente, tout est prêt à vous recevoir. Eh bien ! ma chère enfant, mettez votre volonté au service des vieilles manies de votre oncle en avançant autant que vous le pourrez la fin de notre séjour dans ce château hospitalier. La maison est superbe, la campagne est pittoresque, mais voyez-vous, malgré les grands feux flambants dans les cheminées, malgré la chasse, la pêche, toutes les intéressantes dissertations qu'on peut faire sur ce sujet jamais épuisé : les biens de la terre, — Paris m'appelle, car nous nous manquons tous les deux.

Prenant alors dans ses deux mains la blonde tête de la jeune fille, il y déposa un bruyant baiser en ajoutant :

— Sainte Alix, protégez-nous.

Et sainte Alix ne fut pas invoquée en vain.

Sous son impulsion, le château, depuis tant d'années silencieux, devint bruyant : ce n'étaient qu'allées et venues de gens descendant des malles de forme ancienne — quelques-unes dataient de l'émigration. Devant les armoires grandes ouvertes, la comtesse de la Roche-Sesson, retrouvant l'agilité des jeunes années, — toute à la pensée du bonheur dont rayonnait le visage de sa fille, — donnait des ordres, retirait les robes et les manteaux pendant que son mari, en bas, dans la salle à manger, recevait régisseurs et fermiers, assis à la grande table, un grand livre ouvert devant lui, entouré de papiers de toutes sortes et de sacs de toile au ventre rebondi, remplis d'argent, donnait ses instructions et réglait ses comptes, tout ceci d'un air rogue, la voix sèche, car malgré le grand événement qui allait s'accomplir, il ne pouvait dissimuler sa mauvaise humeur de voir ce changement subit dans ses habitudes, ce bouleversement de la maison où tout était sens dessus dessous, comme si quelqu'un avait donné l'ordre du branle-bas de combat. Il mettait cependant au règlement de ses affaires, une telle précision, il entrait dans des détails, à ce point minutieux, qu'on aurait cru que son absence devait durer des années.

Alix ne tenait pas dans la maison. Depuis deux jours à cheval, elle galopait la contrée, allait voir ses pauvres, visitait les cabanes des paysans, embrassait les petits, aux cheveux embroussaillés, remettait des vêtements chauds aux mamans, et s'échappait avec sa brusquerie coutumière aux remerciements de tout ce monde, qu'elle quittait, mais auquel elle promettait de revenir. Une fois en selle, elle piquait d'un vigoureux coup d'éperon le flanc de son cheval, et, les femmes, debout sur leur porte, entourées de leur marmaille morveuse, essuyant du coin de leur tablier ou du revers de la main des larmes furtives, regardaient s'éloigner leur bienfaitrice et restaient là, écoutant s'éloigner le bruit sonore des fers de la bête, martelant le sol durci.

Georges, pendant les longues absences de sa fiancée, s'asseyait au piano et se laissait aller à une improvisation vague.

Quant à son oncle, il avait bouleversé la bibliothèque pour trouver un Bussy-Rabutin, dont il lisait les pages doucement, en gourmet qui savoure un vieux vin, et sans se soucier du tapage et du bruit des allées et venues dont était remplie la maison, ni des harmonies du piano qui venaient à ses oreilles à l'état de murmure.

Le jour du départ se leva enfin.

La famille de la Roche-Sesson, arrivée à Paris, s'installa à l'hôtel de Vernon, luxueusement préparé pour la recevoir. Georges venait tous les jours voir sa fiancée, prenait part au repas familial, et, en compagnie de la comtesse et de sa fille, courait les magasins, visitait les monuments et les curiosités de la ville. La soirée était spécialement réservée à M. de Vernon qui s'était intitulé lui-même l'intendant des menus, et, en cette qualité, ne voulait laisser à personne le soin du choix des plaisirs. Il fit voir ainsi à ses hôtes tous les théâtres, y compris les petits, où, malgré la légè-

reté de certaines pièces, malgré les effarouchements
de la comtesse, il menait sa nièce, prétextant qu'Alix
serait femme demain et qu'elle pouvait tout entendre.
Celle-ci, d'ailleurs, se laissait faire, prenant plaisir aux
fantaisies du comte. Seul, M. de la Roche-Sesson
appréciait peu ces fantaisies et dormait régulièrement
au fond de la loge. Le temps était loin où il avait l'habitude de se coucher tard.

La joie, en somme, régnait dans la famille et rien
ne semblait devoir la troubler, lorsqu'une fantaisie
nouvelle germa dans le cerveau du vieux garde du
corps, s'y enracina profondément. Il avait maintenant la volonté bien arrêtée que le mariage se fît à
Paris. La comtesse et le comte de la Roche-Sesson
opposèrent d'abord un refus formel : il n'était pas possible, selon eux, que la cérémonie se fît ailleurs que
dans la chapelle du château, au milieu des gens du
pays, qu'ils considéraient comme appartenant, de loin,
à la famille. M. de Vernon tenait bon, lorsqu'une
circonstance imprévue vint à son secours.

Le marquis de Soutisse avait été tout naturellement prévenu par son fils et par son beau-frère,
auquel il avait laissé plein pouvoir, du mariage de
Georges avec sa cousine éloignée, M\ulllle Alix de la
Roche-Sesson. Il envisagea cette union comme une
planche de salut pour son enfant ; il avait répondu
par un consentement immédiat et sans cacher le
plaisir que lui causait ce grand événement qui réunissait toutes les conditions de bonheur : naissance
et fortune. Et puis, tacitement, dans son profond
égoïsme, il se réjouissait de n'avoir plus à s'occuper
de celui qu'il prétendait être une ruine, un songe-creux,
incapable de rien faire. Il avait arrêté — c'était le

5

seul sacrifice que s'imposait son affection paternelle
— que les enfants vivraient six mois aux Tilleuls et six
mois à la Roche-Sesson ; il appelait cela : partager les
charges. Tout autre aurait quitté son domaine et serait
accouru pour embrasser son fils et sa future belle-fille ;
il prétexta un accès de goutte.

Lorsque les la Roche-Sesson arrivèrent à Paris,
il s'excusa encore, écrivant qu'il ne se sentait pas la
force d'entreprendre le voyage. Cependant, au bout des
deux mois de séjour de ses cousins chez le comte de
Vernon, il prit la détermination de venir les rejoindre.
Personne ne s'était étonné de ses façons d'agir ;
le comte et la comtesse le connaissaient de longue
date, et M. de Vernon avait, d'autre part, pris soin
d'exagérer ses originalités, qui n'avaient fait que
grandir avec l'âge. Il reçut, néanmoins, le plus cordial
accueil. Au fond M. de Vernon se réjouissait de cette
goutte opportune, qui, de prétexte, devenait pour lui
une alliée sûre dans le différend existant entre les père
et mère d'Alix, Alix elle-même et son neveu, qui était
tout naturellement de l'avis de sa cousine, et lui, resté
seul buté dans son entêtement.

Donc, la goutte providentielle du marquis aplanit
les difficultés ; il était impossible de lui demander,
après le voyage des Tilleuls à Paris, de se remettre de
nouveau en route, pour se rendre à la Roche-Sesson
éloignée de quinze lieues du chemin de fer. On décida
en outre, non sans quelque tiraillement, que les nouveaux époux passeraient leur lune de miel aux
Tilleuls. M. de Vernon aplanit toutes les difficultés
administratives et religieuses et le mariage fut célébré,
par une belle journée d'avril, en l'église Saint-Thomas
d'Aquin.

Après la cérémonie à laquelle assistèrent l'élite du faubourg Saint-Germain et cinq ou six amis, appartenant à l'ancien cénacle de Georges, amis quelque peu chevelus, de tenues volontairement excentriques et qui furent le point de mire de la noble assistance et l'occasion d'un certain dédain — des poètes ou des artistes, murmurait-on tout bas — Georges et sa femme revêtirent leur costume de voyage, prirent congé de leur oncle, du comte et de la comtesse de la Roche-Sesson, et, accompagnés de leur père, prirent le train qui les menait à Saint-Lambert.

Les adieux d'Alix et de ses parents avaient été pleins d'émotion.

Les nouveaux mariés s'installèrent aux Tilleuls, qui avaient été aménagés pour eux, le marquis ne s'étant réservé que trois pièces pour son appartement.

Le printemps étalait ses jeunes verdures; les oiseaux chanteurs accueillirent les deux amoureux, lorsqu'au lendemain matin Georges ouvrit toutes grandes les fenêtres ayant vue sur le parc, du côté opposé à la double avenue de tilleuls.

Une bouffée d'air frais vint mettre sur leur front sa caresse amoureuse, pendant que les cygnes et les canards carolins, s'ébrouant, lissaient leurs plumes aux rayons tièdes du soleil, en glissant silencieusement sur la surface de la pièce d'eau polie comme l'acier.

Les mois succédèrent aux mois, les années aux années dans un bonheur uniforme; pendant ce temps naissaient d'abord une fille, qu'on appela Marguerite, puis successivement deux fils, Maurice et Lucien.

Aucun événement ne troubla cette quiétude. Georges écrivait, lisait, s'occupait de musique, ou souvent, sac au dos, s'en allait peindre dans les bois. A l'époque de

la chasse, il réunissait ses amis : et sa femme, malgré
l'esprit de caste dont elle ne s'était pas départie, les
accueillait avec affabilité, d'abord à cause de l'amitié
sincère et déjà ancienne que leur vouait son mari, et
ensuite parce que, petit à petit, sans s'en douter, son
esprit s'affinant au contact de l'existence commune, elle
appréciait maintenant ceux dont la vie entière s'est
consacrée dans le perpétuel effort de comprendre et de
traduire le Beau sous toutes ses formes.

Son temps était occupé entre les soins qu'elle donnait
à ses trois enfants et les œuvres charitables auxquelles
elle avait conservé sa précieuse sollicitude ; elle marchait maintenant dans la vie, ne semblant avoir, avec
son mari, qu'une seule âme en deux corps ; elle donnait raison au psychologue qui a écrit qu'à force de
vivre ensemble, deux êtres qui s'aiment sincèrement
finissent par se ressembler.

Ses fils, Maurice et Lucien, grandissaient. On chargea
alors l'abbé Bertillon, curé de Crétoïs, de commencer
l'instruction des deux enfants, comme il avait fait pour
leur père.

La vie allait ainsi, douce, suivant son cours, tranquille, sans heurt ni cahot, lorsqu'un soir du mois de
janvier de l'année 1868, le marquis de Soutisse rendait
le dernier soupir. Depuis quelques jours, il gardait la
chambre, souffrant d'un accès de goutte, réel celui-là,
goutte remontante et qui ne pardonne pas. Sentant sa
fin proche, il avait appelé son fils, sa belle-fille et les
trois enfants dont l'aînée, Marguerite, avait déjà quatorze ans ; il leur dit adieu et, malgré le spectacle d'une
existence régulière et calme que lui donnait Georges,
pensant aux mauvais jours de la jeunesse, à la grosse
ortune qu'il allait lui laisser, il l'exhorta, une fois

encore, à l'ordre et à l'économie. Le lendemain, la goutte avait atteint le cœur.

Georges de Soutisse conçut un réel chagrin de la mort de son père, malgré les différences de leurs deux natures. Son affection filiale fit un choix dans les souvenirs que lui laissa le marquis ; il oublia tout à fait les mauvais côtés du caractère de son père, dont il avait eu tant à souffrir, et ne se rappela que ses qualités rares, mais vraiment hautes. Le temps aidant, la figure du marquis de Soutisse se fixa dans son esprit définitivement belle. La grosse fortune qu'il venait d'hériter n'amena que peu de changement dans son train de vie ; les pauvres, surtout, en bénéficièrent par la main charitable de sa femme, et, parmi les amis du cercle d'autrefois, ceux qui restèrent en chemin, vaincus par la mauvaise chance, trouvèrent un soutien constant et généreux.

Devenu, à son tour, marquis de Soutisse, il garda la simplicité affable de ses manières. Son père, en mourant, avait laissé vacante une place au conseil général du département. Georges était trop aimé dans la contrée pour qu'elle ne fît pas partie de l'héritage paternel ; son influence en grandit, et cette influence servit d'appoint aux services qu'il aimait rendre. Deux ans plus tard, l'empire s'effondrait, succombant aux coups d'une guerre inoubliable.

Le marquis Georges de Soutisse, pour qui les chose de la politique n'avaient qu'un médiocre intérêt, se rangea cependant parmi les mécontents. Il oublia que son père, fidèle du vieux régime, avait accepté, en haine des d'Orléans et de la seconde République, l'arrivée au trône de Napoléon III ; il oublia, aussi, qu'au contraire des autres gentilshommes du département qui faisaient mine grise à l'élu du 10 décembre, son père, lors du voyage du récent empereur dans la contrée, avait mis ses chevaux à sa disposition et, de ce chef, reçu la croix de la Légion d'honneur. C'est dans ces dispositions d'esprit que le trouva la déclaration de guerre de 1870. Il avait alors quarante-cinq ans.

Après le désastre de Sedan, atteint dans les fibres les plus intimes de son amour pour le pays, il s'engagea comme simple soldat dans une compagnie de francs-tireurs. Ni l'amour de sa femme, ni l'affection de ses trois enfants ne purent le retenir.

La marquise de Soutisse, qui n'était habituée à voir dans son mari qu'un poète doux et rêveur, vivant dans l'illusion et paraissant éloigné de l'action par tempérament, eut un sursaut d'orgueil en apprenant la détermination de son mari. Le vieux sang de race bouillait dans son cœur; elle remercia avec effusion celui qui, tout d'un coup, prenait à ses yeux les allures d'un héros; elle voulut même, lorsqu'il eut revêtu l'uniforme, l'accompagner jusqu'à la station de Saint-Lambert avec ses trois enfants, pour que le courage de leur père leur servît de leçon.

La guerre, hélas! marcha vite! Les vainqueurs avançaient toujours en hordes compactes, serrées. Bientôt, les uhlans, précédant d'une heure à peine un escadron du sixième cuirassiers blancs, se présentèrent à la grille du château, désigné sur les cartes d'état-major. Quand les officiers arrivèrent, la marquise les reçut; elle leur indiqua avec hauteur les parties du logis qu'elle leur abandonnait et se retira, avec ses enfants, dans les trois pièces qu'occupait autrefois son beau-père.

Après les cuirassiers blancs, ce furent des lanciers,

puis des Bavarois. Pendant ce temps, le marquis allait à marches forcées, bivouaquant n'importe où, se contentant de tout, acceptant les conséquences de son patriotisme sans une plainte, sans un regret ; il avait tout abandonné cependant, malgré son âge, femme, enfants, foyer, existence heureuse et tranquille. Il demandait même à ses chefs qu'on lui réservât l'honneur des missions les plus périlleuses ; au cours de l'une d'elles, il fut blessé et transporté à l'ambulance. Quelque temps après, à son tour, il recevait la croix.

Après la reddition de Paris, les électeurs du département, qui connaissaient sa conduite crâne et désintéressée, le nommèrent parmi les représentants qui devaient siéger à l'Assemblée nationale de Bordeaux. A cette époque, la marquise fut vivement sollicitée par sa mère et par son père de venir, avec ses enfants, à la Roche-Sesson, pour se remettre des terribles émotions qu'elle venait de traverser ; elle refusa, ne voulant pas, écrivait-elle, quitter son château et la contrée avant que les pandours qui l'occupaient aient disparu.

L'Assemblée, bientôt, quitta Bordeaux pour Versailles.

Les de Soutisse suivirent l'Assemblée.

Une fois installés dans la vieille ville, rue des Bourdonnais, la vie du marquis et de la marquise de Soutisse se modifia fatalement. Mme de Soutisse fut la première à en souffrir, mais elle garda avec fierté le chagrin qu'elle en ressentit. Il lui semblait que la guerre, avec son effrayant cortège, avait amené le malheur dans sa maison. Tant que son mari fut à l'armée, elle avait conçu l'espoir, une fois les événements terminés, qu'il reviendrait aux Tilleuls pour reprendre, auprès d'elle, l'existence d'autrefois ; mais voilà que la politique s'en

était mêlée; la politique lui prenait maintenant celui
en qui se résumaient toutes ses affections. Et quelle politique! Le marquis ne siégeait-il pas, aujourd'hui,
parmi les républicains, au mépris de sa naissance, de
son éducation de gentilhomme, au mépris même de
ses sentiments, à elle, la forcenée aristocrate? Il fallait
donc dire adieu pour toujours aux Tilleuls, dont elle
connaissait les coins les plus cachés, aux Tilleuls où elle
avait de si chers souvenirs. Que deviendraient ses pauvres? Adieu les longues soirées passées côte à côte, les
promenades en commun, les conversations intimes, les
espoirs échafaudés à propos de leurs enfants, de leurs
études, de leur établissement plus tard; oui, il y avait
maintenant une étrangère entre eux deux, qui creusait
un précipice et lui volait son mari : cette étrangère était
toujours la politique, faite de compromis, de mauvaise
foi ou de conventions. Et maintenant, elle en voulait
encore plus aux Allemands!

Toutes ses douleurs, qu'elle tenait secrètes et qu'elle
dissimulait si bien que le marquis ne s'en doutait pas,
se trouvaient entretenues par la nouvelle attitude de
M. de Soutisse. Il ne savait rien faire à moitié; aussi,
sa fonction de député, prise par lui fort au sérieux, l'ab-
sorbait-elle, entièrement. Il n'était plus le même, en vérité. A peine levé, il s'enfermait dans son cabinet pour
prendre connaissance de volumineux dossiers ; puis, il
lui fallait répondre aux lettres, aux conseils, aux observations que lui envoyaient les électeurs influents ou aux
demandes que, par nuées, les solliciteurs lui adres-
saient.

Puis venait l'heure de déjeuner; ils étaient rarement
seuls : un collègue de l'Assemblée, un maire ou tout
autre personnage venait s'asseoir à sa table toujours

hospitalière. Il devenait très difficile de causer en tête-à-tête. Le repas à peine terminé, l'heure de la séance arrivait et il partait encore pour ne rentrer que le soir.

Il s'était adonné avec une véritable passion à ses occupations nouvelles, si éloignées cependant de ses goûts et des tendances de son cerveau spéculatif. Mais sa générosité le dominait et il travaillait d'arrache-pied à une besogne ingrate dont en d'autres temps il se serait vite lassé, comme il avait pris le fusil — pour défendre le pays envahi. En un mot, son robuste amour de la patrie le soutenait dans cette besogne ingrate, à laquelle il était si peu préparé. Son zèle, son assiduité aux nombreuses commissions dont il faisait partie, quelques discours fort remarqués, l'avaient désigné au choix de ses collègues pour les fonctions de secrétaire de son groupe.

La marquise se replia en elle-même et, pour étouffer sa peine, se consacra avec plus d'ardeur encore à l'éducation de ses enfants.

C'est dans ces circonstances que Mme Breton, Julie et Valère entrèrent en relations avec elle.

III

Mᵐᵉ de Soutisse en voulut presque à son mari lors-que, mû par un sentiment de générosité, il invita, sans plus de façons, l'indiscrète Mᵐᵉ Breton et sa fille. Elle avait attendu avec impatience l'arrivée des va-cances parlementaires : il lui semblait qu'elle retrou-verait aux Tilleuls une partie du bonheur en allé, et qu'elle reprendrait son mari, pour quelque temps du moins.

La politique et ses fastidieuses occupations seraient, pendant deux mois, vaincues par elle. Dans ces dispo-sitions d'esprit, elle avait rêvé de jouir seule, en égoïste, avec ses enfants, de la reprise de ses droits. L'invitation imprévue dont Julie fut l'objet dérangeait ses projets. Du coup, elle considéra la jeune fille vers laquelle elle s'était sentie vivement attirée, dont elle vantait l'honnêteté, dont elle aimait la joie mutine, et qu'elle avait donnée de grand cœur comme compagne à Marguerite, elle la considéra en intruse et en trouble-fête. Elle n'en dit rien, cependant, à son mari, mais son amertume prit un libre cours quand elle entra le soir dans la chambre de sa fille. Marguerite, qui ne comprenait rien au changement subit des dispositions de sa mère à l'égard de Julie, plaida la cause de sa jeune amie, les larmes aux yeux, et n'eut pas de peine, en rappelant ingénument les qualités de sa compagne, à convaincre sa mère.

La marquise aimait trop son enfant pour ne pas céder devant son chagrin : elle accepta dès lors la présence de Julie comme si celle-ci faisait partie de la famille.

L'installation aux Tilleuls s'effectua sans encombres, au milieu de la joie des enfants ; on donna à Mlle Breton la chambre bleue, voisine de celle de Marguerite.

Les premiers temps furent consacrés en excursions dans le pays.

M. de Soutisse oublia les choses de la politique : il imaginait qu'en revenant au foyer de son enfance, dans la vieille maison où s'étaient écoulées les années heureuses qui suivirent son mariage, il était redevenu le Georges du bon temps ; il reprit les pinceaux et la palette et se remit, de plus belle, à une de ses occupations de dilection.

Sa femme, le voyant maintenant le mari d'autrefois, se fit illusion, elle aussi. Pendant quelque temps, du moins, elle put croire qu'elle avait vaincu son ennemie, l'affreuse politique. Et puis, comment rester indifférente aux ébats de ses enfants, à la joie qui transfigurait leur visage et aux belles couleurs que l'air vif et généreux de la campagne remettait sur leurs joues? Julie, enfin, était si bonne, si attentionnée, si reconnaissante !

Huit jours après son arrivée au château, elle aussi revenait à la vie ; elle n'était plus obligée de s'astreindre au régime délétère que lui avait imposé sa mère ; avec le sommeil et l'appétit, elle avait repris un air de santé luxuriante qui rendait à sa jolie figure de toutou ébouriffé, son charme attirant. La maison était donc pleine de joie, elle en débordait.

Tout le monde se levait de bonne heure ; le soir, après dîner, on passait une heure au salon, mais le sommeil gagnait en maître chacun des hôtes et, après un peu de musique, ou une lecture, on remontait se coucher.

C'était l'instant choisi par Julie pour jouer le rôle qu'elle s'était imposé. Lorsque le château était rempli de silence, lorsque une à une, les lumières s'étaient éteintes, Mlle Breton tournait doucement le bouton de la porte mettant en communication sa chambre avec celle de Marguerite ; alors, bien seules toutes les deux, dans le calme de la nuit, elles causaient longuement. Leur conversation avait un sujet unique : Valère.

Marguerite, éprise comme une enfant, heureuse de pouvoir parler enfin de cet amour qui grandissait de jour en jour dans son cœur chaste et tout rempli d'élans généreux, écoutait avec une sorte de ferveur la voix murmurante et câline de son amie, lui racontant les souvenirs de jeunesse de son frère. Elle lui disait combien il avait été travailleur, l'affection dont il entourait sa mère et sa sœur, sa générosité, le jour où il devint riche, et chacune de ces paroles allait à l'âme de la jeune fille, lui apportant une chaleur inconnue et une joie de vivre ineffable. Lorsqu'elle sentait Marguerite suffisamment entraînée, elle profitait alors de son état d'âme pour faire la contre-partie des espérances de son amie.

— Mais j'ai tort, disait-elle, de te raconter toutes ces choses. Je m'en veux maintenant de te les avoir dites. A quoi peuvent-elles aboutir, en effet ? Vois-tu, ma mignonne, il faut avoir le courage de regarder la réalité bien en face. Valère et moi nous n'appartenons pas au monde auquel tu appartiens ; ton excellente mère a, tu le sais, des idées fort arrêtées là-dessus ; une fille de ta race et de ton nom ne saurait devenir la femme d'un homme qui n'a pas de titre, pas de noblesse de naissance, qui n'appartient à aucune aristocratie, hormis celle du travail, fût-il Valère. Aussi, je me reproche mes conversations secrètes ; si j'y reviens toujours, c'est que mon affection pour toi m'aveugle au point que je ne puis résister au plaisir que tu ressens chaque fois que nous nous entretenons du plus loyal et du meilleur des frères ; mais où tout cela nous mènera-t-il ? Je te le répète, je ne vois pas d'issue probable.

— Ne me laisse pas, ma bonne Julie, sur cette douloureuse impression. La première fois que j'ai vu Valère, je l'ai aimé tout d'un coup, sans réfléchir, et comme attirée malgré moi par une force que je ne pouvais définir. Tu étais déjà mon amie, et je n'ai pas hésité à te faire part de ce premier émoi de mon cœur, qui m'a toute changée et m'a fait entrer dans une vie nouvelle. Puis, mon amour a grandi vite, vite, m'a prise, sans que j'aie même le temps de la réflexion, et lorsque, insouciante, sans penser à l'avenir, je me laisse bercer dans la plus douce des félicités, tu viens brusquement me frapper au cœur et me dire : « Cesse ton rêve, ma bonne amie, il est irréalisable ! »

Marguerite changeait alors de ton, et d'une voix plus

accentuée, plus forte, sans crainte de réveiller sa mère
endormie dans une chambre voisine, elle ajoutait :

— Eh bien ! non, ce rêve sera une réalité, parce que
je le veux, parce que j'aime Valère à l'égal de Dieu,
parce que ma mère ne voudra pas faire le malheur de
son enfant, parce que je vais la trouver, tout de suite,
entends-tu bien, et lui dire quelle immensité d'affection
déborde de mon cœur ; et, voyant mes larmes, elle
n'aura pas le courage de m'opposer un refus qui serait
ma mort.

La douce enfant s'exaltait en parlant ainsi ; toute sa
physionomie faite de soumission, d'obéissance, changeait à ce point que Julie était elle-même effrayée du
succès de sa diplomatie. Elle remarquait le pli bien
arrêté qui se creusait entre les deux sourcils, au front
virginal de la jeune fille, transformée subitement en hé-
roïne de l'amour, décidée à tout affronter pour défendre son cœur et pour conquérir le droit de conserver son indépendance. Elle prenait peur : aller trop vite
serait compromettre ses projets et courir droit à une
irrémédiable opposition. Se faisant plus persuasive encore, elle se jetait au cou de Marguerite, assise dans
son lit, la baisait doucement, comme une enfant qu'on
console, et, petit à petit, la recouchait dans un murmure de paroles tendres.

— Au nom de ton amour, disait-elle, au nom de Valère qui, là-bas, à Paris, à cette même heure, pense à
toi, reprends ton calme ordinaire, ma chérie, ma bien-
aimée Marguerite. La précipitation compromettrait
tout et vous perdrait tous les deux sans espoir de retour. Tu as le bonheur de posséder le sentiment le
plus beau, le plus chaste, le plus élevé, le plus légitime que puisse avoir une jeune fille ; tu dois en être

fière, mais tu dois aussi l'entourer d'un soin jaloux.
D'ailleurs, tu n'es pas seule en cause ; en consommant
la ruine de ton existence, du même coup tu tuerais mon
pauvre frère, qui ne vit que pour toi ; tu n'as pas e
droit de disposer ainsi de sa destinée : vous êtes unis
dans la plus tendre et la plus respectable affection,
vous ne faites plus qu'un à vous deux. Je t'en conjure,
réfléchis bien avant de tout compromettre.

Et Marguerite, attendrie, émue jusqu'aux larmes,
baisait les mains de son amie, en lui disant :

— Combien tu es bonne et que nous sommes heureux, Valère et moi, de t'avoir pour conseillère. Que fe-
rions-nous sans toi ? Sois rassurée, je vais être bien
sage, je ne dirai rien à ma mère. Je suis décidée à t'o-
béir et j'attendrai le moment où tu me diras qu'il faut
parler. Je suis calme, maintenant, n'est-ce pas ? Mais
c'est plus fort que moi, la pensée que je ne deviendrai
pas la femme de ton frère me rend folle ; si tu lui écris
demain, ne lui parle pas de ma faiblesse.

— Mais pourquoi n'écrirais-tu pas toi-même ? répondit perfidement Julie. Donne-moi la lettre, je la lui
ferai parvenir.

Marguerite eut un sursaut de joie.

— Et il m'écrira à son tour ? dit-elle.

— Mais certainement, quand il saura que je pourrai
te remettre sa lettre.

— Tiens, tu es une sainte. Merci.

Et l'embrassant longuement, elle reprit

— Je vois le sommeil battre tes beaux yeux, tu es ac-
cablée de fatigue et je suis là à parler en égoïste, à te
dire, pour la millième fois, ce qui m'occupe, sans songer au repos dont tu dois avoir besoin ; rentre dans ta

chambre, ma bien-aimée, et reçois, pour Valère, le baiser que je te donne du fond de l'âme.

Julie rentra chez elle, se coucha, au moment même où le timbre grave et prolongé d'une vieille horloge à gaine retentissait douze fois dans le château. Elle s'endormit, satisfaite d'elle-même ; l'entreprise délicate menée par elle marchait à son gré ; elle avait commencé à circonscrire son amie du jour où celle-ci vit pour la première fois son frère. Son amour, fraternel d'abord, lui avait inspiré l'idée d'une union; elle en avait parlé à sa mère, et Mme Breton, saisissant la balle au bond, était entrée aussitôt dans ses vues, non sans lui donner certains conseils.

Chaque fois qu'elle en trouvait l'occasion, et lorsque l'occasion ne se présentait pas naturellement, elle la faisait naître, le nom de Valère revenait dans ses conversations avec Marguerite; mais elle en parlait d'une façon si simple et si habile à la fois dans les premiers temps, que l'amour, à peine entrevu par sa jeune et candide amie, grandit bientôt, la prenant tout entière. Quelques mots, échappés à Valère dont elle avait deviné le sérieux penchant pour Marguerite, la déterminèrent à pousser plus loin la tâche qu'elle s'était donnée. Elle mit tout en œuvre, attira la confiance de son frère qui la prit bientôt pour confidente.

La nature expansive, candide et franche de Marguerite, qui ne pouvait, ignorant le mal, le soupçonner, se laissa aller à l'entraînement de son bon cœur ; n'entrevoyait-elle pas déjà, avec joie, le jour où elle pourrait appeler Julie sa sœur ?

Le lendemain matin, Julie, qui jouait à merveille son rôle en partie double, écrivit longuement à Valère, et, sous la même enveloppe, enferma la première lettre d'amour de sa jeune amie. Valère y répondit par son obligeant intermédiaire, trouvant cela chose toute naturelle : on est si près d'excuser ce qu'on trouve commode !

A dater de ce moment, elle devint donc une confidente obligeante, et surtout indispensable.

La conquête de l'amitié et de la confiance de son amie avait été chose facile ; elle avait trouvé pour y parvenir des auxiliaires dans la candeur et l'inexpérience de la jeune fille, qui allait, en cette aventure, tête baissée et sans conscience de l'incorrection de sa conduite.

Mais il lui fallait d'autres alliés encore dans la place : les deux principaux étaient la marquise d'abord et le vieux curé Bertillon ensuite. C'est à la marquise qu'elle s'en prit d'abord ; à son sens, et sa perspicacité précoce ne l'avait point trompée, Mme de Soutisse était la clef de voûte du laborieux édifice qu'elle avait arrêté de mener à bonne fin. Pour se bien faire venir, elle exagéra sa piété et l'affection qu'elle avait vouée à sa mère. Mme de Soutisse poussait l'amour de la religion aussi loin que possible ; d'autre part, elle idolâtrait ses enfants, et particulièrement sa fille, qui lui avait voué, en échange, un véritable culte. De plus, Mme de Soutisse, fidèle à ses habitudes de charité, continuait aux Tilleuls, comme à Versailles, les bienfaits que lui permettait sa fortune et qu'elle aimait à répandre autour de soi. Julie se fit donc charitable et secourable ; elle l'accompagnait dans ses visites aux indigents, apportant partout son obole ; mais si la châtelaine aimait à faire le bien, elle aimait surtout à ce que le bien ne se trompât point d'adresse. Plusieurs fois elle avait eu, selon elle, à se repentir de sa charité ; à ce propos, elle racontait de nombreuses petites mésaventures, parmi lesquelles celle-ci :

6

C'était à Versailles, en plein hiver ! elle comptait parmi ses pauvres une famille qui l'intéressait tout particulièrement : un maçon, sa femme et cinq enfants, dont le plus jeune âgé de trois ans à peine. Tout ce pauvre monde vivait entassé dans une soupente, mangeant peu. La femme était malade et le métier de maçon est en morte saison pendant l'hiver. L'inscription au bureau de bienfaisance n'apportait qu'un bien maigre soulagement à cette intéressante misère : les vêtements étaient loqueteux, le feu manquait. Mme de Soutisse, la veille de Noël, se rendit chez ces pauvres gens ; la vue de leur grabat fit saigner son cœur ; en un coin de la pièce gisait un lit avec une paillasse, les matelas étant au Mont-de-Piété ; puis, épars sur le carreau froid, des couvertures et des habits troués ; le père et la mère couchaient dans le lit, les cinq enfants par terre, les uns contre les autres, tant bien que mal enveloppés. En un autre coin, une commode éventrée et trois chaises boiteuses courant dans ce désordre ; au plafond, pendus à des ficelles, des linges blancs et des bas rapiécés.

La visiteuse sortit de son porte-monnaie un napoléon qu'elle remit à la pauvre femme en lui recommandant bien d'aller au plus pressé, et en lui promettant de revenir la voir.

Le lendemain elle remonta l'escalier obscur et sordide qui menait chez ses nouveaux protégés ; arrivée au sixième étage, elle frappa à la porte de leur taudis : la clef était sur la serrure.

— Entrez, fit une petite voix.

Elle pénétra et ne trouva, pour la recevoir, que le plus jeune des enfants, seul, en train de jouer avec un cadavre de poupée.

— Où sont donc ton père et ta mère, mon petit ?

L'enfant, distrait de son occupation, boudeur, timide, baissa la tête et murmura :

— Sortis.

— Et tes frères et tes sœurs?

— Sortis.

L'absence de tout ce monde l'étonna; elle comprit qu'elle n'obtiendrait que difficilement un renseignement du gamin et, tirant de sa poche une bonbonnière, lui tendit une dragée que l'enfant, debout maintenant, attrapa comme un singe à qui on présenterait une noix. Il croqua gloutonnement la sucrerie, et, devenu plus sociable, leva sur la belle dame ses yeux, deux pervenches. Il était si joli qu'elle l'embrassa. Enhardi, le petit, reconnaissant une amie, la tira par la robe et la conduisit jusqu'à la commode sur laquelle un torchon tout blanc recouvrait une sorte de paquet. Il se hissa sur ses petits pieds et tira le linge.

Alors apparut, au grand ébahissement de la marquise de Soutisse, un superbe dindon, tout plumé, prêt à mettre en broche, au flanc duquel gisaient trois bouteilles de vin cachetées de cire rouge et couchées.

— Regarde le gros poulet, dit le gamin.

C'était le jour de Noël.

Chaque fois que Mᵐᵉ de Soutisse rappelait cette histoire qu'elle aimait à raconter, elle ajoutait :

— Et voici pourquoi je ne porte plus d'argent aux pauvres, et pourquoi je ne leur donne, autant qu'il est en mon pouvoir, que les objets dont ils ont réellement besoin : linge, vêtements, souliers, nourriture et outils. Je ne les laisse plus victimes de tentations trop naturelles.

Aussi avait-elle installé aux Tilleuls, comme à la

Roche-Sesson, un atelier de couture. Elle achetait à la pièce les étoffes dont elle avait besoin, coupant les vêtements à la taille de ceux à qui elle les destinait et les confectionnant elle-même, aidée par des ouvrières pauvres du pays, qu'elle prenait à la journée.

Lorsque Julie lui demanda les raisons qui la faisaient agir ainsi, elle lui répondit :

—Autrefois, je prenais, à même la pièce, le coupon, soit de laine, soit de fil ou de cotonnade dont avait besoin ma pauvresse; mais je me suis aperçue bientôt que tel morceau d'étoffe, donné pour servir à un enfant, était donné à un autre, bien heureuse quand la mère ne s'y taillait pas quelque vêtement pour elle.

Julie écoutait ces histoires avec recueillement, s'exclamant discrètement sur la bonté de la dame.

— Il ne suffit pas de faire le bien, lui disait-elle, encore faut-il savoir le faire, et c'est là une science que vous possédez à fond, madame la marquise.

Marguerite, comme Julie, l'accompagnait dans ses visites presque quotidiennes; sur leur passage, elles n'entendaient que les phrases exagérément remerciantes et murmurées comme une mélopée par les clients de la misère. Julie surtout, plus gaie, plus ouverte, était aimée des pauvres gens.

Le vendredi était son jour de triomphe.

Ce jour-là était consacré aux aumônes faites aux porteurs de besace, aux pauvres étrangers à la contrée, aux chemineux qui passent avec un sac sur le dos. Ils se présentaient à la cuisine, qui leur était ouverte de neuf heures du matin à six heures du soir. Julie s'y installait, coupait de grosses tranches de pain aux miches, versait des rasades de vin ou de cidre, au goût des mendiants, et accompagnait cette charité, faite en

somme par les châtelains, du don d'une petite pièce de
quatre sous, qu'elle prenait sur sa bourse.

— Ceci est pour trouver un gîte en quelque ferme,
disait-elle dans un charmant sourire.

Les rares matinées qui n'étaient pas employées aux
visites, elle les consacrait à assembler et [coudre
des vêtements pour les déshérités, suivant son expression.

Mme de Soutisse ne tarda pas à se féliciter d'avoir
donné pour compagne à sa fille une jeune personne
aussi accomplie. Souvent, après avoir énuméré à son
mari les qualités de Julie et celles qu'elle lui découvrait
chaque jour, elle ajoutait :

— Il est singulier de voir comme les bourgeois d'aujourd'hui élèvent leurs enfants ; aussi cette jeune fille
surprendrait-elle bien des gens, si on leur disait qu'elle
n'est pas née dans notre monde.

Le marquis souriait doucement, et laissait dire sa
femme, sans attacher plus d'attention à la réflexion
finale, qu'à la nomenclature des vertus de l'incompa-
rable Mlle Breton.

Un soir, cependant, un peu lassé de ces dithy-
rambes trop souvent répétés, il conclut la litanie par
ce mot qu'il prononça d'un ton légèrement agacé :

— Si vous voulez, ma chère Alix, désormais appe-
lons-la sainte Julie.

La marquise ne comprit pas, tant Julie était entrée
maintenant dans ses bonnes grâces. Elle s'habitua si
bien à elle, elle avait une telle confiance dans la recti-
tude de son jugement, qu'il lui arrivait de faire, dans
certaines circonstances, appel à ses conseils. Elle la
chargeait même quelquefois de donner [pour elle, à
Marguerite, un conseil qu'elle croyait nécessaire, esti-

mant que sa fille l'accepterait plus volontiers de sa
compagne que de sa mère.

Ainsi, Mlle Breton menait, avec une logique surprenante et une tenue de volonté qui ne se démen-
tait jamais, le projet qu'elle avait conçu. Elle ne
laissait rien au hasard, l'esprit en continuel éveil,
sans une défaillance, avec une suite véritablement
remarquable chez une jeune fille, et surtout chez
une jeune fille de son âge. Il est vrai qu'elle entre-
tenait une correspondance régulière avec sa mère,
et que celle-ci, en femme avisée, chez qui l'intrigue
était passée à l'état de manie, prenait soin d'encou-
rager sa fille et ne lui ménageait pas les éloges. Si
elle soupçonnait le moindre danger, elle envoyait
immédiatement le conseil que lui inspirait sa rouerie
déjà ancienne.

Une fois, Julie lui témoigna l'intention où elle était
de la faire de nouveau inviter aux Tilleuls ; Mme Breton
répondit poste par poste :

« Il est prudent, ma chère fille, et dans l'intérêt
même de la réussite de tes efforts, que je reste à
l'écart et qu'on ne soupçonne pas notre connivence.
Maintenant, je dois te dire que l'éducation aristocra-
tique de la charmante Mme de Soutisse me trouble
un peu : je sais bien qu'elle affecte de prendre, avec
ceux qu'elle ne reconnaît pas de son monde, un ton
terre-à-terre, pour les mettre plus à l'aise, mais ce ton
même a le don de m'être particulièrement désa-
gréable. Je ne le fais pas voir, il est vrai ; ta mère,
ma Julie, n'a pas été élevée ni instruite comme toi,
qui épouseras un jour un marquis aussi, si cela te convient.

» Laisse-moi dans l'ombre et rassure-toi, je paraîtrai

au moment précis où ma présence sera nécessaire ;
occupe-toi plutôt de faire inviter ton frère. Au train
dont bat le cœur de ta petite amie, et pour éviter
quelque imprudence de sa part, — les natures comme
la sienne s'enflamment à la manière de l'amadou — il
faut que Valère la calme par un séjour de quelque
temps au château.

» Autre avis important : arrête toute correspondance entre les deux amoureux ; malgré tes précautions, il suffit d'une imprudence pour tout perdre.
Marguerite a deux lettres de ton frère ; ton frère en a
deux d'elle ; cela, peut-être, pourra nous servir un
jour, mais en voilà assez. Au reste, si, comme je n'en
doute pas, Valère vient passer quelques jours aux
Tilleuls, l'occasion d'échanger leurs poulets cessera
d'elle-même. Tu m'as parlé de mettre l'abbé Bertillon
dans ton complot ; n'en fais rien, tu es trop jeune, tu
n'as pas assez d'autorité ni d'expérience pour assumer
la responsabilité de cette dangereuse tentative. Avec
les prêtres, on ne sait jamais où l'on va : je m'en charge,
s'il en est besoin. Dirige tes efforts du côté des frères. Il
faut qu'ils soient dans notre jeu. Maurice, qui se destine
à Saint-Cyr, pas plus que Lucien, qui veut être marin,
ne seront difficiles à enjôler. Mais, ne perds pas de vue
Marguerite ; ne s'agit-il pas de son bonheur, aussi bien
que de celui de notre cher Valère ? »

Julie reconnaissait trop bien l'intelligence de sa mère
pour ne pas suivre de point en point les conseils qu'elle
lui donnait.

Ce fut au marquis qu'elle s'adressa, pour obtenir
que son frère fût invité au château.

Elle profita d'un jour où la marquise, accompagnée
de ses trois enfants, alla rendre une visite chez des

a mis, habitant un château voisin, pour causer avec
M. de Soutisse, resté seul à la maison. Une violente
migraine lui donna le prétexte de garder la chambre.
Lorsque la voiture fut partie, elle descendit au salon et
trouva le marquis devant son chevalet en train de
peindre, tout en fredonnant un vieil air.

— Et comment va cette affreuse migraine, mademoiselle Breton? dit-il en la voyant entrer.

— Elle me laisse quelques instants de répit, répondit Julie d'un air enjoué, et j'en profite pour venir causer un instant avec vous. Voulez-vous de
moi? ajouta-t-elle en souriant; je ne vous gênerai
pas.

— Bien au contraire, ma chère petite; n'êtes-vous
pas maintenant tout à fait des nôtres, et tellement des
nôtres, qu'en voyant l'affection dont ma femme vous
entoure, il me semble qu'elle vous considère comme
un quatrième enfant?

— Aussi, répliqua Julie, devenant subitement sérieuse, quand je pense à la dette de reconnaissance que
je contracte et qui chaque jour augmente, je me demande si mon existence suffira jamais pour m'en acquitter. Je suis encore obligée de m'en rapporter à
votre affectueuse obligeance, à la hauteur de vos sentiments, à la délicatesse de votre âme pour m'excuser
d'être impuissante à vous prouver que je ne suis pas
une ingrate.

Et du geste le plus spontané et le plus gracieux du
monde, elle tendit sa petite main effilée aux ongles
roses et brillants vers la main du comte, qui la prit
doucement et y déposa un baiser respectueux.

Puis, changeant de sujet de conversation:

— Est-ce bien difficile à apprendre, la peinture,

monsieur le marquis ? Depuis que je vous vois peindre, l'envie ne m'est-elle point venue, mais une envie folle, de peindre à mon tour ! Vous allez certainement me traiter de présomptueuse. Je dois vous dire cependant, que j'aime beaucoup le dessin.

— Oui, au couvent on vous a appris à faire des yeux, des nez et des oreilles.

— A votre sourire, je vois que vous vous moquez. C'est mal et peut-être injuste. Vous vous dites : Voilà une jeune personne qui s'imagine parce qu'elle a peint une pensée au coin d'une lettre de compliment, ou même une symbolique hirondelle portant au bec une enveloppe, avec cette phrase bébête en exergue : « Va où je voudrais être », qu'elle pourra demain peindre les loges du Vatican. Détrompez-vous. J'ai, pendant les dix années passées chez les bonnes religieuses, travaillé le dessin avec passion. Je n'ai pas fait que des nez et des bouches, j'ai dessiné d'après la ronde-bosse ; il n'y avait point un muscle de l'écorché de Houdon qui ne me fût familier ; je dessinais partout et toujours, voire même sur les marges de mes cahiers, et, quand je devins plus grande, je fis, d'après nature, un portrait de la Supérieure, qu'on a encadré et auquel on a fait les honneurs du parloir ; il y est encore. Et, puisque je suis en train de faire mon éloge, j'ajouterai en forme de confession que je réussissais à merveille la charge de mes maîtresses.

— Oh ! alors, je vous fais mes plus humbles excuses, et je reconnais que vous êtes plus forte que moi. Je ne fais que du paysage qui nécessite aussi la connaissance du dessin, mais il m'est impossible de faire un personnage. Vous avez donc cette supériorité bien marquée.

— C'est justement la peinture de paysage que je voudrais apprendre.

— Si vous voulez me faire l'honneur de m'accepter comme professeur, je me tiens à votre disposition pour vous apprendre le peu que j'ai moi-même appris. Vous aurez, en commençant, quelques déboires, mais vous me faites l'effet d'une persévérante personne, — et, la regardant bien en face, il reprit : — Ces deux beaux sourcils rapprochés indiquent suffisamment la volonté et l'énergie.

— Voilà de bien grands mots; je suis travailleuse, voilà tout. Au reste, je n'ai pas à m'enorgueillir de cette qualité que je tiens de famille, comme mon frère.

La transition était longue à venir, mais enfin elle était amenée.

— Avez-vous des nouvelles de votre cher frère?

— J'en reçois presque tous les jours, monsieur le marquis.

— Quel brave et loyal garçon! Vous avez raison d'en être fière. Le jour où il m'a été donné de le voir pour la première fois, je me suis senti attiré, malgré moi ; puis, en faisant plus long commerce avec lui, je n'ai pas eu de peine à me convaincre de l'élévation de son intelligence et de la solidité de son caractère. Parlons de lui, si vous le voulez bien.

Julie n'était venue qu'avec cette intention.

— Je ne demande pas mieux, d'autant qu'en ce moment, je ne suis pas sans inquiétude sur le résultat des démarches qui retiennent ma mère à Versailles. Vous savez que maman, qui n'a rien de plus cher au monde que Valère et que moi, s'est transformée en solliciteuse. Elle est si bonne, maman! Aussi va-t-elle, sans se laisser rebuter par les difficultés, par les accueils plus ou moins sympathiques de la part de ceux sur lesquels elle serait le plus en droit de compter, chercher la protection indispensable au changement de Valère. Elle y met un courage et un dévouement vraiment admirables, elle y emploie la persévérance et la volonté dont vous parliez tout à l'heure et qu'elles nous a transmises; mais tout cela suffira-t-il?

M. de Soutisse qui, au début de la conversation, avait continué de peindre, s'était arrêté depuis quelques instants.

Il écoutait maintenant attentivement la voix de Mlle Breton, qui s'était faite musique, et, charmé, il suivait sur sa physionomie mobile le récit de la jeune fille; il l'avait souvent regardée, admirée même, mais il ne l'avait jamais vue. Il découvrait en elle, à mesure qu'elle parlait, une quantité de détails exquis qui l'intéressaient au plus haut point et l'attiraient peu à peu vers elle, sans s'en rendre compte, et comme subjugué par un courant magnétique. Sa femme avait bien raison de l'aimer; il reconnaissait maintenant la sûreté de son choix, la finesse de son instinct maternel, lorsqu'elle s'était décidée à en faire l'amie de sa fille et à la distinguer au milieu d'autres qui avaient pour elles la supériorité de la naissance. Ses fils commençaient déjà à la traiter en camarade, presque en sœur. Il l'avait appelée un soir sainte Julie, en riant, lassé des éloges qu'en faisait la marquise. Il se le rappelait douloureusement. Comment avait-il pu vivre, un long mois durant, auprès de cette idéale créature, faite de grâce, d'intelligence et de bonté. Il s'en voulait à cette heure de son aveuglement. Et le poète, à l'esprit spéculatif, reprenant le dessus, trouvait sa femme bien tiède en ses appréciations. Enthousiaste comme toujours, il se plaisait à orner maintenant cette nature précieuse et si subtile de qualités imaginaires. Il fallut la chute un peu bruyante de son appui-main pour le sortir du rêve où il était entré à ailes déployées.

Julie se précipita pour ramasser la baguette et la remit à M. de Soutisse en lui disant :

— J'ai eu tort de vous dire toutes ces choses : la tristesse est communicative comme la joie, et elle est d'autant plus pénible qu'elle se heurte quelquefois, si ce n'est pas à l'indifférence, — à l'impuissance, du moins, de la faire cesser.

— Je ne suis pas triste, mademoiselle, bien au contraire; je pensais à vous et je songe maintenant sérieusement à votre frère. Le changement qu'il sollicite s'effectuera, j'en prends l'engagement. Ecrivez à madame votre mère qu'elle peut cesser, sur mon avis, ses fastidieuses démarches. Allons d'abord au plus pressé; j'ai besoin, pour réussir, de renseignements que vous ne sauriez me donner et que M. Valère peut seul me fournir. Je veux m'adresser au ministre compétent, armé de pied en cap. Il est donc nécessaire que je voie notre jeune ingénieur au plus tôt, afin d'être mis, par lui, au courant de la situation. Je vais lui envoyer un mot immédiatement, qui partira par le courrier de ce soir, en le priant de venir causer avec moi au château.

Julie se leva et répondit simplement :

— Merci !

Ses yeux étaient remplis de larmes qu'elle semblait retenir difficilement; elle les essuyait furtivement du coin de son mouchoir et, s'efforçant de prendre un air enjoué, elle ajouta :

— Mais nous voilà bien loin du motif de ma visite. Et

la peinture? Quand voulez-vous donner sa première leçon à votre élève soumise ?

— Bientôt, fit le marquis de Soutisse.

Au même instant, le breack, écrasant bruyamment les cailloux de l'allée, s'arrêta devant le vestibule. La marquise et les enfants en descendirent. Il firent irruption dans le salon.

Tout le monde à la fois, en apercevant Julie, fit la même question :

— Et la migraine ?

Mlle Breton montra alors le marquis et répondit :

— Elle est tout à fait guérie : voilà le médecin.

Mme de Soutisse baisa au front Julie; Maurice et Lucien lui serrèrent la main dans une énergique pression et Marguerite, s'approchant à son tour, questionna du regard son amie. Celle-ci, sans être remarquée de personne, lui glissa ces seuls mots :

— Valère va venir.

Comment se fit-il que le dîner, ce soir-là, fut plus gai que de coutume? Le marquis, plus particulièrement, montrait les dispositions joyeuses de son esprit ; Marguerite fut moins réservée que d'ordinaire; ses deux frères ne cessaient de parler de Valère, dont M. de Soutisse avait annoncé à sa femme l'arrivée, en se mettant à table. Une conversation s'engagea entre les deux jeunes gens au sujet des examens d'admission à l'Ecole polytechnique, comparés à ceux de l'Ecole de Saint-Cyr et à ceux de l'Ecole navale. Chacun d'eux parlait avec feu de la carrière de son choix. Seule, Julie gardait pour elle la satisfaction, mêlée d'un petit mouvement de vanité, que lui donnait la réussite de ses projets.

Bientôt toute la table ne parla plus que de Valère. Valère était le modèle des fils, le modèle des frères, le modèle des travailleurs, le modèle enfin des ingénieurs. Une seule personne écoutait : c'était Marguerite, qui, à chaque fois que ce nom était prononcé et accompagné d'un éloge, se sentait charmée délicieusement.

Telles étaient les dispositions d'esprit de la famille de Soutisse lorsque, deux jours après, Valère Breton franchit la grille du château des Tilleuls.

Le lendemain de son arrivée, M. de Soutisse l'accapara, au grand chagrin de sa fille. Ils s'entretinrent tous les deux de la marche à suivre pour obtenir le changement désiré. Valère, qui avait la conscience de sa valeur, et pour qui le principal motif de son départ de Gex était le désir de se rapprocher, non plus seulement de sa mère, mais encore, et surtout, de Marguerite, qui occupait toute sa pensée, possédait à un tel degré le sentiment de la justice qu'il se révolta presque lorsque M. de Soutisse lui dit :

— Mais pourquoi cherchez-vous un chef-lieu d'arrondissement si éloigné lorsque le département de Seine-et-Oise est tout près de nous ? Est-ce que Pontoise, Etampes, ou Rambouillet, ou Mantes, ne sont pas plus rapprochés de Versailles que n'importe quelle sous-préfecture ?

— C'est que ma nomination dans une de ces villes constituerait un passe-droit contre lequel auraient lieu de protester beaucoup de mes collègues plus anciens que moi dans la carrière.

— Ces scrupules vous honorent, mon cher ami, mais laissez-moi, après le dossier que vous venez de me communiquer, être le seul juge de vos mérites. Vous n'aurez le droit de critique qu'après la réussite de mes démarches ; alors, seulement alors, vous me ferez part de vos observations.

Cet accueil si paternel du marquis ne laissa pas que

de le troubler. La conversation qu'il avait eue la veille
au soir, dans sa chambre, avec Julie, revenait tout entière à son esprit; il lui sembla alors que son amour
pour Marguerite était criminel; il se demanda si, sous le
toit hospitalier de celui qui s'instituait si généreusement
son protecteur, il avait le droit d'entretenir Mlle de Soutisse du profond sentiment qu'elle avait fait naître en
lui. N'était-ce pas lâche et vil de laisser cette jeune
fille, si pure, si remplie d'abandon, nourrir un amour
vain et impossible? Julie, elle-même, lui avait si peu
déguisé les difficultés dont était hérissé un projet aussi
hardi, qu'elle lui conseillait de mettre tout en œuvre
pour le mener à bonne fin. Il s'en voulait, à l'heure présente, d'avoir accepté l'entremise de M. de Soutisse
pour son avancement.

Lorsqu'il rentra, le soir, dans son appartement, toutes
ces réflexions, faites pendant la journée, revinrent en
masse à son esprit; il se coucha, cependant, éteignit sa
lumière, après avoir tenté, mais vainement, de lire un
livre qu'il avait apporté de Paris.

Mais le sommeil ne vint pas. Les scrupules le tenaient
éveillé, grandis considérablement par la solitude et le
silence.

Le lendemain matin, il se leva, harassé de fatigue, le
visage défait; il avait pris cependant une grave résolution : quitter le château sous un prétexte quelconque.
Mais, auparavant, il voulait une conversation avec le
marquis : il le remercierait de ses excellentes intentions pour lui et le prierait de ne pas entreprendre
de démarches en sa faveur; il reviendrait sur les scrupules dont il lui avait fait part et y insisterait de telle
manière que son protecteur si droit, si foncièrement
honnête, finirait bien par se rendre à ses raisons.

Il descendit au salon ; mais, en passant par le vestibule, il rencontra Maurice de Soutisse, auquel il demanda si son père était encore au château.

— Mon père, mais je viens de le conduire à la gare de Saint-Lambert ; il est parti pour Paris.

A ce moment parut la marquise, qui lui confirma la nouvelle et ajouta :

— Mon mari n'a pas voulu tarder à s'occuper de votre affaire ; il a quitté les Tilleuls ce matin de fort bonne heure.

Valère se trouva donc dans l'impossibilité de mettre à exécution le plan qu'il avait arrêté pendant la nuit.

Force lui fut de continuer son séjour.

Il prit au porte-manteau son chapeau et se dirigea du côté de la pièce d'eau.

Il regardait d'un air distrait les ébats des carolins, lorsque, levant les yeux, il aperçut devant lui, sur le bord opposé de la pièce d'eau, M¹¹ᵉ de Soutisse, qui jetait de petits morceaux de pain aux deux cygnes nageant, dans leur majestueuse blancheur, tout près du bord où poussaient à côté des iris, dont les feuilles semblent des poignards, des salicaires et des nénuphars aux fleurs immaculées.

La jeune fille lui apparut comme une vision. A son tour, elle leva les yeux ; une légère rougeur monta à son front et, de la main, elle lui donna, en souriant, le bonjour. Valère se découvrit et fit le tour du petit étang pour la rejoindre. Elle-même, de son côté, opérant le même mouvement, alla à sa rencontre.

Marguerite, en voyant la figure altérée de M. Breton, témoigna une réelle inquiétude et demanda s'il ne ressentait pas quelque malaise.

— Non, mademoiselle, je suis seulement préoccupé.

— Un ennui, un chagrin? fit la jeune fille inquiète.

— Vous avez deviné; un chagrin.

— Au moins, puis-je vous consoler ?

— Je ne crois pas, reprit-il tristement.

— Alors, vous ne m'aimez plus? reprit Mlle de Soutisse tout à fait émue et sans songer à l'audace de sa question.

— De toute mon âme, mademoiselle, et c'est justement cet amour insensé qui cause toute ma peine. Votre jeune âge aussi bien que votre éducation vous empêchent de me comprendre, et le chagrin que j'éprouve est doublé de celui que je pourrais vous causer : aussi, je vous demande comme une grâce de me taire.

Mlle de Soutisse, obéissant au sentiment qui la possédait depuis longtemps déjà, supposa que le rêve échafaudé par elle était menacé ; elle ne pensa plus qu'à le défendre. Elle changea aussitôt d'attitude, sa voix devint brève et saccadée, et, dans un redressement de tout son corps, où reparaissait la volonté altière de sa mère, elle répondit :

— La douleur ne me fait pas peur ; il me faut une explication. J'ai droit de l'exiger, et je la veux. Vous ne vous serez pas emparé du meilleur de moi-même, de ma vie, pour me refuser votre confiance, et m'exclure des souffrances que vous ressentez, d'autant plus que si vous m'aimez comme vous le dites, et vous sachant aimé par moi, comme vous savez, il est impossible qu'un secret subsiste entre nous deux. S'il est vrai que vous croyez notre amour menacé, il faut, au contraire, combiner nos efforts pour le défendre.

Valère n'avait point soupçonné une semblable énergie chez cette jeune fille, qu'il croyait faite de soumission plutôt que de volonté. Il comprit alors, et plus que

7

jamais, les complications que l'avenir leur réservait : et
la gravité de la situation qu'ils s'étaient créée, tous les
deux, en laissant parler leur cœur, se montra dans
son impitoyable réalité.

Ils venaient d'atteindre, tout en marchant, le sentier d'écart d'un petit bois touffu dans lequel ils s'engagèrent. L'épaisseur des feuilles qui se rejoignaient
en voûte verdoyante au-dessus de leur tête, et qui semblait les éloigner du monde, l'encouragea à parler. D'un
mouvement instinctif, il entoura la taille de Mlle de
Soutisse qui le laissa faire sans y prendre garde.

— Ma chère Marguerite, les choses que j'ai à vous
dire sont sérieuses ; je fais appel à votre cœur si chaud,
si généreux, pour m'aider dans ma tâche. Vous aviez
raison, tout à l'heure, de parler de l'amour que je vous
ai voué et qui me fait votre esclave; c'est au nom de
cet amour que je vous demande de m'écouter. Je dois
à votre candeur, à l'honnêteté de votre esprit, l'affection profonde que vous m'avez donnée. Aussi en suis-je
fier. Vous m'avez élevé à votre hauteur et je vous en
remercie. Mais répondez-moi franchement : vous m'a-
vez aimé, parce que vous m'avez cru digne de vous?
Supposez un instant que je vous aie trompée, qu'au lieu
d'être ce que vous m'avez jugé, je sois un homme
traître, sans honneur.

Marguerite, la tête inclinée sur la poitrine, se contenta de sourire d'un air d'incrédulité.

Valère continua :

— Eh bien ! je suis en train de devenir cet homme.
Après vous avoir pris votre amour, je continue sciem-
ment à vous laisser en un rêve impossible, je vous entretiens dans un état d'âme qui ne peut avoir d'issue.
Ai-je le droit de disposer de vous sans vous rien donner

en échange? Pour comble, je profiterais encore du moment où je reçois la plus généreuse des hospitalités et j'emploierais en ma faveur l'influence amicale de votre père, si bien que je serais l'obligé du marquis de Soutisse, au moment même où je lui volerais son enfant. Cette situation me révolte et mon honneur m'empêche de l'accepter.

— Et vous n'avez pas trouvé d'autre moyen pour la résoudre que celui de mettre la mort dans le cœur de celle que vous prétendez aimer! Allons, vos raisons ne sont point bonnes. A votre tour, répondez-moi franchement, l'heure est solennelle, m'entendez-vous? M'aimez-vous toujours?

— Plus que jamais, Marguerite, répondit Valère; et serrant la jeune fille contre sa poitrine en une chaleureuse étreinte, il posa sur ses lèvres un long baiser.

Marguerite sentit un frisson courir en tout son être, en même temps que des larmes brûlantes mouillaient son visage. Ils pleuraient tous les deux.

Elle fut la première à reprendre ses sens.

— Merci, dit-elle, et, sortant de son corsage une chaînette d'or où pendait une médaille, elle dit dans une solennité enfantine :

— Jurons sur cette image sainte de n'être jamais que l'un à l'autre ou de mourir.

Ce serment d'amour fut prononcé par eux deux d'une voix calme, pendant que les oiseaux des buissons envoyaient vers le ciel bleu leurs chansons et leurs trilles.

Toutes les promesses que Valère s'était faites s'envolèrent en même temps que les notes des fauvettes et le chant des pinsons. Il était maintenant à côté de celle qu'il ne voulait plus revoir, plus épris que jamais. Il n'avait pu résister ni à la candeur naïve, ni à la volonté passion-

nelle de Mlle de Soutisse. Dans le fond de leur âme, ils
étaient liés maintenant d'une façon indissoluble : aucun pouvoir humain ne pouvait désormais les séparer.

— Quant aux difficultés qui nous attendent, aux obstacles sans nombre qui vont se dresser devant nous, ne
les avions-nous pas déjà prévus? dit Marguerite. En
attendant, aimons-nous; peu nous importe le reste. Et
puis, notre chère Julie, notre sœur, n'est-elle pas une
alliée fidèle et sûre en laquelle, après Dieu et la Vierge,
nous devons mettre notre absolue confiance ?

La passion a sa morale, morale d'accommodement
qui vaut peut-être mieux, en somme, que l'aveuglement. Marguerite et Valère s'aimaient — chose rare —
d'un amour égal de part et d'autre, et cependant ce fut
la jeune fille qui prit le dessus, dans cette union de
deux cœurs, mariage idéal ! Elle vainquit, assez facilement du reste, les derniers scrupules de conscience de
celui qu'elle avait choisi et qui était, maintenant, tout
pour elle dans la vie.

Par une singulière interversion des rôles, si la volonté
devenait le lot de la faiblesse, la prudence revint à Valère.

En présence de l'aveuglement de Mlle de Soutisse, qui
ne connaissait plus que son cœur, Valère se fit prudent
et circonspect, employant tous les moyens que lui sug-
gérait son imagination, voire même des subterfuges,
pour empêcher son amie de se compromettre, de se
trahir, car, dans certains moments, il semblait qu'elle
allait faire un éclat et crier bien haut sa passion.

Ils sortirent de l'épais taillis : leur absence simulta-
née pouvait être remarquée. Marguerite s'en inquié-
tait peu. M. Breton dut la ramener, avec précaution,
au sentiment de la réalité.

— Si vous le voulez bien, ma tout aimée, hâtons le pas. Nous entrons maintenant dans une phase nouvelle où nous devons agir avec une constante circonspection. Soyons jaloux de notre amour comme du plus précieux des biens. Étudions-nous à le tenir caché à tous ; épions la venue des dangers, jusqu'au jour où nous pourrons, la tête haute, sans crainte, l'avouer au grand jour. Alors, arrivés au but si désiré, nous dirons adieu à toute contrainte et nous trouverons un dédommagement aux soucis continuels, aux pénibles préoccupations par lesquels nous aurons passé. Julie, notre chère Julie, avait raison ; dans cette vie, il y a des cas où le succès est l'amnistie des moyens employés pour y parvenir.

— Je serai prudente, soyez-en assuré ; si j'ai cédé, tout à l'heure, à la violence de mes sentiments, c'est que, folle que je suis, je les ai crus menacés. Je serai sage, je m'observerai, puisque vous en témoignez le désir, mon maître. Mais vous ne m'empêcherez pas de m'étonner — et ceci rentre dans vos théories de tout à l'heure — qu'il faille mettre le mensonge au service du plus honnête et du plus chaste des sentiments.

Au même moment, la marquise de Soutissé se montra sur les marches du perron descendant vers la pièce d'eau.

Marguerite courut au-devant de sa mère, qu'elle n'avait point vue depuis la veille. Mlle Breton apparut à son tour, suivant de près Mme de Soutisse. L'absence trop prolongée de son frère et de son amie, qu'elle devinait ensemble, avait éveillé en elle la crainte que la châtelaine s'en aperçût ; mais, à la façon dont elle accueillit sa fille, elle fut bien vite rassurée. En effet, elle tendit affectueusement la main à Valère.

— Rebonjour, dit-elle.

Julie embrassa son frère et Marguerite.

La journée parut longue aux hôtes du château ; le voyage du marquis à Paris en fut un peu cause ; sa belle humeur faisait défaut à tous ; elle aurait si bien servi de dérivatif aux préoccupations des deux amoureux qui éprouvaient une certaine gêne à se trouver seuls avec la marquise. Pendant le déjeuner surtout, la place vide du chef de famille leur causa une tristesse dont ils ne purent se défendre, et cependant, en y réfléchissant, Marguerite ne pouvait être autrement que touchée de reconnaissance pour la démarche tentée en faveur de celui que son père savait si bien apprécier.

Vers trois heures, le ciel s'était subitement couvert ; le brillant soleil du matin disparu se faisait sentir cependant par une chaleur, donnant à l'air, au travers duquel ne passait aucun souffle, une pesanteur accablante.

Mlle Breton seule conservait sa gaieté, comme si la fatigue dont les autres ne pouvaient se défendre ne l'avait pas atteinte.

— Je te propose, Marguerite, une promenade en bateau sur la pièce d'eau.

— Ce n'est pas prudent, interrompit Mme de Soutisse : un orage peut se déclarer. D'ailleurs, dans certains endroits l'eau est très profonde ; dans d'autres, elle est remplie de plantes tout à fait dangereuses, si le malheur voulait qu'on tombât dans leur voisinage.

Marguerite eut un regard implorant auquel sa mère ne put résister.

— Eh bien ! soit, je consens, mais faites-vous accompagner par Baricand, ou mieux encore, reprit-elle, par Valère ; je serai alors rassurée.

— Pourquoi Baricand, madame, et pourquoi Valère? répondit Mlle Breton, en faisant un signe imperceptible à son frère ; je sais ramer et, comme force, je défie n'importe qui.

— Mais ma fille n'a pas vos talents, ma chère.

— Je réponds d'elle, repartit Julie.

Mme de Soutisse, quoique à regret, cependant, donna son consentement.

On se leva de table. Baricand fut appelé pour préparer le bateau ; il leva les planches du fond, l'écopa, essuya les banquettes et courut aux communs chercher les avirons qu'il rapporta sur son épaule.

Les deux jeunes filles sautèrent dans la légère embarcation, le garde détacha la chaîne, murmurant dans sa moustache de vieux paysan :

— Fichue idée, à c'te heure, de faire une promenade par un pareil temps.

Il poussa la barque qui glissa doucement sur l'eau.

Julie s'empara des avirons et rama en personne experte dans ce genre d'exercice. Ses petites mains tenaient vigoureusement les rames qu'elles plongeaient dans l'eau en un mouvement d'ensemble parfait.

Marguerite, à l'arrière, se retournant, les yeux brillants de plaisir, faisait, en riant, à sa mère et à Valère, un gracieux adieu avec son mouchoir. Sa compagne, tout actionnée par sa manœuvre, se pencha sur les avirons, lentement, pour se relever avec effort en les ramenant à elle. Dans ce va et vient rythmique ressortaient et comme offertes les élégances de son corsage fin et souple. Les contours fermes et arrondis de sa gorge de jeune fille avaient une grâce exquise ; l'attache du cou, sur lequel s'ébattaient les mèches frisées et noires d'une nuque de jeune bacchante, était sculp-

turalement belle ; la physionomie rieuse ; la bouche
rouge, entr'ouverte à peine, laissait percevoir les perles
blanches de ses dents ; elle était délicieuse ainsi ! Le bateau avançait maintenant, chargé de son précieux et
ravissant fardeau, pliant sous son poids les larges
feuilles cirées des nénuphars qui disparaissaient un
moment dans l'eau pour reparaître un instant après à
l'arrière de la barque.

Les deux jeunes filles riaient, toutes joyeuses de leur
expédition.

Mme de Soutisse, rassurée, rentra au château avec la
promesse que Valère resterait là, surveillant le petit
voyage.

La pièce d'eau, malgré la dénomination que lui
avaient donnée, depuis longtemps, les propriétaires des
Tilleuls, était bien plutôt un étang assez vaste, ali-
menté par des sources glaciales et abondantes.

Lorsque Marguerite s'aperçut de la disparition de sa
mère, elle envoya, des deux mains, un baiser au bien-
aimé, dont elle ne voyait plus que la moitié du corps ;
Valère Breton debout, sur le bord, dans une touffe de
hauts roseaux au panache échevelé, rendit le baiser et,
bientôt, s'engagea dans le petit bois qu'il avait par-
couru, le matin, et qui, de ce côté, servait de bordure
à l'eau dormante.

Julie profita de l'absence momentanée de son frère
pour arrêter la promenade et savoir de son amie la
conversation qu'ils avaient eue ensemble. Elle n'était
pas sans inquiétude sur ce qu'il avait pu dire, brûlait
d'impatience d'être mise au courant de la situation, en
perpétuelle alerte, craignant toujours une complication.

Marguerite lui raconta dans ses moindres détails leur
entretien.

— En commençant, dit-elle, ton frère semblait inflexible dans la décision qu'il avait prise de quitter le château, et par conséquent de tuer net l'amour qui nous est si cher. A cette pensée, je suis devenue folle, j'ai bondi de douleur et je me suis étonnée moi-même de l'audace que j'ai eue en lui intimant ma volonté formelle d'empêcher cet attentat. Je ne me croyais pas le courage et la force auxquels j'obéissais malgré moi. Ah ! je t'aurais bien étonnée, toi qui me reproches toujours ma soumission, ma passivité, mon manque d'initiative. Je n'avais pas besoin de tes conseils, ma bonne Julie, pour devenir méchante ; j'ai senti, un moment, la perte de tous nos projets si doucement caressés ; j'aurais fait un scandale. A l'heure présente, loin de me repentir, ma conscience ne m'adresse aucun reproche pour la peine que j'ai pu lui causer. Nous nous aimons maintenant plus que jamais, si c'est possible, et l'union de nos deux âmes s'est renforcée d'un pieux serment.

Comme elle finissait ces paroles, un violent coup de tonnerre éclata suivi de grondements lointains. Aussitôt un éclair troua d'un éblouissement l'épaisseur noire d'une nuée gigantesque qui s'étendait, partant de l'horizon, bien au-dessus de la pièce d'eau et lui servait de voûte sombre. De l'autre côté du ciel, des nuages plombés couraient ; le vent venait de s'élever, un vent d'orage, chaud comme une haleine de forge, inclinant sous son souffle les roseaux et les joncs. Un second coup de tonnerre éclata, plus violent que le premier, plus rapproché aussi. Marguerite fit le signe de la croix, toute tremblante.

— Où est Valère, dit-elle ?

— As-tu peur ? reprit Julie en riant d'un bon rire.

— Oui, rentrons.

Le tonnerre bientôt gronda sans discontinuer, partout le ciel était pris, partout noir ; une nuit opaque l'avait enveloppé dans son étendue. L'eau, tout à l'heure si limpide et si calme, servant de miroir à cette obscurité réfléchie, était agitée de légers tressaillements ; les éclairs, presque sans interruption, partant de tous les points de l'horizon sinistre, illuminaient de leur incandescence rapide le bois où les feuilles bruissaient, et le château qu'on apercevait là-bas, par intervalles, dans une lumière éblouissante.

— Et Valère qui n'est pas là ! murmura Mlle de Soutisse, étreinte par une réelle émotion.

Les gouttes de pluie larges et espacées tombèrent alors sur la pièce d'eau, rebondissantes, avec un bruit de cailloux ; puis elles se firent plus drues, plus serrées, et ce fut un véritable déluge. Les rafales de vent en inondaient le visage des deux amies et le cinglaient violemment.

— Je t'en conjure, retournons au château, ma chère Julie ; tu sais bien que je ne puis pas mourir.

Au même instant, dans le bruit de cette nature bouleversée, la voix de Valère se fit entendre.

— Rentrez, mais rentrez vite.

Et l'eau maintenant était soulevée en petites vagues. Une autre voix retentit :

— Marguerite, Julie, au nom du ciel ! revenez vite.

C'était la marquise, que l'orage avait surprise chez l'abbé Bertillon, et qui, sans souci de sa toilette légère, de la boue du chemin aux ornières profondes, ruisselante, était accourue d'une seule traite aux Tilleuls.

Mlle Breton, seule, se plaisait aux horreurs de cette tempête ; elle obéit, forcée, à contre-cœur, à la prière de Mlle de Soutisse et aux objurgations de son frère et de la châtelaine tout angoissée.

Elle reprit ses rames sous la pluie fouettante et regagna le large. Le vent hurlait avec fureur, éparpillant les mèches rebelles de ses cheveux qui se tordaient, minuscules vipères de gorgone, autour de son front ruisselant d'eau. Le bateau dansait au milieu du clapotis des petites vagues que soulevait la bourrasque ; il arrivait juste à la partie la plus profonde de l'eau. Tout à coup, le tonnerre, avec un fracas de cataclysme, éclata, précédant d'une seconde un formidable éclair qui aveugla Marguerite ; la pauvre enfant, affolée, se leva précipitamment et se jeta contre la poitrine de Julie. La barque, à ce moment, chavira et les deux jeunes filles furent précipitées dans l'eau, qui se referma sur elles.

Mme de Soutisse, les lèvres blanches, clouée au sol, poussa une grande clameur.

Valère, qui suivait d'un œil anxieux la trop lente marche de la barque attardée par le vent, se précipita dans l'étang, atteignit en quelques secondes l'endroit où avaient disparu Marguerite et Julie, et plongea. Au même instant, la tête de sa sœur émergea de l'eau. En une seconde, elle parcourut d'un regard circulaire toute la surface de l'étang et, n'y voyant pas son amie, se disposait à plonger pour la chercher, lorsque Valère reparut tenant d'un bras nerveux le corps de Marguerite ; en deux brasses, elle rejoignit son frère, s'empara, d'une main crispée, du corsage de la jeune fille, et, tous deux, dans un vigoureux effort, lui maintenant la tête hors de l'eau, nagèrent du bras qu'ils avaient libre. Ils arrivèrent à quelque distance des roseaux et prirent pied.

M. Breton souleva Mlle de Soutisse aussi légèrement qu'il aurait fait d'une enfant, franchit, en grandes enjambées, malgré les plantes aquatiques qui enlaçaient ses pieds, l'espace qui le séparait de la terre ferme. Sa sœur le suivait, anxieuse, le visage grave, sans proférer une parole.

Au cri désespéré poussé par la marquise, Baricand était accouru juste à l'instant où Valère, hors de danger, s'avançait avec son cher fardeau. Mme de Soutisse vint immédiatement après lui.

— Morte ! elle est morte ! exclama-t-elle en prenant de ses deux mains convulsées la tête de son enfant.

La jeune fille avait les yeux fermés. Ses lèvres, purpurines un instant auparavant, étaient blêmes. Cependant, malgré la pâleur de son doux visage, elle semblait dormir.

Elle déposa un baiser brûlant sur le front de sa fille.

Il était glacé.

Elle se roidit contre la douleur qui la suffoquait. Elle jeta un regard tout plein de colère et de haine sur Mlle Breton, et, succombant à l'excès de son effort, tomba toute droite, à la renverse.

Valère n'avait point prononcé une parole ; il était debout, immobile, ne sentant pas plus le poids du corps qu'il n'avait point lâché, que s'il avait tenu une brassée de fleurs.

La chute de Mme de Soutisse — auprès de laquelle Baricand s'était immédiatement agenouillé — le réveilla de sa stupeur.

— Chargez-vous, lui dit-il, de Mme la marquise ; ma sœur et moi, menons Mlle de Soutisse au château.

Pendant que d'autres domestiques accourus soulevaient, aidés du garde, le corps de la châtelaine, Valère et Julie couraient à la maison, montaient l'escalier et déposaient sur son lit la pauvre Marguerite.

L'orage ne discontinuait pas, il faisait fureur, plus que jamais : la pluie battait fortement les vitres pendant que les éclairs jetaient des lueurs d'incendie dans cette chambre virginale tout embaumée de fleurs. Le vent hurlait lugubrement dans les ramures séculaires des deux longues allées de tilleuls.

Julie, la première, rompit le silence ; elle ressaisit vite ses esprits, regarda bien en face l'épouvantable événement et dit :

— Allons au plus pressé ; fais seller un cheval, cours chercher le médecin de Saint-Lambert et ramène l'abbé Bertillon.

Valère, avant d'obéir à cet ordre, posa encore une fois sa main sur le cœur de Marguerite : il y sentit un imperceptible battement.

— Elle vit ! s'écria-t-il.

Un rayon d'espérance passa par ses yeux. Sans prendre le temps de changer de vêtements, il sauta à cheval et arriva en cinq minutes à Saint-Lambert, à la porte du médecin.

Le docteur était chez lui. En deux mots, il lui raconta l'accident et termina son récit par cette question anxieuse :

— Sauverez-vous Mlle de Soutisse ?

— Son cas, lui fut-il répondu, me paraît moins grave que celui de sa mère. La jeunesse a de rares privilèges, et, pour nous, elle fait la moitié de la be_ sogne. Retournez au château, monsieur, où j'arriverai presque en même temps que vous.

Valère remonta en selle et piqua des deux sur la route du Crétois ; moins heureux que pour le docteur, il ne rencontra ni le curé Bertillon, ni la vieille Fanchette. Il reprit alors le chemin des Tilleuls.

Pendant son absence, Julie, qui avait endossé rapidement des vêtements secs, aidée d'une femme de chambre, déshabilla Marguerite et la coucha.

L'évanouissement de son amie dura quelques secondes, mais la respiration, qui n'était d'abord qu'un souffle expirant, à intervalles inégaux, devint, petit à petit, plus forte et plus régulière. Lorsque la douce chaleur du lit se fut communiquée au corps de la jeune fille, celle-ci ouvrit lentement ses grands yeux, comme si elle se réveillait d'un sommeil léthargique.

Elle aperçut d'abord Julie. Elle lui sourit longuement et lui dit :

— Et Valère ?

— Valère, ton sauveur, est allé à Saint-Lambert pour chercher le médecin.

— Je ne suis pas malade, j'ai eu peur, voilà tout ; mais promets-moi que nous ne ferons plus de promenades en bateau, ajouta-t-elle avec son gentil rire argentin. Ai-je été longtemps évanouie ?

Julie, sérieuse, répondit :

— Dix minutes, au plus.

Elle allait ajouter que, si elle en était quitte à si bon compte, il n'en serait peut-être pas de même pour sa mère. Elle préféra attendre, craignant que la nouvelle de l'évanouissement de la marquise ne lui causât une seconde émotion qui, jointe à la première, pourrait amener quelque complication.

— Que dira maman de notre noyade? Dieu sait à quelles réprimandes nous allons être en butte!

Elle se rapprocha alors de son amie, assise auprès de son lit, lui prit les mains, se fit câline, l'attira à elle et, dans un baiser, murmura :

— Raconte-moi maintenant, dans tous ses détails, comment Valère m'a arrachée à une mort certaine. Ne me passe rien.

Et Julie mit à profit l'occasion si belle qui s'offrait à elle d'exalter, comme s'il en était besoin, le courage intrépide de son frère, dont l'amour avait décuplé les forces.

— Mais toi, ma chérie, comment t'es-tu sauvée du péril qui te menaçait?

— Ne t'ai-je pas dit, pendant le déjeuner, que j'étais de première force à la nage? D'ailleurs, je n'ai peur de rien. Là-bas, au couvent, les religieuses le savaient si bien, qu'elles m'avaient surnommée : le méchant garnement.

Valère, pendant ce temps, était rentré au château. Il avait passé sur la pointe du pied devant la chambre de Mme de Soutisse et changé ses habits. Il finissait de s'habiller, lorsqu'il aperçut, par la fenêtre, le docteur descendant de son cabriolet.

Mme de Soutisse n'avait pas repris ses sens; les mains crispées, les bras roidis, plaqués au corps, immobile dans sa rigidité cadavérique, la vie ne se manifestait en elle que par un claquement des dents sec et saccadé. Deux femmes de service, de celles qu'elle employait à la couture des habits pour les pauvres, étaient debout au pied du lit, pleurant, la tête enveloppée dans un fichu multicolore, inclinée sur la poitrine, ne sachant que faire, désolées de voir leur maîtresse en si piteux état, passives, avec cette résignation particulière aux malheureux, elles attendaient le médecin; celui-ci entra dans la chambre et s'approcha du lit de la malade. Après un examen de quelques instants, il demanda à l'une des paysannes de quoi écrire et pria qu'on allât lui chercher quelqu'un à qui il pût faire ses recommandations.

Mlle Julie Breton arriva.

— Mademoiselle, lui dit le médecin, l'état de Mme la marquise est beaucoup moins grave que je ne pouvais le supposer; avec quelques révulsifs et une potion calmante, dont je vais vous donner l'emploi et que je remettrai à Baricand qui m'accompagnera à la maison, cet état, plus inquiétant en apparence qu'en réalité, cessera. Ceci, c'est tout ce que le médecin peut faire. Mais Mme la marquise a besoin d'autres soins et de très grands ménagements moraux ; un transport au cerveau, après l'ébranlement nerveux qu'elle vient d'avoir, pourrait survenir et amener des complications graves. Il faut donc que vous ne la quittiez pas; installez-vous auprès de son lit, épiant le moment où elle reprendra ses sens; c'est ici que je fais appel à toute votre sollicitude. L'engourdissement cérébral cessera, et, l'esprit réveillé, ses premières paroles seront pour sa fille, qu'elle croit morte. Tout d'abord, ne la détrompez pas, laissez-la pleurer, pleurer beaucoup ; les larmes sont souvent un soulagement pour les malades. C'est avec précaution que vous lui apprendrez la bonne nouvelle. Alors, seulement, vous pourrez lui montrer Mlle Marguerite.

Il se retira sur ces mots, laissant Julie dans la chambre. Une demi-heure après, Baricand rapportait les remèdes

Mlle Breton plaça sur les jambes de la malade, et à la partie interne des cuisses, les sinapismes prescrits ; puis, prenant la potion calmante, elle lui en donna une cuillerée à bouche avec grande précaution, car les dents, entrechoquées continuellement, rendaient cette simple opération assez difficile.

Une heure s'écoula ; les joues livides de la malade prirent une teinte rosée, le tremblement nerveux qui agitait ses lèvres disparut : bientôt le sommeil s'empara d'elle.

Julie s'absenta un instant pour rejoindre Marguerite, qu'elle trouva au salon, assise à côté de Valère.

Le docteur, en s'en allant, questionné par les deux jeunes gens, les avait rassurés sur l'état de santé de la marquise, et leur avait fait les mêmes recommandations qu'à Julie, d'éviter toute secousse mentale.

Elle remonta chez Mme de Soutisse. Le sommeil continuait : la respiration était normale.

IV

Maurice et Lucien avaient quitté les Tilleuls quelque
temps après le départ de leur père. Ils s'étaient rendus
dans un château voisin, au Colombier, appartenant
aux parents de l'un de leurs condisciples de la rue des
Postes. Invités à passer la journée, ils ne devaient
revenir aux Tilleuls que pour le dîner. Vers cinq heures,
l'orage cessa tout à coup. Le vent s'était élevé du côté
de l'Ouest, balayant devant lui les nuages lugubres, et
le ciel, lavé maintenant, d'un bleu turquoise très fin,
un peu passé, ramenait la gaieté dans la campagne ;
les oiseaux sortant de leurs abris reprenaient leurs
chansons avant le coucher ; les rayons d'un soleil très
pâle accrochaient, cependant, des reflets de pierreries
aux brindilles d'herbe de la pelouse, aussi bien qu'aux
feuilles mouillées des arbres.

Le petit panier, attelé d'un poney, qui avait emmené
les jeunes gens, passa la grille du château et s'arrêta
devant le vestibule ; le groom vint se placer à la figure
du cheval et les deux frères entrèrent dans la maison.

Ils apprirent, par leur sœur, la catastrophe survenue pendant leur absence et la conduite courageuse de Valère.

Malgré la demande qu'on leur avait faite de ne marcher qu'avec précaution devant la chambre de leur mère, le bruit de leurs pas, quoique très étouffé, fut perçu par la malade. Mme de Soutisse s'étira longuement, ouvrit ses yeux qui rencontrèrent d'abord le regard de Mlle Breton.

Le drame alors dont elle avait été le témoin quelques heures auparavant reparut aussitôt à son esprit; sans proférer une parole, un sanglot la secoua tout entière et, mettant les mains devant son visage, elle répandit des larmes abondantes.

Julie, qui n'avait pas oublié le regard farouche et haineux de la malade au moment où elle était tombée raide sur le gazon bordant la pièce d'eau, s'approcha d'elle et tenta de lui prendre les mains.

Mme de Soutisse la repoussa doucement :

— Laissez-moi pleurer, pleurer seule ; votre présence et vos soins me rappellent encore plus vivement l'ange que j'ai perdu et qui devrait être à la place où vous êtes. Tout ce que je puis faire, c'est de ne point vous haïr éternellement. Laissez-moi pleurer.

Julie devint pâle, essaya quelque temps de maîtriser son émotion. Mais le chagrin fut plus fort qu'elle et, à son tour, elle fondit en larmes.

Elle pleura non point la perte de l'affection de celle qui l'accusait de la mort de son enfant, mais l'écroulement subit de projets si doucement caressés, si péniblement échafaudés, écroulement qui entraînait avec lui toute son influence.

Elle se rendait bien compte que, lors même que la

marquise saurait que sa chère Marguerite avait échappé,
grâce à Valère, à une mort certaine, cette femme
altière, à l'énergie de vieille race, n'oublierait jamais.
N'était-ce pas Julie, en effet, la cause de la terrible émotion
à laquelle elle aurait pu succomber ? N'était-ce pas elle
qui avait proposé cette malheureuse promenade sur
l'étang ? Alors, à son tour, changeant brusquement,
elle se prit à détester cette femme. Ses larmes
cessèrent immédiatement, et, docile aux conseils du
docteur, elle entreprit, malgré la façon dont elle était
repoussée, d'annoncer, sans brusque transition, la
bonne nouvelle qu'elle aurait si volontiers brutalement
jetée en réponse à l'affront qu'elle venait de subir.
Elle reprit donc son empire, se disant que, si les sentiments de la marquise avaient changé à son endroit,
il n'en serait pas de même pour ceux qu'elle avait
marqués à son frère. C'est grâce à Valère, après tout,
à son intrépidité, que Marguerite lui était rendue.

— Devant votre désespoir, si justifié, fit-elle, je n'ai
pas, madame, le triste courage de vous parler de ma
douleur ; elle se complète, hélas ! pour moi, d'un
remords qui n'aura de fin qu'avec ma vie. Mais je ne
veux pas me retirer sans tenter un suprême adoucissement à votre désespoir.

— Il n'y a pas d'adoucissement possible à de
pareilles douleurs : le seul vœu que je puisse faire pour
vous, c'est que, plus tard, à votre tour, quand vous
serez mère, vous ne perdiez pas, comme je l'ai perdue,
la plus chaste et la meilleure des filles. Pauvre ! pauvre
Marguerite ! et pauvre moi !

— Mais, madame la marquise, reprit Julie, permettez au moins à une malheureuse, qui n'a reçu de vous
que des bontés maternelles, de ne pas quitter cette

maison sans implorer votre pardon. Vous êtes trop
pieuse pour n'avoir point pitié de moi; d'ailleurs, Dieu,
qui fait des miracles, n'a pas complètement abandonné
votre enfant.

A ces mots, Mme de Soutisse se releva et, comme
folle :

— Marguerite n'est pas morte?

— Marguerite, au dire du médecin, peut encore être
sauvée.

— Je veux la voir.

Et, écartant les couvertures, elle voulut se précipiter
hors de son lit; mais ses forces la trahirent, et elle re-
tomba désespérée sur les oreillers.

Une nouvelle crise de sanglots commença, interrompue par des phrases prouvant que l'espérance était
entrée dans ce cœur meurtri.

Julie, muette, regardait couler ces larmes, satisfaite
cependant d'avoir évité la secousse mentale que craignait le docteur, satisfaite aussi d'avoir accompli une
partie de sa tâche.

Lorsqu'elle vit la marquise un peu plus calme, elle
reprit :

— Oui, Dieu fait des miracles; peut-être ne veut-il
pas rappeler déjà à lui une créature faite d'amour et
de bonté et la destine-t-il à continuer, sur cette
terre, le rôle d'ange bienfaisant auquel elle semblait
destinée.

— Mais, enfin, qu'a dit le docteur?

— Le docteur, madame, a répondu que Marguerite
était à un âge où la jeunesse fait plus que la science et
que, tant qu'un malade respirait encore, on ne pouvait
le condamner.

— Mais, que s'est-il donc passé, Julie, voyons, par-
lez, vous me faites mourir.

— Lorsque Valère a quitté la pièce d'eau, chargé de
son précieux fardeau, nous avons monté votre chère
fille dans sa chambre, et l'avons déposée sur son lit.
Elle semblait dormir. Mon frère, sans changer de
vêtements, a fait seller un cheval, est parti pour Saint-
Lambert, au triple galop; il a heureusement rencontré le médecin qui lui a promis de venir immédiatement. Il l'a tenu au courant de ce qui s'était passé,
de l'épouvantable événement dont vous étiez toutes
deux victimes.

Pendant son absence, j'ai déshabillé Marguerite. A
ma grande joie, pendant que je procédais à ce soin,
j'ai senti battre son cœur. Elle vivait! La femme de
chambre et moi lui avons fait un lit bien chaud, et,
lorsque le docteur est arrivé, il a constaté que l'organisme reprenait doucement ses fonctions.

Le visage de Mme de Soutisse s'illuminait au fur
et à mesure que parlait la jeune fille. Elle l'interrompit :

— Mais alors, elle est sauvée; vous me trompiez
tout à l'heure, en me parlant de miracle et d'une lueur
d'espoir.

— Oui, madame la marquise, je vous trompais, mais
il le fallait, votre vie à vous était bien autrement menacée, et c'est par ordre du médecin que j'ai fait ce
mensonge.

La malade, à ces mots, laissa éclater sa joie.

— Embrassez-moi, Julie; c'est moi maintenant qui
sollicite votre pardon.

Mlle Breton s'approcha du lit et tendit son front.

— On avait bien recommandé, madame, après la
crise nerveuse qui vous a tenue deux heures durant

dans un état voisin de la léthargie, de ne vous dire la bienheureuse nouvelle qu'avec les plus grands ménagements. La joie que vous en auriez ressentie en l'apprenant brusquement, car vous la croyiez morte, eût été plus terrible pour votre esprit que le mal qui avait accablé votre corps.

— Vous êtes, ma chère Julie, un bon cœur, et je ne sais comment m'acquitter envers vous.

La jeune fille allait saisir au vol l'occasion offerte et lui parler de l'amour qui unissait Valère et Marguerite, mais sa prudence habituelle reprit bientôt le dessus : elle continua son récit.

— Puisque tout mensonge est devenu maintenant inutile, je puis, sans danger, vous dire que ma tendre amie, sous l'influence de la chaleur qui la pénétrait, se sentit, doucement, renaître ; ses joues reprirent une partie de leur éclat, elle ouvrit doucement les yeux, me sourit, m'attira à elle, m'embrassa, me chargeant, en attendant de le faire elle-même, de remercier mon frère de son courage et de son dévouement. Ensuite, elle se leva, s'habilla seule ; elle était guérie. Sa première parole, en ouvrant les yeux, avait été pour vous ; elle ignorait le triste état où vous vous trouviez, et se demandait si vous connaissiez la catastrophe. C'est alors que j'ai fait mon apprentissage de mensonge, en lui répondant que vous étiez absente du château au moment où elle s'était produite. N'ayant plus de crainte de ce côté, je me suis établie au pied de votre lit, et pendant que je recevais les prescriptions du docteur, Marguerite rejoignait Valère au salon. A présent, pour vous prouver que je ne mens plus, je vais faire cesser vos inquiétudes en appelant auprès de vous la meilleure des filles !

Elle se dirigea vers la fenêtre qu'elle ouvrit, et appela :

— Marguerite !

En entendant la voix de son amie, la jeune fille, craignant un danger, monta précipitamment vers la chambre de sa mère, mais, lorsqu'elle eut passé le seuil de la porte et qu'elle l'aperçut assise sur son lit, elle la rejoignit d'un bond. La mère et l'enfant restèrent longtemps embrassées sans proférer une parole. Ce n'était dans la chambre qu'un bruit de baisers donnés et rendus.

Maurice et Lucien rejoignirent leur sœur.

Valère parut à son tour dans la demi-obscurité du couloir, se tenant sur la réserve et n'osant entrer. Quand Mme de Soutisse eut caressé ses trois enfants, Julie intervint pour leur demander de laisser reposer leur mère.

— Ordre de la Faculté, dit-elle.

La marquise la regardait avec attendrissement, lorsqu'elle aperçut Valère dans le cadre de la porte restée ouverte.

— Et vous, mon cher ami, que j'allais oublier ! vous à qui je dois la joie, si grande qu'elle me fait presque mal, de revoir ma fille que je croyais morte, venez donc ; votre courage, aussi bien que le dévouement de votre chère sœur, a droit à toute ma reconnaissance.

Et tendant ses deux mains, elle ajouta :

— Julie et Valère, vous êtes de braves cœurs ; et Mme Breton est bien heureuse d'avoir des enfants tels que vous.

Après deux jours de repos, la marquise de Soutisse déjeunait avec tous les hôtes de la maison, à l'exception du marquis, retenu à Paris par ses démarches.

Il était descendu chez son vieil oncle, le comte de Vernon, tout près d'atteindre sa quatre-vingt-deuxième année.

Les jeunes gens avaient jugé à propos de ne pas le prévenir d'un acccident sans conséquences fâcheuses.

Les relations de Marguerite et de Valère devinrent, dès lors, ouvertement plus cordiales. Mme de Soutisse ne s'en étonna point; pouvait-il en être autrement? N'était-il point naturel que la jeune fille ne cachât pas la reconnaissance qu'elle avait pour son sauveur? Il en résulta une intimité plus grande. En réalité, Valère conquit une place importante dans la maison; Julie aussi. Maurice et Lucien se sentirent encore plus vivement attirés vers le frère et la sœur. La joie revint à tout ce jeune monde, mais plus intense, avec plus d'abandon.

Sans leur différence d'origine, que son orgueil n'oubliait pas, la châtelaine se serait considérée comme mère de deux enfants de plus.

Les jeux, les longues promenades, les visites aux pauvres et au curé reprirent leur cours.

M. de Soutisse arriva le soir à l'heure du dîner; lui aussi avait la physionomie souriante. En entrant dans le salon, après les premiers épanchements, avant même qu'on eût eu le temps de lui raconter la terrible aventure en laquelle sa femme et sa fille avaient failli perdre la vie, il prit la parole :

— Mes bons amis, accueillez-moi mieux encore : mon retour à l'arche doit faire doublement votre bonheur; j'apporte le rameau désiré, sous les espèces et apparences d'un pli ministériel. Mon cher Valère, j'ai en poche votre nomination à Rambouillet.

Marguerite, malgré elle, poussa un cri de joie.

Le repas du soir se passa dans une conversation générale où tout le monde prenait en même temps la parole. M. de Soutisse, qui n'avait point assisté au drame que tout le monde lui contait à la fois, ne l'apprécia que dans ses conséquences. Grâce à Valère, Marguerite était encore de ce monde ; grâce à Julie, la marquise avait échappé à un sérieux danger où sa raison était menacée. Les liens d'amitié qui l'unissaient déjà au frère et à la sœur s'en resserrèrent davantage.

D'un commun accord, on décida de faire dire une messe d'actions de grâces à l'église du Crétois, et, comme les pauvres ne perdaient jamais leurs droits, on résolut de tripler les aumônes et de donner, sur la pelouse, entre les grandes allées de tilleuls, un bal où seraient conviés les jeunes gens du pays.

— Quant à vous, Julie, vous me permettrez bien de vous appeler dorénavant ainsi, fit M. de Soutisse, il n'est que de toute justice que vous ayez aussi votre part dans ces réjouissances. Vous allez voir que je ne vous ai point oubliée : j'ai rapporté pour vous toute une provision de couleurs, de pinceaux, de palettes, d'huile et de vernis, de toiles, et l'attirail complet d'un paysagiste qui va quelquefois au loin, chercher ses sujets.

Et, sans écouter les remerciements de la jeune fille, il ajouta :

— Quand commençons-nous notre première étude ? Votre professeur très humble n'attend que vos ordres.

. . . .

Mᵐᵉ Breton reçut le récit détaillé de l'accident survenu sur la pièce d'eau ; Mme de Soutisse lui fit, en termes émus, les plus sincères éloges de sa fille et de son fils. « Elle garderait éternellement, écrivait-elle, le souvenir de sa chevaleresque action. » Marguerite joignit une lettre à celle de sa mère ; le marquis, enfin, annonça de son côté la nomination de Valère à Rambouillet, et, du même coup, insista pour que la chère Mme Breton, dont les démarches devenaient maintenant inutiles, arrivât en hâte au château, où tout le monde serait si heureux de l'avoir.

Julie écrivait plus longuement à sa mère. Elle dédaigna de raconter par le menu ce qu'elle appelait froidement un simple fait-divers, ni plus ni moins intéressant que ceux qu'on lit tous les jours dans les journaux, auxquels d'ailleurs Mme Breton s'était empressée de l'adresser. Cette personne avisée trouvait qu'il n'était pas inutile « d'imprimer tout cru le courage héroïque de M. Valère Breton, ingénieur des ponts et chaussées, » et d'accoler son nom à celui de la noble famille de Soutisse. « On ne sait jamais ce que l'avenir nous réserve. » Mais Julie s'étendit sur les conséquences de l'événement ; elle ne déguisa pas ses craintes de voir la place qu'elle occupait dans l'esprit de la marquise considérablement diminuée. Elle insista sur le regard haineux que celle-ci lui avait, par deux fois, lancé ; elle ne l'oublierait jamais ; elle craignait que ses projets d'avenir n'en subissent le contre-coup.

Mme Breton, en recevant cette lettre, éprouva une grande contrariété qu'elle ne dissimula pas dans sa réponse :

« Ma chère fille,

» Je vois que j'ai eu grand tort de ne pas accepter

» l'invitation du marquis de Soutisse et de te laisser
» aller seule aux Tilleuls. Ma présence ici était inutile,
» mais pouvais-je prévoir que le marquis se chargerait,
» pour ton frère, des démarches que je croyais néces-
» saires? Je ne pouvais pourtant pas être à la fois au
» four et au moulin! Cette confession faite, j'en arrive
» à toi et à la façon légère dont tu as servi notre plan.
» Mais comment imaginer l'événement qui est sur-
» venu? Dans toutes ces affaires, si ta mère avait été
» auprès de toi, tu aurais agi autrement. Je m'étonne
» qu'après mes conseils, qui ne t'ont point fait défaut,
» tu n'aies point continué dans la voie que je t'avais in-
» diquée. Je sais bien que je t'avais avant et surtout
» recommandé la prudence et le discernement. Il se
» produit cependant des occasions qu'on ne rencontre
» qu'une fois, hélas! et qu'il est nécessaire de saisir
» par les cheveux.

» La noyade, par exemple, était unique en son genre;
» la main de Dieu s'y montrait de la façon la plus évi-
» dente; tu n'en as pas profité. Là où il fallait une dé-
» termination rapide, tu t'es laissée aller à un senti-
» ment de défiance où je n'ai pas reconnu ma fille.
» Comment, tu as cette chance improbable d'annoncer
» à une mère que son enfant, qu'elle croyait morte, est
» vivante, et qu'elle doit la vie à ton frère; comment,
» cette mère te dit, dans l'élan de son cœur, qu'elle ne
» sait de quelle façon témoigner sa reconnaissance, et
» tu n'attrapes pas la balle au bond! et tu ne lui de-
» mandes pas de consacrer, par un mariage, l'amour de
» Marguerite et de Valère, la tendresse déjà ancienne
» de celle qui vient d'être sauvée pour son sauveur! Tu
» redoutais sans doute la fierté hautaine de la mar-
» quise, l'aversion qu'elle professe pour ceux qui ne

» sont pas nés comme elle et qu'elle qualifie de bour-
» geois, avec une certaine pointe de mépris. Il y a des
» cas, ma chère enfant, où la vanité, quelque ancrée
» qu'elle soit, disparaît devant l'amour maternel. Si tu
» avais répondu à la marquise : « Le seul moyen de re-
» connaître l'acte héroïque de mon frère est de lui ac-
» corder la main de Marguerite », acculée par cette ri-
» poste, elle ne pouvait s'en sortir que par un consen-
» tement. Etait-il possible qu'elle refusât ? Enfin, ce qui
» est fait est fait ; il est oiseux de dire, au moment où
» la voiture a versé, que le chemin n'était pas prati-
» cable ; il s'agit de tout réparer et de reconstruire
» notre échafaudage sur un autre plan. Pour cela, et
» avant tout, il est plus que nécessaire que les deux
» amoureux ne se trahissent point, qu'ils mettent dans
» leurs rapports une circonspection plus grande encore
» que par le passé. Dis-le à Valère, fais-le comprendre
» surtout à Marguerite dont la jeunesse et la naïveté,
» pour ne pas dire plus, me font peur, je ne te le
» cache pas.

» Sois toujours aimable avec la marquise, n'exagère
» rien ; elle est à nous, maintenant. La reconnaissance
» est un fardeau gênant, lourd à porter ; laissons-le lui
» jusqu'au jour où nous, à notre tour, nous lui donne-
» rons l'occasion de s'en débarrasser.

» Ce n'est pas de ce côté qu'il faut agir ; c'est M. de
» Soutisse qui doit faire notre jeu ; je ne veux pas qu'il
» s'imagine être quitte avec nous, parce qu'il a obtenu
» le déplacement de ton frère : ce serait trop commode.
» Il est d'ailleurs trop généreux, trop libéral, trop
» plongé dans les rêves, pour qu'il songe jamais à nous
» jeter ce prétexte dans les jambes.

» Pour arriver à notre but, une occasion s'offre d'elle-

» même; ne la manque pas, celle-là. Tu me dis qu'il
» va te donner des leçons de peinture, que ces leçons
» vous obligeront à des tête-à-tête forcés, loin du châ-
» teau; eh bien! ma fille, enjôle-le plus que tu ne l'as
» fait jusqu'à présent. Tu es jeune, tu es jolie, instruite,
» fine comme une mouche, plus pratique que lui; va
» de l'avant, je m'en rapporte à toi pour t'arrêter à
» temps. Je lui écris par ce même courrier pour lui an-
» noncer mon arrivée aux Tilleuls dans dix jours; je
» prends prétexte de quelques affaires qui me retien-
» nent à Versailles pour te laisser le champ libre et
» agir seule; en huit jours, on fait bien des choses;
» j'arriverai à point pour assister à la fête champêtre
» qu'on donne au château... »

Julie avait commencé ses leçons de peinture, lorsqu'elle reçut la lettre de sa mère.

Elle partait, dès le matin, en compagnie du marquis;
chaussée de bottines solides que surmontaient des guêtres montant jusqu'aux genoux, portant cotillon court,
elle s'en allait le sac au dos, coiffée d'un chapeau marin,
une haute canne d'excursionniste à la main.

Charmante en cet accoutrement, elle marchait avec
son professeur, admirant les moindres choses que la
nature, en ses largesses, prodiguait à leurs yeux, jusqu'à une sorte de carrefour feuillu. Les mousses et les
hautes fougères, les chèvrefeuilles et les viornes, les
ronces et les épines vinettes faisaient de ce lieu une sorte
de forêt vierge en miniature. Une maison de garde indiquait seule la présence des humains; des poules picoraient dans son enclos bordé d'échalas. C'était le lieu
choisi par M. de Soutisse comme sujet d'étude; on faisait halte, ils déployaient leurs chevalets, posaient au
sol leurs sellettes à trois jambes, plaçaient la toile,

pressaient les tubes sur la palette et travaillaient, assis
tout près l'un de l'autre, de façon à ce que le professeur, en se penchant légèrement, pût jeter un coup
d'œil sur l'ébauche incertaine de l'élève.

Les maladresses inévitables dans les débuts de
Julie comme peintre paysagiste étaient l'occasion
de rires continuels; elle s'appliquait cependant et
montrait dans le mélange des couleurs, dans la juxta-
position des tons une finesse d'œil, une justesse et une
compréhension de l'art qui surprenaient son maître.

Lorsqu'ils avaient travaillé pendant deux heures,
le garde leur préparait un déjeuner sommaire. Le
repas terminé, après une promenade de quelques instants au courant de laquelle M. de Soutisse et Julie se
prenaient aux mêmes admirations, comme si chaque
fois ils découvraient les richesses d'un monde inexploré,
ils reprenaient leur travail jusqu'au moment où
sonnait l'heure de quitter le campement et de plier
bagage.

Un soir, M. de Soutisse, après la cinquième leçon,
venait de rentrer dans sa chambre; il était seul et s'ap-
prêtait à se mettre au lit; depuis longtemps, tout dormait dans le château; la flamme de son bougeoir à
deux branches filtrait au travers des volets, en rayure
lumineuse qu'on apercevait du parc. Il se promenait
de long en large dans la pièce, comme un homme
absorbé, et, de fait, sa pensée était loin. Il repassait,
dans une revue rapide, ses années de jeunesse, toutes
remplies de chaudes illusions et, en descendant le cours
des années mortes à tout jamais, il arrivait à son mariage, aux charmes de sa cousine Alix de la Roche-
Sesson. Pour la première fois, il se rappela la morgue
exagérée de la jeune fille, son piétisme qu'il avait à

peine entrevus. Devenue femme et mère, ces deux tendances n'avaient fait qu'augmenter ; elles tombaient
maintenant en parfait désaccord avec ses préférences
politiques ; il l'aurait souhaitée tout aussi charitable,
mais avec des idées moins arrêtées. Pourquoi son
libéralisme en souffrait-il ? A quel propos, sans transition apparente, son esprit se reporta-t-il sur la séduisante image de M¹¹ᵉ Breton ?

Il venait de se souvenir que, pendant le dîner, sa
femme avait tenu sur la bourgeoisie et, en général,
sur tous ceux qui n'étaient point nés, comme elle
disait, une conversation qui dans d'autres circonstances, sans l'affection sincère qu'elle avait vouée à
la jeune fille, aurait pu quelque peu la froisser.
Puis, bientôt, son esprit s'arrêta, comme accroché dans
sa course, à la pensée de son élève ; il en ressentit une
imperceptible émotion bien vague, mais qui, cependant, n'était point sans le troubler. Il essaya de s'y
soustraire, prit un livre, s'assit à sa table et commença
de lire. Mais les lettres, comme autant de petites
marionnettes noires, dansaient devant ses yeux. Il
prit alors le parti de se coucher, éteignit ses deux
bougies.

Le sommeil, dans lequel il cherchait la fin de son
obsession, ne vint pas ; maintenant, le tempérament
du poète ayant pris le dessus, il entra dans le domaine
du rêve et s'y maintint tout éveillé jusqu'au jour. A la
fin, le corps eut raison de l'esprit, et il s'endormit
comme une masse.

Il était huit heures lorsqu'il perçut une voix flûtée
qui lui disait du parc :

— Monsieur de Soutisse, votre élève est prête ! dor-
mez-vous encore ?

Le marquis s'était endormi avec le nom de Julie aux lèvres, c'était Julie qui le réveillait.

Il se leva, sonna un domestique, donna l'ordre de prier Mlle Breton de vouloir bien attendre quelques instants, fit sa toilette et s'habilla en hâte.

Il trouva en bas, sur la pelouse, la jeune fille, le visage souriant, et lui tendit la main.

— En route, dit-elle, en route !

Ils contournèrent le château et arrivèrent au petit bois en bordure sur la pièce d'eau. Ni l'un ni l'autre n'avaient proféré une parole.

Le marquis rompit le premier le silence :

— Voilà le théâtre du drame où ma fille a failli perdre la vie, dit-il, en montrant l'eau profonde que moirait légèrement le souffle assez vif d'une matinée de septembre.

— Vous pourriez ajouter : et la marquise aussi, répliqua Julie.

— Je ne l'avais pas oubliée, fit M. de Soutisse.

Mais le souvenir de sa femme rappelé par Mlle Breton lui causa une certaine gêne.

— L'accident est déjà loin, ajouta Julie ; il nous a causé à tous de trop vives émotions pour qu'il soit nécessaire d'y revenir.

— Même lorsqu'il s'agit de rappeler l'intrépidité et le courage de votre frère ?

— Loin de moi la pensée de diminuer la valeur de Valère et l'importance de son acte de dévouement. Il n'a fait, cependant, qu'obéir au plus sacré des devoirs : celui que la reconnaissance nous impose.

— Tant de gens s'y soustraient !

— Comme vous êtes philosophique, ce matin, mon cher maître ! Ce beau soleil devrait pourtant vous

9

mettre en gaieté. Il n'est pas bon de faire le jour de
la nuit.

Le marquis, tout surpris, la regarda bien en face :

— Qui vous a si bien tenue au courant ?

— La petite lumière révélatrice, filtrant au travers de
vos volets. Vous voyez qu'il n'y a pas là grand mystère.

— Ce qui m'étonne, c'est que vous ayez pu l'apercevoir. Vous vous promeniez donc dans le parc, quand
tout le monde dormait au château ?

— Excepté vous... et... moi. Figurez-vous qu'une
fois montée dans ma chambre, je me suis aperçue que
le sommeil se refusait à venir ; j'ai repris, à tâtons,
l'escalier et j'ai fait une promenade poétique sous le ciel
criblé d'étoiles. C'est de la sympathie, ou je ne m'y
connais pas.

Toutes ces choses dites par la jeune fille d'un ton
simple et dégagé allaient droit au cœur du marquis,
comme si elle les eût soulignées d'une intention mali-
cieuse. Il se prit à rêver de nouveau, entièrement occupé
de son compagnon de route.

Ils gagnèrent ainsi la haute futaie au centre de laquelle se trouvait leur sujet d'étude, au lieu appelé
Chantoiseau. Une fois installés, ils reprirent l'ébauche
commencée en observant un parfait silence. Julie travaillait avec application ; de temps à autre, M. de Soutisse quittait son chevalet pour regarder comment se
comportait l'ébauche de l'élève. Chaque fois qu'il se
baissait au-dessus de son épaule, il sentait, ce qu'il
n'avait jamais senti auparavant, la chaleur tiède de
cette peau virginale lui monter au cerveau, comme une
griserie. En détournant vivement la tête, une des
mèches rebelles de Julie vint caresser sa joue ; un tres-
saillement lui parcourut tout le corps. Il se rassit aus-

sitôt, mécontent de lui-même, mais le travail auquel il demandait une distraction lui fit défaut comme l'avaient fait la lecture et le sommeil. Il pensait qu'il était temps d'arrêter l'absorption que Julie avait si rapidement fait de son être; ce serait trop bête d'être amoureux à son âge, et amoureux de qui?... Presque d'une enfant; et amoureux pourquoi?... avec quel résultat final en perspective? Décidément, il était fou.

C'était vraiment pitié ou sujet de risée que de voir ses cinquante ans, l'automne, presque l'hiver, épris des dix-huit années de Julie, le printemps. Où en était-il donc arrivé pour discuter lui-même une aussi improbable hypothèse! Faudrait-il qu'il fût, jusqu'aux jours de la caducité, victime de ses rêvasseries de poète? Et puis, en supposant que l'amour soit permis entre deux êtres d'âge si disparate, encore serait-il nécessaire que le plus jeune fût consentant... Consentant? A quoi? A se donner? Mais Julie était la plus sainte et la plus chaste des filles; c'était l'outrager de cruelle façon que de soupçonner son honneur et de la croire capable d'y faillir! Encore s'il avait été libre! Si la marquise, — et, pour la troisième fois, il se surprit à mettre sa femme en cause lorsqu'il pensait à Julie, — si la marquise... mais il devenait infâme aussi bien pour celle qui, depuis près de vingt ans, vivait à ses côtés comme la plus sainte des femmes et la meilleure des mères, que pour cette jeune et délicieuse créature qui lui avait été confiée. Allons, il chasserait ces vilaines hantises pour n'y plus revenir.

Julie, cependant, finit par s'inquiéter du silence du marquis et de la contraction de son visage que de temps en temps elle surprenait d'un regard furtif. Elle ne pouvait s'imaginer qu'elle en fût la cause. Aussi, elle continua ses coquetteries pour arriver plus tôt à un but atteint déjà.

— Monsieur le marquis, c'est fort laid de bouder ainsi son élève. Votre courtoisie habituelle me met en droit de révolte. Depuis hier, avez-vous quelque sujet de chagrin, ou mieux encore, 'mes mauvaises dispositions pour la peinture mettraient-elles au désespoir un maître tel que vous?

— Ne riez pas, ma chère petite, ne cherchez pas un chagrin qui n'a pas sa raison d'être, mais pardonnez aux nuages noirs qui viennent de traverser sa pensée.

— Je suis bonne princesse, et je pardonne, à la condition, toutefois, que cette vilaine moue, qui grossit vos moustaches, sera remplacée par le sourire bienveillant auquel je suis faite.

M. de Soutisse regarda fixement la jeune fille, il tenta de changer de physionomie, mais son effort tourna contre lui : deux grosses larmes roulèrent lentement sur ses joues.

Mlle Breton, d'un mouvement rapide, se leva, prit à deux mains la tête grisonnante du marquis et déposa sur son front un baiser qui voulant être consolateur, fût tout vibrant d'amour, malgré lui.

Au contact de ces lèvres fraîches, d'un coloris de framboise, le marquis se releva, comme au contact d'un fer rouge. S'il ne s'était retenu, il aurait crié.

Devant son désarroi, Julie, joyeuse de sa mutinerie, égrena les perles d'un rire sonore et franc.

— Qu'avez-vous, maintenant? est-ce que je vous fais peur? Décidément, vous n'avez pas bon caractère, ce matin. Traiter ainsi en ennemie une pauvre jeune fille qui vous aime tout plein et qui voudrait chasser la tristesse de votre front! Allons, le baiser est un mauvais remède.

M. de Soutisse ne pouvait plus y tenir; le ton mi-gouailleur, mi-affectueux de la jeune fille, ses reproches dont il s'exagérait la portée, anéantirent les résolutions de réserve qu'il avait prises; à son tour, il s'empara des mains de Julie, les couvrit de baisers passionnés.

— Mais, embrassez-moi donc tout à fait, dit Mᴸˡᵉ Breton, la tête haute et offerte.

Il saisit sa frêle taille dans ses bras vigoureux et, poitrine à poitrine, bouche à bouche, il l'embrassa longuement, follement.

— Vous m'aimiez donc?

— A la folie, répondit M. de Soutisse.

Julie resta muette devant cet aveu. Le marquis, maintenant, ne se pardonnait plus sa faiblesse; il sentait la ruine de son bonheur, l'évanouissement de son repos, sa maison perdue!

Il s'était livré lui-même, comme un enfant, aux griffes du sphinx; il ne fallait plus concevoir l'espoir de s'en échapper.

Mᴸˡᵉ Breton, au contraire, éprouvait au-dedans d'elle la satisfaction irritante d'un triomphe qu'on ne peut pas montrer. Le mariage de son frère avec Mᴸˡᵉ de Soutisse ne dépendait plus que de sa volonté, et l'heure de la vengeance qu'elle voulait tirer des fiertés de la marquise, de sa morgue méprisante, allait sonner enfin!

Le retour au château fut lent et silencieux. Julie mit tout en œuvre pour sortir M. de Soutisse des pensées dans lesquelles il était profondément absorbé; elle avait accepté la déclaration du châtelain sans étonnement ni révolte; elle tint, par son attitude, à lui marquer qu'elle ne pouvait lui en vouloir.

— Les femmes et les jeunes filles surtout, dit-elle en manière de conversation, ne sont-elles pas toujours sensibles à un aveu d'amour, que leur plaisir soit apparent ou non? Eh quoi! vous vous en voudriez, cher et généreux ami, de m'avoir fait connaître le fond de votre cœur quand je vous ai tant prié de ne me rien cacher? Mais votre confidence, loin de m'offenser, a pour moi, du moins, l'attrait d'une chose nouvelle. Vous êtes le premier, monsieur le marquis, qui m'ait dit qu'il m'aimait.

Elle ajouta avec une mine peu convaincue :

— L'événement, du reste, n'a rien qui doive tant me surprendre. Qui peut faire attention à une petite bourgeoise comme moi, simplement élevée, sortant à peine du couvent et dont la maigre dot, en cette époque d'argent, n'est point faite pour attirer les prétendants ? Donnez-moi la main et merci encore. Vous voyez, je ne suis pas farouche; je ferai, au contraire, tout ce qui dépendra de moi pour que vous ne soyez pas trop malheureux.

Ces dernières paroles touchèrent le marquis qui remercia la jeune fille d'un regard doux, suppliant, tout plein de caresses et de reconnaissance. Et, comme il témoignait le regret de ne pouvoir continuer leurs promenades et leurs études quotidiennes, l'aveu, qui lui avait échappé, les rendant impossibles, Julie lui répondit :

— Impossible! pourquoi ? La seule personne de qui elles dépendent, c'est moi; or, je suis sûre de vous comme de moi! Qui donc nous empêcherait de reprendre nos leçons? N'êtes-vous pas le plus galant et le plus loyal des hommes ?

Le lendemain, au moment du départ, M. de Soutisse

témoigna le désir de chercher un autre site, sous le prétexte que celui qu'ils avaient choisi et auquel ils avaient travaillé présentait de trop grandes difficultés d'exécution, non seulement pour une commençante, mais encore pour un peintre rompu au métier.

— Je crois plutôt, dit Mlle Breton, que le souvenir de votre franchise d'hier est attaché à ce paysage inoffensif que vous rendriez volontiers responsable de votre prétendue faiblesse ; ce lieu, au contraire, m'est précieux et je serais bien heureuse de le revoir encore.

— Alors, retournons-y, fit M. de Soutisse.

Et, cette fois, il marchait résigné. Une grande tristesse l'avait envahi. Il savait bien que son amour pour Julie lui avait fait au cœur une blessure qui resterait éternellement ouverte ; à son âge, après surtout la tranquillité d'une existence uniforme, toute affection tardive était d'autant plus sérieuse qu'elle apportait avec elle, en même temps que le charme de la nouveauté, l'attirance du fruit défendu. Il avait passé une nuit horrible, sans sommeil, roulant dans son esprit mille projets divers, se contrecarrant les uns les autres. Aucun raisonnement, aucune philosophie ne pouvaient l'apaiser ; il était entraîné par un courant irrésistible dont il devenait la chose inerte et sans défense.

Ce psychologue, à l'âme vibrante, n'ignorait pas qu'il n'y avait maintenant que deux remèdes à son mal, remèdes plus terribles que le mal lui-même : un dégradant concubinage, au cas où mademoiselle Breton s'y prêterait, ou la mort. Et cependant il finissait par se faire à cette idée, qui l'avait révolté d'abord, que Julie serait peut-être un jour sa maîtresse. C'était justement dans les progrès rapides de cette pensée hypothétique, qu'il constatait le désarroi de sa conscience.

En songeant ainsi, ils arrivèrent à la petite maison du garde.

Pendant le trajet, Julie, de son côté, était fort préoccupée; elle soupçonnait bien le trouble dans lequel elle avait jeté son compagnon. Sa nature affinée suivait depuis longtemps les phases de cette foudroyante passion et elle en subissait le contre-coup. N'avait-elle pas tout fait pour l'éveiller, ne voulant s'en servir que comme d'une arme ; mais voilà que par un effet singulier, cette arme lui faisait peur. Ce n'est point qu'elle craignît un acte de violence de la part de sa victime, mais la victime maintenant l'intéressait ; elle se sentait coupable. En voyant l'attitude taciturne de M. de Soutisse et l'altération de ses traits, le changement de caractère qui s'était opéré en lui depuis deux jours, elle s'accusait et éprouvait un réel intérêt d'où n'était point exclue une amitié particulière. Le marquis, malgré ses cheveux gris, avait conservé l'apparence jeune ; sa vie paisible, passée presque entière à l'air vivifiant de la campagne, sans secousses violentes, sans chagrins profonds, à l'abri des orages du cœur, lui avait laissé dans l'âge mûr, avec la vigueur de son tempérament, la fraîcheur de ses impressions. Aussi son visage s'en était-il ressenti; il avait encore la fière beauté qui séduisit mademoiselle Alix de la Roche-Sesson. Le marquis pouvait facilement se rajeunir de dix années.

Julie s'en voulut des changements dont elle était la cause. Pour se faire pardonner, elle devint plus attentionnée, plus caressante ; le marquis lui en sut gré et ressentit, quelques instants du moins, un soulagement au mal qui le terrassait et contre lequel il était sans forces pour réagir.

— Si nous déjeunions tout de suite, mon cher ami, dit-elle, avant de nous mettre au travail.

— A votre gré.

Ils pénétrèrent dans la petite maison et demandèrent qu'on leur préparât leur repas. Le garde-forestier mit le couvert d'un air embarrassé. La jeune fille, s'apercevant de sa gaucherie, l'aida dans cette besogne ménagère. Avec sa mutinerie habituelle, ses gentillesses d'enfant gâté, elle prit les assiettes à coqs du dressoir, ouvrit le buffet, en sortit la viande froide qui leur était réservée. Elle souleva le lourd couvercle de la huche, saisit de ses petites mains une miche de pain bis aux dimensions de meule, pendant que le bonhomme, devant la rapidité de celle qui jouait à ravir son rôle de fermière, s'excusait, en marmottant, de la laisser faire.

— C'est que, voyez-vous, ma belle demoiselle, la bourgeoise est partie ce matin, dès le fin jour, pour porter au marché de la ville une douzaine de volailles grasses et des œufs ; elle ne reviendra que sur le coup de six heures ; elle m'avait bien dit ce qu'il fallait faire, où je trouverais ce qu'elle avait préparé depuis hier pour le déjeuner de monsieur le marquis et pour le vôtre, mais depuis le temps qu'elle tripote tout dans la maison, j'ai perdu l'habitude, et puis, pour parler franc, je ne croyais pas que vous mangeriez si tôt.

M. de Soutisse souriait en voyant Julie, vive et entendue, aller et venir, en personne experte, comme si elle connaissait depuis longtemps les êtres de la maison.

Le garde descendit au cellier et en rapporta le vin, qu'il plaça sur la table.

— Il faut encore m'excuser, monsieur le marquis ; je

vais être obligé de vous laisser seuls ; je dois, dans une
heure, me rendre chez le juge d'instruction, et j'ai deux
bonnes lieues à faire. C'est toujours la faute à ces sacrés
braconniers; la forêt en est empoisonnée. Vous ne vous
faites pas idée du tintouin que m'occasionnent tous ces
mauvais bougres ; aussi, quand j'en pige un, son affaire
est bonne, et il paye pour les autres.

— Eh bien ! partez, fit M. de Soutisse, partez sans remords ; vous voyez bien que, grâce à mademoiselle,
nous pouvons nous passer de vous.

— Faites excuse, monsieur le marquis, j'ai encore un
petit service à vous demander. Voici la clé de la maison;
ça serait-il un effet de votre bonté de vouloir bien fermer
la porte à double tour, quand vous vous en irez et de
l'accrocher au clou placé derrière le volet de droite, en
sortant ? Maintenant, bon appétit, la compagnie, j'ai
bien l'honneur de vous saluer.

Ils restèrent en tête-à-tête.

Pour la première fois, Julie éprouva une certaine gêne
de se voir seule en face du marquis. Elle parla beaucoup, forçant la voix, exagérant son rire pour chasser
cette impression, et comme si elle avait besoin de se
donner du courage.

M. de Soutisse ne comprenait rien à ce déluge de paroles dites sans nécessité; il examinait d'un œil tendre
et étonné cette gracieuse petite personne qui devenait
tout à coup pour lui un être mystérieux ; et, tout en
causant, mademoiselle Breton regardait la pièce où ils
se trouvaient. Elle se tut bientôt pour continuer plus
attentivement son examen ; tout, dans la modeste habitation du garde forestier de Chantoiseau, semblait de
sa part l'objet d'une attention minutieuse ; rien ne passait inaperçu : la cheminée au large manteau où s'éta-

laient superposés des fusils de chasse et un vieux fusil
à pierre. Au côté opposé, une tête de cerf avec son bois,
d'où pendaient des poires à poudre, des carniers, des
gourdes et deux trompes au cuivre brillant, un cadre
enfin entourant une naïve aquarelle attirèrent son attention. L'aquarelle même excita subitement sa joie. Le
marquis la regarda à son tour ; elle représentait un
salon de Terpsychore dans lequel des soldats aux pieds
minuscules et effilés faisaient des ronds de jambes et
prenaient, les bras en l'air, sous l'œil d'un maître à
danser de régiment, une leçon de danse prétentieuse ;
le professeur, en haut bonnet de police, la figure rogue,
comme à l'exercice, commandait les mouvements ; dans
les marges, à droite, un trophée de sabres, de canons
et de boulets ; à gauche, un amour vineux ; au-dessus
on lisait ces mots d'une calligraphie enfantine : « honneur et patrie », et plus bas : « gloire à Terpsychore ».
C'était le brevet de danse obtenu par le garde en
l'an 1821, comme l'indiquait la date que précédaient
trois ou quatre signatures.

Le déjeuner fini, elle se leva de table, et, comme
poussée par l'irrésistible curiosité des femmes, elle entra dans la pièce voisine, chambre à coucher du maître
du logis. Le lit, haut sur pieds, à colonnes, était entouré
de rideaux d'indienne imprimée et couverte de grands
ramages ; la courte-pointe et le lambrequin plat qui
courait autour des quatre côtés de ce monument étaient
d'étoffe pareille. A la tête du lit, un crucifix d'ivoire
ancien avec le buis bénit de tradition ; devant la fenêtre, le long du mur, une commode chargée de menus
objets, coquillages, cerfs en verre filé, boîtes plaquées,
au milieu desquels trônait, sous un globe, la couronne
de fleurs d'oranger jaunie ; et puis, çà et là, dans la

symétrie du panneau qui surmontait ce globe, des lithographies : le pont d'Arcole, saint Jean-d'Acre, Kléber et son sabre recourbé, une reproduction coloriée de la « Smala » d'Horace Vernet, et des pipes de toutes formes et de toutes longueurs. Tout cela était net, propre, luisant, astiqué.

Julie appela le marquis, resté assis à la table, rêveur et plus préoccupé que jamais.

— Venez, mon cher ami, venez voir le sanctuaire de ces braves gens. Comme c'est tenu et rangé! comme tout respire l'honnêteté et le calme! malgré moi, cet intérieur rustique et rococo me fait songer aux vieux amoureux de la fable : Philémon et Baucis. Leur vie est au déclin sans qu'un nuage ait passé sur le ciel de leur bonheur : « C'est le soir d'un beau jour. » Cet ensemble calme et démodé, avec son imagerie ridicule et cette pieuse et ironique fleur d'oranger m'émeut et m'attriste à la fois ; décidément, les simples auxquels Jésus a promis le Paradis, commencent à le connaître sur cette terre.

M. de Soutisse, attristé, approuvait de la tête ce que disait la jeune fille ; il ajouta :

— Oui, ils sont heureux ceux qui ont vécu côte à côte, en communion d'amour, assortis l'un à l'autre par l'âge, par les goûts, n'ayant à deux qu'un cœur, qu'une seule pensée. Tout dépend du début, c'est là la clef de voûte de notre existence.

— Vous voilà encore replongé dans vos idées sombres ; le bonheur des autres vous fait-il donc envie ? Je tente cependant de vous rendre un peu de votre joie d'autrefois.

— Ce que vous appelez ma joie d'autrefois, Julie, n'était, je m'en aperçois aujourd'hui, que l'acceptation

pure et simple d'un fait accompli et du laisser-aller
paresseux, d'un cœur s'ignorant encore, sans curiosité,
comme endormi dans la monotonie d'une existence facile. Croyez-vous que nous ayons été créés pour cette
satisfaction égoïste ? Elle est bonne, tout au plus, aux
pauvres gens. Au risque de paraître commettre un sa-
crilège, je dirai que l'amour dépend des milieux et des
éducations. Ce sentiment le plus beau, qui nous fait
aptes aux grandes choses et nous élève, s'augmente en
raison de la place que nous occupons sur l'échelle so-
ciale. Dans l'ordre physique, les êtres les moins orga-
nisés, tels que les zoophytes, ne possèdent point les
mêmes besoins, ni les mêmes instincts que ceux auxquels la nature a donné un organisme plus complet et
par conséquent des instincts en rapport avec les besoins
qu'ils ont à satisfaire. Dans ces différences, réside la
seule aristocratie que je connaisse ; oui, ils sont heureux les braves gens qui habitent ce logis modeste et
j'accepte volontiers le tableau que vous faites, par supposition, de leur bonheur passé et présent ; je n'y vois
qu'une preuve de plus de ce que j'avance : c'est que ce
bonheur n'est qu'en relation directe avec leurs aspirations. Aussi, ne faut-il pas m'en vouloir de revenir à
moi et d'établir une comparaison.

— Vous êtes donc bien malheureux ?

— Plus malheureux qu'on ne peut l'être, ma pauvre
enfant, parce qu'il n'existe aucun remède à ma souf-
france.

Julie resta un moment silencieuse, la tête baissée,
son beau front coupé d'une ride comme si un combat
terrible se livrait en elle.

Mais cette attitude ne dura qu'une seconde. Elle releva, d'un geste décidé, la tête, et les yeux pointant droit

dans les yeux du marquis, elle s'avança vers lui : et, posément, en personne qui vient de prendre une irrévocable décision, elle demanda :

— Vous m'aimez donc beaucoup ?

Le marquis baissa la tête.

Puis d'un geste rapide Mlle Breton s'accrocha à son cou et répondit :

— Moi aussi, je vous aime !

Ce fut entre eux une succession de baisers pris et rendus ; M. de Soutisse serra dans ses bras la taille souple de Julie, dont le corps inerte s'abandonna complètement en une pâmoison extatique !...

Le soleil descendait à l'horizon et ses derniers rayons, passant au travers des arbres du carrefour de Chantoiseau, mettaient des flammes d'incendie aux petits carreaux de la fenêtre.

Un baiser enfiévré les enlaça encore et, simplement, sans remords, le front haut, Julie donna le signal du départ.

Ils prirent leur bagage de peintre, sortirent de la maison dont Mlle Breton, pour se conformer à la recommandation du garde, ferma la porte à double tour et plaça la clef à l'endroit indiqué derrière le volet.

Le marquis était maintenant tout à son bonheur. Julie marquait une joie plus réservée. Comme son compagnon s'en apercevait, elle dit simplement, avec un regard sérieux et cependant plein de caresses :

— Ne suis-je pas femme, maintenant, et forcément raisonnable ?

Quand ils parurent à la grille du château, Mme de Soutisse quitta la tapisserie à laquelle elle travaillait, se leva de son fauteuil renversé et alla à leur rencontre.

Elle embrassa son mari et tendit à Julie une main amicale.

— Je n'étais pas sans inquiétude dit-elle ; vous avez dépassé l'heure habituelle de votre retour. Il ne vous est pas survenu, au moins, quelque accident qui motive cette longue absence ?

— Que voulez-vous qui nous soit survenu de fâcheux ? reprit M. de Soutisse avec une imperceptible pointe de mauvaise humeur qu'il ne put déguiser.

C'était la première fois qu'il parlait ainsi à sa femme ; il lui en voulait de son baiser d'accueil donné devant Julie.

Mme de Soutisse ne prêta aucune attention à ce petit incident ; elle reprit :

— Voyez donc, ma chère Julie, ce que les ouvriers sont en train de faire de la pelouse.

En effet, une vingtaine d'hommes travaillaient avec ardeur ; les uns clouaient, à grand renfort de coups de marteau sonores, le plancher destiné à la salle de bal, qui devait être placée au milieu du gazon, entre les deux allées de tilleuls ; d'autres creusaient dans l'herbe des trous profonds, tandis que leurs camarades dressaient des madriers destinés à supporter la toiture. Tous ces hommes étaient en plein travail de ruche, sous la surveillance de Baricand.

Sous les tilleuls, de longues tables établies déjà avec leurs bancs parallèles, couraient sur le sable des allées ; de place en place, des chantiers tout préparés attendaient des fûts de cidre, de bière et de vin.

— Retournez-vous, dit la marquise, et regardez encore, vous voyez qu'on ne perd pas de temps.

Et du doigt elle montra le plat et léger échafaudage dressé contre la grille du parc, et qui n'attendait plus que les différentes pièces du feu d'artifice.

— J'avais, dit le marquis, demandé à l'architecte de diriger ces travaux, dans la crainte qu'il n'arrive quelque accident à nos ouvriers improvisés.

— Est-ce que Valère n'était pas là ? M. l'ingénieur a bien voulu descendre des hauteurs de sa situation pour se travestir en simple maître charpentier, répondit la marquise.

— Encore un aristocrate de l'esprit, qui sait au besoin faire litière des préjugés, dit en riant son mari.

Julie sourit à cette petite malice lancée à la marquise qui l'accepta, du reste, de fort bonne grâce.

Le facteur apparut, interrompant cette conversation.

— Pour qui des lettres ? firent Maurice et Lucien, qui, en ce moment, ayant fini leur travail de la journée, sortaient du vestibule.

— Il n'y en a qu'une, et elle est pour moi, s'écria Mlle Breton, qui avait repris sa belle humeur coutumière. Elle est de maman.

— Et que dit-elle ? demanda Valère empressé.

— Donne-moi, au moins, le temps de la lire.

Puis elle ajouta :

— Maman annonce son arrivée pour samedi matin, au train de midi.

— Encore deux jours à attendre, murmura doucement Marguerite.

— Nous irons la chercher à la gare, dirent Maurice et Lucien.

Après une nuit passée dans le meilleur des rêves,

M. de Soutisse se leva le premier, cette fois, et, se plaçant sous la fenêtre de Mlle Breton :

— Etes-vous réveillée, belle endormie ?

Julie ouvrit tout grands les volets et montra son visage souriant dans l'encadrement fleuri d'un superbe jasmin du Cap.

— Me voici, dit-elle toute joyeuse ; croyez-vous que j'aie, tout d'un coup, abandonné la peinture ? Je suis plus tenace que cela dans mes affections, monsieur le marquis.

Mais, de fait, elle avait peu dormi ; les événements de la veille où son bonheur avait succombé, beaucoup plus par entraînement que pour parfaire le plan arrêté entre sa mère et elle, l'avaient tenue longtemps éveillée ; non point qu'elle s'en repentit, mais, dans son cerveau toujours en travail, elle supputa ses conséquences pour l'avenir.

Avant de regagner sa chambre, elle était entrée un instant dans celle de Marguerite, puis dans celle de Valère pour leur dire, en même temps que le bonsoir, les progrès que faisait leur mariage et la presque certitude d'une réussite prochaine.

Une fois couchée, malgré la satisfaction qu'elle éprouvait de leur avoir donné cette bonne nouvelle, elle chercha vainement le sommeil. Ce n'est que vers cinq heures du matin qu'elle put prendre quelque repos.

Elle descendit et rejoignit M. de Soutisse.

Dès qu'ils se furent engagés dans l'étroit sentier du petit bois, et se sentirent éloignés de tous les regards, le marquis et Mlle Breton tombèrent dans les bras l'un de l'autre. Une douce étreinte les unit longtemps.

— Grâce à vous, la meilleure et la plus charmante,

j'ai retrouvé le calme qui m'avait fui, dit-il ; votre
angélique et délicieuse image ne m'a pas quitté. Vous
m'avez appris que le bonheur dont je doutais n'est pas
un fantôme ; aussi quelle profonde et inaltérable reconnaissance ne vous ai-je pas vouée ! Vous avez apporté la lumière dans ma nuit et la joie dans mon âme
endeuillée ; merci, ange, fée, être d'essence supérieure
qui avez revêtu la plus pure et la plus exquise des formes
terrestres pour m'apprendre l'amour, faire vibrer mon
vieux cœur et me tirer du néant, car, avant vous, je n'ai
pas vécu.

Et le marquis, amoureux comme un poète de vingt
ans, baisa fièvreusement les mains de sa chère petite
amie, qui, un peu confuse, dans une inclinaison de sa
gentille tête où sa nuque délicate paraissait dans son
suave contour, écoutait, attendrie, ce langage ardent et
recevait ces baisers si délicieusement donnés.

— Merci, murmura-t-elle bien bas.

Lui, reprit :

— Mais à quelle sélection d'êtres appartenez-vous
donc ? Quel génie a présidé à votre naissance astrale ?
De quel monde lointain est sortie votre âme si parfaite ?
Comment échapper à votre surnaturelle influence ? N'est-
ce pas elle qui rend meilleur tout ce qui vous entoure ?

— Cher ami, l'amour vous aveugle et vous fait marcher dans le rêve. Je ne voudrais pas vous causer,
maintenant surtout, la moindre peine, mais je serais
heureuse de vous voir descendre dans la réalité. Que
votre bonheur soit plus terrestre, il échappera à cette
chose vilaine qu'on appelle l'égoïsme. Pour dire vrai,
je veux vous éviter les désillusions du réveil lorsque
vous vous apercevrez que la fée, l'ange, ne sont qu'une
même et petite personne qui n'a pour elle que l'amour

qu'elle vous a donné. Si vous saviez comme, moi aussi, j'ai été touchée par votre cœur! Le bonheur que j'en éprouve me ferait peur, si je ne pensais pas au bonheur des autres.

— Que voulez-vous dire?

A ce moment, elle passa son bras dans celui du marquis, s'y appuya câline, comme pour s'y réchauffer au contact de son corps et comme si elle voulait y protéger sa faiblesse. Elle répondit:

— Quel grand poète vous faites! Insoucieux, passant dans la vie sans rien apercevoir. A côté de notre roman, qui commence, il y a une délicieuse histoire d'amour dont vous êtes le témoin constant et que personne n'a su deviner au château.

— Je ne pense qu'à vous! Mais contez-moi cette histoire.

— Comme bien d'autres, elle se résume en deux mots:

Valère Breton aime votre fille et Marguerite aime Valère également. Il y a longtemps que leurs cœurs battent à l'unisson, qu'ils vivent en communion d'espérance, nourrissant la pensée d'un mariage et s'étant, le jour où mon frère a sauvé votre fille, fait le serment d'être l'un à l'autre. Un refus peut causer leur malheur à tous les deux.

Le marquis de Soutisse, tout absorbé par Julie, ne s'étonna même pas de cette confidence. Il répondit spontanément:

— Et ce mariage comblerait vos vœux?

— Il mettrait doublement la joie dans mon âme. Non seulement à cause de moi, mais encore et surtout à cause de ces deux êtres si faits l'un pour l'autre, et qui

m'ont tous deux choisie pour confidente de leur amour
et de leurs espérances.

— Soyez en joie, vous la plus généreuse créature de
Dieu ; leur union me convient, nous ne devons pas être
seuls heureux en ce monde.

— Je veux vous embrasser pour votre ineffable
bonté et voudrais pouvoir même embrasser votre cœur.
Vous êtes bien tel que je vous avais pressenti. Mais,
pardonnez la gêne que j'éprouve en vous disant qu'il y
a un autre consentement nécessaire à ce mariage : ce
consentement ne me laisse pas sans quelque inquiétude.

Le marquis serra contre lui Mlle Breton et, dans un
mouvement d'exaltation qu'elle ne lui avait jamais vu, il
dit, en insistant sur chacune de ses paroles :

— Ma volonté, à défaut de l'autre, suffit. Valère et
Marguerite se marieront. Le bonheur, je le sais, après
mes souffrances endurées, est chose trop rare ici-bas
pour qu'on le sacrifie aux conventions et à l'esprit de
caste dont on pourrait arguer. Votre noble frère épousera
Marguerite.

Julie admira son amant. La pensée même de la situation qu'elle avait maintenant auprès du marquis ;
les circonstances pour le moins singulières dans lesquelles elle faisait une semblable demande ne lui vinrent pas à l'esprit.

Quant à M. de Soutisse, aveuglé par la passion, il
suffisait que Julie témoignât le moindre désir pour
le satisfaire aussitôt, faisant abandon de tout. Quelqu'un lui aurait raconté, autrefois, sa propre aventure
comme survenue à un autre, — que la droiture de son
cœur se serait révoltée, et qu'il aurait considéré comme
immoral un mariage consenti dans des conditions ana-

logues. Mais il n'était plus lui. Un homme nouveau, affolé d'amour, que la passion, une passion irrémissible, avait étreint sur le tard, remplaçait l'homme ancien qu'on citait comme modèle d'honneur, de générosité, d'éducation et d'esprit chevaleresque. Durant le trajet, il ne fut plus question de Valère ni de Marguerite; ils étaient tous les deux trop occupés d'eux-mêmes. Cependant, en arrivant à la demeure du garde, Julie se sentit prise d'émotion en voyant la petite maison, témoin de sa faiblesse, où, de parti délibéré, elle avait sacrifié son honneur. Pour le marquis, cette habitation modeste, perdue dans les branches, devenait à jamais précieuse.

Mlle Breton pleurait silencieusement.

M. de Soutisse s'en aperçut, d'un baiser sécha ses larmes, disant d'une voix inquiète :

— Vous ne vous repentez pas?

— Je ne me repentirai jamais.

Ils installèrent leurs toiles et leurs chevalets. Avec quelle ardeur ils se mirent au travail ! Ce site pittoresque, éloigné de tout, leur semblait à l'heure présente au bout du monde; il était à eux, bien à eux. Leur bonheur en avait fait la conquête et s'y établissait en vainqueur. Combien ces grands arbres tout remplis du chant des pinsons et des merles, ces hautes fougères largement ouvertes comme des ombrelles de verte dentelle, cette maison de pauvre apparence à l'enclos retentissant des bruits de basse-cour, leur devenaient précieux ; aussi en consacraient-ils le souvenir chacun de son mieux. Ils devaient échanger leur étude : au marquis revenait la toile naïve, inexpérimentée, de Julie ; son esprit la compléterait et la trouverait superbe, et lui donnerait la sienne, qu'il peignait avec tendresse.

Au milieu de la séance, le garde et sa femme arrivèrent pour annoncer le repas; les braves gens, tout en
marchant autour de la table pour faire leur service,
s'excusaient de les avoir laissés seuls la veille.

— On vous pardonne, fît Mlle Julie Breton.

— Et plus que vous ne croyez, ajouta M. de Soutisse,
en contemplant son charmant vis-à-vis, dont les joues
prirent subitement un incarnat pareil à la rose de bengale piquée à son corsage et que M. de Soutisse, en
l'attendant le matin, avait cueillie dans une des plates-
bandes du château.

. . . .

Le curé du Crétois avait dîné au château; il était venu
donner les dernières instructions pour la cérémonie religieuse du lendemain.

On passa au salon, où était dressée la table à jeu
qu'on préparait chaque fois que le curé passait la soirée
aux Tilleuls. La partie s'engagea, une partie de trente-
et-un, à un sou; Marguerite, Julie, Maurice, Lucien et
l'abbé entourèrent la table, s'apprêtant à sourire sous
cape des émotions du saint homme qui défendait son
malheureux sou avec âpreté. L'abbé était mauvais
joueur et n'aimait point perdre; par contre, il ne pouvait déguiser sa joie lorsque la chance était pour lui et
que les sous s'engouffraient dans son vieux porte-monnaie luisant.

Valère, enfoncé dans les profondeurs d'une bergère,
prit les journaux qu'il lut sous la lumière de la lampe
posée sur la cheminée.

Le marquis de Soutisse, qui se tenait debout près de
la table à jeu, fit un signe à la marquise, et tous deux
sortirent du salon; ce signe et ce départ n'échappèrent
point à Mlle Breton.

Pendant que la partie était engagée en bas, au-
dessus, dans le boudoir de Mme de Soutisse, avait lieu
un entretien des plus graves. En effet, M. de Soutisse,
pressé d'en finir, annonçait à sa femme la détermination qu'il venait de prendre.

— Oui, ma chère amie, ces deux enfants s'aiment ;
pour moi, je ne vois aucun obstacle à leur union.

La marquise était anéantie ; elle s'attendait si peu à
une pareille nouvelle ; elle avait, elle aussi, arrêté depuis
longtemps, dans son esprit, le choix du mari qu'elle
destinait à Marguerite.

— Ce que vous me dites, mon cher ami, d'une façon
générale d'abord, renverse tous mes projets ; j'arriverai
ensuite à des considérations que vous serez le premier
à comprendre, j'en suis sûre, quand je vous en aurai
fait part. Sans vous en parler, et depuis longtemps, je
destinais à notre fille le jeune comte de Maugiron, que
vous connaissez, dont vous avez apprécié le caractère
et la conduite pendant la guerre ; il est riche, bien fait
de sa personne et appartient à une famille ancienne dont
toutes les alliances sont bonnes : pas une tare, une
succession non interrompue d'hommes d'épée ; M. de
Maugiron, enfin, réunit à mes yeux les conditions de
naissance et d'honneur qui le font digne d'entrer dans
notre maison. Ce n'est donc pas sans un profond chagrin que je me verrai forcée d'abandonner une union
pour laquelle je suis tombée d'accord avec la famille de
celui qui qui sera notre beau-fils.

— A mon tour, ma chère Alix, laissez-moi vous faire
part de ma surprise. Comment ! sans me prévenir, peut-
être même sans consulter notre enfant, vous complotez
avec des étrangers et vous disposez d'elle ? Ces Maugiron ne me disent rien qui vaille ; le père est un joueur

qui a mangé une fortune dans des écuries de courses et, qu'on a dû bel et bien interdire ; quant au fils, cervelle creuse, officier conducteur de cotillon et ultramontain, comme on ne l'était pas, même au temps des Croisades.

— Ce conducteur de cotillon s'est battu comme un lion et a reçu une blessure à Gravelotte.

— Oui, je sais cela, il a fait son devoir : le beau mérite, pour défendre le sol de son pays envahi! Mais Baricand aussi a fait son devoir, tout le monde a fait son devoir.

— M. de Maugiron n'est pas tout le monde, et je trouve singulier le reproche que vous me faisiez, il y a un instant, de ne vous avoir point consulté pour le choix du mari destiné à Marguerite, lorsque, sans me demander avis, de votre côté, vous me choisissiez un gendre.

— Je vous en prie, ma chère amie, n'envenimons pas le débat ; celle qui en est l'objet a droit d'exiger de nous le calme et la réflexion : ne s'agit-il pas du bonheur de toute sa vie ?

A ce moment, on entendait, dans le salon, la voix de l'abbé Bertillon qui, avec l'accent paysan dont il n'avait pu se défaire, criait tout haut :

— Puisque je vous dis, mademoiselle Julie, que j'ai fait trente-et-un avant vous.

— Pardonnez-moi, monsieur le curé, répondait Julie, vous n'avez point fait attention, mais Maurice et Lucien peuvent vous dire que j'ai abattu mes cartes la première.

Et le curé du Crétois, poussant un profond soupir :

— Je veux bien, mais annulons le coup, car, moi, je suis sûr que j'ai gagné.

La conversation reprit en haut :

— D'accord, je suis d'accord avec vous, mon cher

Georges, n'envenimons pas le débat; il serait d'abord
étrange, qu'après vingt ans d'une entente parfaite,
nous commencions à nous quereller, à propos de qui?...
De notre chère Marguerite. Donc, vous, vous avez choisi
M. Valère Breton, et vous trouvez ce Valère Breton un
gendre digne de nous, et un mari digne de notre enfant?

— Que reprochez-vous à Valère ?

— Rien, et tout. J'apprécie comme vous son intelligence, son cœur : je ne m'occupe pas de savoir s'il a ou
s'il n'a pas de fortune ; il est bien élevé, a une belle situation qu'il ne doit qu'à son mérite, et ce sera, j'en
suis assurée, un excellent mari pour Mˡˡᵉ Duval ou
Mˡˡᵉ Bertrand.

— Allons donc ! vous y arrivez : il serait le meilleur
des gendres s'il avait un titre et une particule. C'est
votre faiblesse à vous, ma pauvre Alix, de n'estimer
les gens qu'au nombre de quartiers dont ils peuvent
exciper ; c'est notre perpétuel désaccord et nous
recommençons les amicales escarmouches d'autrefois.

— Vous allez me dire que vous êtes plus moderne.

— Je suis moderne, et je m'en vante ; mais, là où je
cesse de l'être, et où je deviens encore plus arriéré que
vous, c'est lorsque je remonte à la création de l'huma-
nité et que je vous dis qu'il faut, avant tout et toujours,
unir les êtres qui vivent en communion d'amour, parce
que l'amour, qui leur sert de devise et d'égide, est un
bouclier qui rend invulnérables ceux qui ont le bonheur d'aimer. L'amour remonte à des origines bien
autrement anciennes que la vôtre et la mienne ;
l'amour a commencé avec le monde et est assuré de
finir avec lui ; nous ne pouvons pas en dire autant de
nos noblesses parcheminées. Or, la seule chose qui me

préoccupe dans le mariage de Marguerite, c'est de savoir si elle aime déjà celui qu'elle a choisi, et je dis choisi, parce qu'elle seule, en cette affaire, est juge de son cœur. Comment ! vous voudriez lui imposer un choix dont, malgré elle, elle devrait subir toutes les conséquences, sous la garantie de votre responsabilité à vous ? Allons, ma chère marquise, laissons notre fille disposer de son cœur qui est bien à elle, et pas à nous, sans nous occuper ni des conventions modernes, ni de préjugés qui ont fait leur temps. Le seul contrôle qu'il nous soit permis d'exercer, c'est de savoir si l'homme que notre enfant a distingué, auquel elle veut lier sa vie, est un homme d'honneur et de courage. C'est donc à moi, maintenant, de vous dire qui est Valère ! Vous avez donc si tôt oublié que c'est à lui que vous devez la vie de notre Marguerite ? Sans son intrépidité, sans sa présence d'esprit, vous la pleureriez aujourd'hui. Si la reconnaissance vous pèse, si cette digne récompense d'un pareil dévouement vous semble exagérée, n'empêchez pas au moins notre enfant d'en témoigner noblement sa gratitude lorsque cette gratitude est doublée de l'amour.

— Vous voici encore, avec vos grandes phrases, lancé à perte de vue dans des arguments que je connais aussi bien que vous et qui ne sauraient me convaincre ; vous avez été toute votre vie un rêveur, mon cher Georges, vous nourrissant de chimères et ignorant le monde à l'heure présente, comme aux premiers jours. C'est la situation de Marguerite que je défends et, pour la défendre, vous verrez quel acharnement j'y saurai mettre.

Le marquis se promenait à grandes enjambées dans le boudoir, lançant au plafond le mince filet bleu d'une

cigarette d'Orient ; en présence de l'obstination de sa
femme et se rappelant la promesse solennelle qu'il
avait faite à Julie, il crut le moment arrivé d'imposer
pour la première fois sa volonté. Et, au fond de son être,
il n'était pas mécontent de rompre avec une affection
qui n'avait plus place dans son cœur, et, qu'en son exagération habituelle, il considérait maintenant comme
coupable.

Il s'arrêta net et, élevant la voix, non sans quelque
emphase :

— Et moi, madame la marquise, je vous jure, quoi
qu'il m'en coûte de contrarier vos goûts, je vous jure
que ce mariage se fera. Vous m'éviterez d'avoir recours
à des extrémités qui sont en dehors de mon caractère.

La marquise de Soutisse se redressa sous le coup.

— Vous ne m'avez pas habituée, monsieur, à un
pareil langage ; nous vivons, en vérité, à une époque où
les rôles sont renversés. Je croyais, jusqu'à présent, que
le soin de l'établissement d'une fille incombait surtout
à la mère qui l'a élevée, qui ne l'a pas abandonnée une
seule minute ; vous en jugez autrement, que votre volonté soit faite. Rassurez-vous, les gens de chicane
n'auront point à s'occuper de notre dissentiment ;
aucun tribunal ne sera l'écho des noms des de Soutisse,
des de la Roche-Sesson, unis, il y a vingt ans, dans un
autre but que celui de servir de risée aux bourgeois
avides de tous les scandales qui peuvent atteindre les
gens de notre sorte. Je n'ai pu avoir raison de mon
mari, j'espère qu'il en sera autrement de ma fille.

Elle se leva, pâle et digne, et sonna.

Un domestique parut.

— François, priez Mlle Marguerite de quitter son jeu et de monter jusque chez moi.

Lorsque la jeune fille entra dans la chambre, elle fut tout de suite inquiète de la pâleur livide de sa mère, de la contraction du visage de son père. En un tour de pensée, dans son intuition féminine, elle devina qu'il s'agissait d'elle et de Valère.

— Assieds-toi là, mon enfant, et réponds avec calme à ta mère.

Le marquis intervint :

— Permettez-moi de vous faire remarquer ce que cet interrogatoire a d'anormal et de pénible pour la pauvre petite.

Mme de Soutisse ne daigna pas répondre.

— Est-il vrai, Marguerite, que tu aimes M. Valère Breton ?

La jeune fille, sans se troubler, encouragée même par le regard bienveillant de son père qui semblait souffrir pour elle d'une situation aussi embarrassante, répondit simplement :

— Oui, ma mère, je l'aime.

— Et depuis quand, ce beau sentiment ?

— Depuis le jour où j'ai vu M. Breton pour la première fois.

— Ainsi, c'est seule, de ton propre mouvement, sans y avoir été incitée par personne, même par Julie, que tu as donné ton cœur à ce jeune homme ?

Marguerite allait répondre, mais son père interrompit :

— Que vient faire Mlle Breton dans le cas qui nous occupe ?

— Mlle Breton est l'amie intime de Marguerite, sa confidente ; n'est-il point naturel que, dans l'intérêt

de son frère, qu'elle aime beaucoup, elle ait .contribué
à augmenter le penchant de votre fille pour M. Valère ?

Mlle de Soutisse répondit

— Ce serait calomnier ma meilleure amie que de
l'accuser d'un pareil procédé. Ce qui a augmenté le
sentiment que j'éprouvais pour le frère de Julie, c'est le
courage avec lequel il n'a pas hésité à me sauver la vie
au péril de la sienne : et, puisque vous voulez toute la
vérité, ma chère mère, je vous avouerai qu'à partir de
ce jour j'ai prêté le serment, sur cette petite médaille
passée par vous à mon cou le jour de mon baptême,
que je n'épouserais pas d'autre homme que M. Valère
Breton.

— Tout cela est fort bien, mademoiselle, quoique je
sois un peu surprise des ardeurs de votre cœur ! Il paraît que je vous connaissais mal. Mais, ce que je cesse
de comprendre, c'est votre silence. Ce n'est pas à
Mlle Breton que vous deviez la confidence de votre
amour, mais à votre mère, pour laquelle il ne saurait
y avoir de secret. Je vous ai autrement élevée, et j'étais
en droit de m'attendre à plus de confiance de votre
part. Mais, vous aussi, malheureuse enfant, vous êtes
une moderne, ajouta-elle dans un regard de dédain
lancé au marquis.

— Au risque de passer pour une mauvaise fille, ce
que je ne suis pas, vous le savez bien, ma chère mère,
j'aurai le courage de mon aveu. Les principes dans
lesquels vous m'avez élevée et qui vous sont chers,
étaient en tel désaccord avec le choix de celui à qui
j'ai donné toute mon âme, que je n'ai pas voulu, en
vous faisant voir combien peu j'avais profité de vos

maternelles leçons, vous causer trop tôt une désillusion cruelle.

— Eh bien ! que la volonté de votre père soit faite ; vous épouserez celui que vous avez cru devoir choisir, à moins que, suprême outrage, sa mère ne trouve quelque inconvénient à votre mariage. Dieu nous jugera toutes les deux, et qu'il daigne dans son ineffable bonté vous éviter les regrets que vous vous réservez peut-être pour l'avenir.

Puis, se tournant vers le marquis :

— Voilà, monsieur, le résultat des idées nouvelles. Grâce à elles, le bonheur de votre femme est à jamais perdu, et votre fille dévoyée.

M. de Soutisse demeura silencieux ; Marguerite, le visage dans son mouchoir, pleurait maintenant ; elle essuya ses yeux, alla à sa mère qui se laissa embrasser et elle lui dit :

— Pardonnez-moi si je vous ai offensée, et soyez convaincue de l'inaltérable affection que j'ai pour vous, la plus sainte et la meilleure des mères.

L'omnibus du château entra bien exactement sur le terre-plein de la gare de Saint-Lambert à midi moins un quart. Il amenait Maurice et Lucien de Soutisse, qui, malgré une certaine opposition de leur mère, avaient insisté pour accompagner Valère et Julie.

Ces deux derniers, debout sur le quai d'arrivée, attendaient avec impatience le train de Paris, que certainement leur mère, la ponctualité en personne, avait pris le matin même. Valère tirait sa montre continuellement, en comparait l'heure avec celle de l'horloge de la station ; les minutes lui semblaient sans fin, tant était pressé d'annoncer l'heureuse nouvelle. Julie, plus grave, envisageait, non sans quelque appréhension, cette première entrevue avec sa mère depuis sa faute. Les deux jeunes de Soutisse les rejoignirent. Le trémolo sonore du timbre électrique annonça le train. Le chef de gare et les employés sortirent des bureaux, et bientôt, tout au bout des rubans d'acier qui s'étendaient parallèlement du côté de Paris, parut la locomotive cra-

chant son panache de fumée. Un coup de sifflet strident
déchira l'espace, la machine de fer se montra plus dis-
tincte, traînant derrière elle, comme les anneaux d'un
serpent colossal, la théorie sombre des voitures auxquelles elle était attelée. Le tout s'arrêta enfin dans le
grincement plaintif des freins. Valère, suivi de Julie,
s'élança à la portière d'un wagon de première classe,
d'où émergeait la face ronde et pourprée de Mme Breton. Ce ne fut point une médiocre opération que de la
faire descendre ; la bonne dame n'allait jamais sans un
encombrement de nombreux paquets, c'était sa manie.
Une fois sur le quai, les embrassements l'accueillirent;
elle quittait Valère pour reprendre Julie et Julie pour
reprendre Valère. Celui-ci se préparait à lui dire tout
bas la nouvelle dont son cœur était encombré, lorsque
Maurice et Lucien saluèrent à leur tour la voyageuse et
donnèrent l'ordre au cocher de la débarrasser de ses
paquets

— Et ma malle! J'allais oublier ma malle, clama
Mme Breton.

Et comme elle se dirigeait vers le fourgon des bagages
où les employés descendaient le monumental objet, Valère l'accompagna, profitant du moment où ils étaient
seuls pour lui dire enfin la nouvelle qui l'étouffait.

— Maman, ma chère maman, mon mariage avec Marguerite est chose décidée depuis hier soir.

Ces mots reçus sans préparation lui donnèrent un
coup si violent, qu'elle pensa défaillir et demanda
une chaise et un verre d'eau. Le train venait de repartir ; le chef de gare apporta le siège et le verre ré-
clamés, s'excusant de n'avoir point de plateau. Elle
but avec avidité, entourée par les quatre jeunes gens,
et assez satisfaite, dans le fond, qu'on s'occupât d'elle.

Dans le désarroi des paroles remerciantes qu'elle prononçait, elle lança cette phrase à Valère :

— Quel bonheur ! mon mignon, c'est le plus beau jour de ma vie ! mais à qui le devons-nous ? à qui ? à ton ange de sœur !

Une fois qu'elle fut remise, tout le monde se dirigea vers l'omnibus au sommet duquel les bagages avaient été hissés.

Le cocher monta sur son siège, enveloppa les chevaux d'un coup de fouet, et l'équipage partit au grand trot dans le bruit sonore des harnais à grelots.

Le marquis, la marquise de Soutisse et Marguerite attendaient sous le vestibule. M. de Soutisse et sa fille accueillirent d'un visage radieux la nouvelle arrivée, à laquelle la châtelaine tendit la main avec une réserve marquée ; elle prétexta une indisposition, et s'excusa de ne pas prendre part au déjeuner.

Dans le courant de la journée, le marquis, qui avait offert son bras à Mme Breton, lui fit visiter en détail les apprêts de la fête.

— Un heureux hasard, lui dit-il, a fait qu'elle nous devient doublement précieuse. Lorsque nous l'avons décidée, il ne s'agissait que de réjouissances données aux gens du pays, à l'occasion de ma fille, sauvée d'une mort certaine grâce au courage de Valère ; depuis, le mariage de ces deux chers enfants est arrêté, à notre grande joie à tous.

— Que vous êtes bon, monsieur le marquis, fit Mme Breton, ses yeux riants, mouillés de larmes ; je sais quelle charmante jeune fille est votre enfant ; je suis sûre qu'elle fera la plus complète des femmes. Mais laissez-moi vous dire avec un légitime orgueil que celui qu'elle va avoir pour mari est, de tous points, digne d'elle. Vous l'aviez jugé tel, j'en ai la preuve dans votre décision.

— La chose n'a pas été sans quelque difficulté que votre finesse féminine et votre cœur maternel avaient certainement pressentie. Il est des éducations, vous ne l'ignorez pas, qui mettent les préjugés d'un certain monde au-dessus de tout et les prennent comme règle absolue de conduite. Mᵐᵉ de Soutisse en est la preuve; aussi il est de mon devoir de vous avertir que ce mariage est loin de réaliser les rêves qu'elle avait toujours formés pour l'établissement de sa fille. Elle ne voulait à aucun prix d'un gendre qui occupât une fonction lucrative et qui n'appartînt pas à ce qu'on est convenu d'appeler la noblesse; elle acceptait seulement un homme ayant choisi la carrière des armes, mais titré, avant tout. Il a fallu, non pas vaincre des répugnances mais mater une volonté par une volonté plus forte que la sienne : celle du chef de famille. Je l'ai fait, d'autant plus volontiers, que, malgré les idées dans lesquelles les miens m'ont élevé, j'ai sur nos rapports sociaux en général et sur le mariage en particulier, moi aussi, des idées tout à fait arrêtées. Je passe pour un révolté ou un transfuge, mais je place les principes que je me suis donnés si haut que les critiques et les clabauderies inévitables ne peuvent monter jusqu'à moi. Vous voilà donc prévenue, madame; ne vous étonnez pas alors de l'attitude de la marquise, lorsque, tout à l'heure, au moment convenu entre elle et moi, vous viendrez, pour obéir aux usages, nous faire une demande formelle accordée à l'avance.

— Croyez-vous que je ne me sois pas aperçue depuis longtemps des préjugés de Mᵐᵉ la marquise? répondit

Mme Breton non sans quelque ironie. Tout à l'heure encore, son accueil manquait de cordialité, pour ne pas dire davantage. J'ai fait semblant de ne rien voir. A quels sacrifices n'est point préparé le cœur d'une mère ? Dieu ne nous recommande-t-il pas l'indulgence pour les péchés du prochain, à plus forte raison pour leurs faiblesses ? Mais vous étiez là, vous, le plus généreux, le plus chevaleresque, le plus humain des hommes; il a fallu que la Providence...

Le marquis interrompit ce déluge de paroles qui le mettaient à la gêne :

— Si vous le voulez bien, laissons la Providence où elle est, nous lui ferons dire demain une messe d'actions de grâces; occupons-nous plutôt de nous entendre tous les deux pour fixer la date de ce mariage. A mon sens, il est nécessaire de la rapprocher autant que possible...

— Ce n'est pas les enfants qui s'en plaindront, fit doucement Mme Breton avec une petite moue pudique; quant à moi, je vous suis tout acquise.

— Eh bien ! si vous le voulez, convenons que la cérémonie aura lieu dans un mois. Maintenant, où aurat-elle lieu cette cérémonie ?

— Mais à Versailles, naturellement.

Mme Breton, si prudente d'ordinaire, se trahissait par la précipitation de sa réponse; elle avait caressé le rêve de donner au mariage de son fils le plus grand éclat: c'était pour elle, de toute nécessité, qu'il s'accomplît avec une pompe inusitée; elle aurait fait elle-même de réels sacrifices. Elle considérait cette union comme son œuvre et elle voulait que la solennité servît, du même coup, de réponse à quelques rebuffades essuyées par elle dans le quartier Saint-Louis, le faubourg Saint-

Germain de Versailles. C'était une leçon et une vengeance. Toutes les portes, demeurées closes, devaient par la suite s'ouvrir grandes, devant elle, la belle-mère de la fille d'une des plus anciennes et des mieux apparentées parmi les familles nobles de France. Elle voulait, la petite bourgeoise, sur le compte de laquelle on avait chuchoté des aventures de jeunesse, oubliées aujourd'hui, elle voulait, ce qu'elle appelait, dans la trivialité de son langage, une messe carillonnée et tout le tra-la-la d'un événement important.

Le marquis ne tarda pas à anéantir tous ses projets.

— A mon sens, il faut éviter la tapage. Versailles est un grand centre ; la position que j'occupe à l'Assemblée, nos relations — sans compter les vôtres — nous obligeraient à changer complètement le caractère de la cérémonie que je veux intime à cause même des circonstances qui l'auront précédée.

Mme Breton, piquée au vif, se regimba :

— Mais ne craignez-vous pas, monsieur le marquis, qu'en se mariant si petitement, nos enfants aient tout l'air de se marier en cachette et comme s'ils faisaient une mauvaise action ?

— Je vous l'ai déjà dit, chère madame, l'opinion des autres m'importe peu ; j'estime que dans les conditions où a lieu ce mariage, nous devons, au moins, à la marquise qui s'y est opposée, les égards qui ne sauraient lui faire défaut. Il est inutile d'exposer sa dignité au froissement dont elle souffrirait certainement, en la forçant de paraître, à contre-cœur, devant une trop nombreuse assistance.

Mme Breton n'écoutait plus : elle était anéantie ; au milieu des ruines de son projet, elle regrettait aussi la superbe toilette dont elle voulait éclabousser la foule : une robe qui se tiendrait debout, un manteau de velours et des dentelles, et des fourrures, et une certaine plume bleue...

M. de Soutisse continua :

— En conséquence, c'est donc ici, dans la petite église du Crétois, que la cérémonie aura lieu. Le vieux curé Bertillon, qui m'a donné mes premières leçons de latin, comme il les a données à mes fils, radote un peu, il est vrai, mais je lui dois le grand plaisir qu'il éprouvera à bénir le mariage de ma fille. Elle a été baptisée par lui, elle a fait sa première communion ici, elle se mariera ici. Oh! les assistants n'auront ni couronnes princières ni tortils de barons ; ce seront les paysans, au milieu desquels j'ai été élevé, parmi lesquels s'est écoulée la majeure partie de ma vie. Si Mme de Soutisse éprouve encore quelque peine, si son orgueil faiblit, c'est devant ces braves gens qu'elle pleurera. Pour nous résumer, tout se passera le plus simplement du monde. Je suis certain que notre détermination sera d'accord avec les sentiments de Marguerite et de Valère. La place leur est devenue chère. Consultez votre fils et vous verrez s'il n'est pas de mon avis. Donc on signera le contrat aux Tilleuls, le mariage civil et religieux sera célébré au Crétois.

Mme Breton se rendit vite à ces raisons, ne pensa plu à ses projets écroulés et reprit sa gaieté.

La demande de mariage fut faite quelques instants après. La marquise, étendue sur une chaise longue, dans une attitude triste, n'avait pas voulu descendre au salon et était restée dans son boudoir. Elle pensait que, pour consommer une telle mésalliance, on devait éviter le grand salon, aux murs duquel figuraient les visages des aïeux ; elle voulait leur éviter cette honte !

Elle accueillit froidement Mme Breton, que ses airs de hauteur touchaient peu, du reste ; n'avait-elle pas atteint le but désiré ?

La demande fut formulée simplement, sans les phrases dont, pourtant, la chère dame n'était point avare.

M. de Soutisse, debout derrière sa femme, répondit par quelques mots auxquels la marquise ajouta une simple inclinaison de tête ; son mari la mit au courant de ce qui avait été arrêté pour la date et la cérémonie du mariage, lui demandant si elle n'avait point d'objections à faire.

— Aucune, fit-elle. Je ne reviens jamais sur un fait accepté. Il me reste cependant à vous remercier d'entourer cette union, qui m'est imposée, du cérémonial discret que vous avez choisi. Excusez-moi si, d'ici là, je me tiens à l'écart ; je désire cependant faire exception pour Marguerite, que je n'abandonnerai jamais, et à qui j'ai conservé, malgré le profond chagrin qu'elle me cause, toutes les tendresses des beaux jours disparus.

Mme Breton se montra fort polie : en fine mouche, comme elle disait, elle comprenait très bien que Mme de Soutisse ne témoignât pas une joie excessive pour cette union. Elle demeura quelque temps encore assise, causant de banalités, des apprêts de la fête champêtre du dimanche, de la cérémonie religieuse qui lui donna l'occasion de faire étalage de ses sentiments de piété, et de son fils Valère. Elle ne voulait pas être en reste de générosité et elle revint complaisamment sur le courage de ce fils auquel on devait la vie de Mlle Marguerite.

Mme de Soutisse reconnut sincèrement toutes les qualités de M. Breton, qualités que dans son lyrisme habituel augmentait son mari. Ce fut l'air de sortie de la bonne dame que le marquis accompagna jusqu'à sa chambre.

Les enfants, qu'accompagnait Valère, se promenaient sur la pelouse, suivant d'un œil curieux le travail des ouvriers.

Maurice et Lucien savaient maintenant la nouvelle : ils s'en montraient tout joyeux. Lucien, surtout, qui cherchait une combinaison de parenté lui permettant de prouver que Valère, mari de Marguerite, devenu son beau-frère, Julie, en même temps, devenait sa belle-sœur, c'est-à-dire presque sa sœur.

Mlle de Soutisse, les yeux noyés de bonheur, sa blonde tête appuyée au corsage de Julie, marchait dans son rêve, indifférente à la vie active qui l'entourait.

Mlle Breton, elle, réfléchissait. Son nom, crié d'une fenêtre du château, la fit retourner.

— C'est maman qui m'appelle ; je vais voir ce qu'elle désire de moi.

Mlle Breton rejoignit sa mère. Quand elle eut pénétré chez elle, celle-ci lui dit :

— Ferme la porte à double tour : ce que j'ai à te dire doit rester entre nous. Depuis mon arrivée, je n'ai pu, grâce à tout ce monde, causer seule avec toi. Et d'abord, ma chère Julie, tous mes compliments. Tu as pris une belle revanche de l'occasion manquée par toi ; ce n'était pas facile, car tu avais affaire à forte partie, avec cette altière et prétentieuse marquise que finalement tu as vaincue. Je vois que tu as profité de mes leçons ; viens biser ta mère. Maintenant, la besogne est faite, Valère et Marguerite se marieront le jeudi 24 septembre ; c'est ici qu'aura lieu la cérémonie. Pour ménager Mme de Soutisse, dont la vanité souffre de voir

un Valère Breton entrer dans sa famille, le marquis en
a décidé ainsi, à mon grand regret ; j'aurais préféré
une cérémonie plus imposante, mais, on n'a pas toujours tout ce qu'on veut, et nous devons nous estimer
assez heureux du résultat obtenu. Il ne faut pas tenter
Dieu. Pendant que tu travaillais, ma chère mignonne,
au bonheur de ton frère, je ne suis pas restée inactive,
je t'en réponds ; j'ai travaillé aussi ; j'ai mis sur le
chantier ton futur établissement.

— Mais, maman, je ne tiens pas à me marier, répondit Julie, que le zèle et la précipitation de sa mère
mécontentèrent.

— Ta ta ta ta ! Quelle nouvelle antienne me chantes-
tu là ? Ne pas te marier ? mais tu es folle ! Quand la
pêche est mûre, il faut la cueillir, dit-on, dans mon
pays, autrement, elle tombe et se gâte ; tu es à point
et, bon gré mal gré, tu auras ton époux. J'ai une bru !
maintenant, je veux un gendre. Ne prends pas tes
airs de révolte, et ne fronce pas le sourcil ; ta mauvaise humeur va disparaître, j'en suis sûre, quand
je t'aurai dit que ta mère est bien fatiguée, se fait
vieille, qu'elle a besoin de repos, et que son vœu le plus
cher est de te voir établie avant d'aller rejoindre ton
pauvre père. Tu serais bien changée, tu ne serais plus
ma fille si j'avais besoin de rappeler la vie de sacrifices
que j'ai menée pour élever convenablement mes enfants, leur donner une instruction dont je sais tout le
prix, parce qu'elle m'a manqué. Ne m'interromps pas,
écoute-moi patiemment, tu feras après tes observations. Je t'ai donc trouvé un mari ; ce n'est pas un seigneur ; j'aurais été folle d'établir mes deux enfants dans
la noblesse. D'ailleurs, quand une fille n'a pas de nom,
et surtout une grosse fortune pour faire pardonner sa

roture, c'est encore un mot de la marquise, il faut abandonner à de plus riches le métier ingrat de redoreuse
d'armoiries. J'ai un garçon qui semble fait exprès pour
toi : tu aimes le luxe, il est riche et sera plus riche encore ; tu veux briller dans le monde, eh ! bien, il a une
position superbe et qui ne peut que grandir ; tu as toujours témoigné le désir d'avoir un mari intelligent et
instruit : celui-là est un esprit supérieur et un travailleur. Enfin, il n'y a aucune tache dans sa famille ; tu
ne devines pas ?

— Non, fit Julie, indifférente.

— C'est Charles, le camarade de promotion de ton
frère. Il est dans les tabacs, décoré pour fait de guerre ;
son père, il est vrai, a commencé comme simple garçon
de ferme. Il s'est instruit tout seul ; finaud comme les
paysans, mais plus malin qu'eux, il s'était juré de faire
travailler les autres pour son compte, comme il travaillait lui-même. La fille riche de son fermier l'a remar-
qué, il l'a épousée ; une fois en possession de la dot,
qui consistait en biens de la terre, il a si bien fait valoir ses champs, il a appliqué à temps, avec tellement
d'adresse, tous les nouveaux procédés de culture, qu'il
a décuplé sa fortune à laquelle est venue se joindre
celle de ses beaux-parents ; puis sa femme est morte,
le laissant plusieurs fois millionnaire avec un seul fils,
ce Charles, dont je te parle, qui, l'année même, entrait
à l'Ecole polytechnique. Les gens de Seine-et-Oise l'appellent « papa Villot » tout court, il ne s'en offense
point ; il y a même des paysans de son âge qui n'ont
point réussi, et qui sont restés, les uns à la charrue,
les autres charretiers ou bergers, qui continuent de le
tutoyer. Il est conseiller général, décoré des mains de
l'empereur Napoléon III pour les progrès qu'il a fait

faire à l'agriculture, et, bonne note, il est resté impérialiste. Le marquis de Carabas ne possédait pas plus de biens que lui : fermes immenses, champs à perte de vue, minoteries, raffineries, rectifications d'alcool, sans compter des milliers de moutons, des centaines de vaches, des machines à vapeur à ne savoir qu'en faire, enfin tout ce qu'on peut posséder! Son fils, Charles, le mari que je te destine, au lieu de prendre, au sortir de l'école, le métier bête de laboureur, est entré dans les tabacs ; aujourd'hui, il est second ingénieur adjoint à la manufacture de Paris, ce qui est encore pour toi un avantage, puisque tu as toujours rêvé de vivre dans la capitale. J'ai dit ; maintenant, qu'as-tu à répondre?

Julie connaissait trop sa mère et l'opiniâtreté qu'elle mettait dans toutes choses pour entrer en lutte avec elle, ou même la moindrement contrarier. Mme Breton était très autoritaire; elle ne supportait aucune contradiction de ses enfants ; elle réservait ses souplesses apparentes et ses roueries à d'autres besognes. Aussi sa fille sembla s'intéresser à ce long discours, qu'elle avait écouté sans l'interrompre.

Elle répondit :

— Je me souviens, en effet, avoir vu M. Charles Villot deux ou trois fois à la maison ; c'est Valère qui l'avait amené ; j'ai même, l'hiver dernier, au premier bal où tu m'as conduite, dansé avec lui chez les de Tournemine. Je dois t'avouer, cependant, que rien, dans son attitude, n'a pu faire supposer qu'il m'eût distinguée ; c'est un homme froid, correct, parlant peu, il est vrai, et Valère ne m'a pas soufflé mot des intentions de son ami.

— Tu es encore naïve, ma chère petite ; tu sais bien que ton frère a l'horreur de s'occuper des affaires des autres et qu'il faut le pousser comme une charrue pour obtenir ça de lui, dit madame Breton, en faisant claquer, contre les dents, l'ongle de son pouce. Mais j'étais là, moi, qui veillais au grain, et j'ai deviné. Je me suis mise aussitôt en campagne, j'ai exagéré les démarches que j'avais à faire pour Valère, parce qu'elles me laissaient libre de mon temps, et qu'en ton absence, j'avais besoin de voir le papa Villot, de tâter le terrain, d'emmancher l'affaire, en un mot. Tout a marché au gré de mes désirs : non seulement tu conviens au millionnaire, mais tu as séduit son fils : on n'attend plus que toi. Oh ! tu peux dire que ta mère a bien employé les deux mois qu'elle a passés seule à Versailles pendant que toi, de ton côté, ma chère belle, tu travaillais si bien au mariage de ton frère. Mais, tu ne te jettes pas à mon cou, tu ne me remercies pas de cette situation inespérée : car, enfin, si j'ai reçu, en arrivant aux Tilleuls, la précieuse nouvelle qu'on m'a annoncée, il me semble que j'en apporte une non moins bonne et non moins heureuse.

— Mais tu pourrais ajouter plus imprévue. J'étais bien éloignée de me douter que tu avais trouvé le moyen de me marier pendant que nous nous occupions de Valère. C'est ce que tu appelles, ajouta-t-elle en riant, d'un rire un peu forcé auquel ne se méprit pas Mᵐᵉ Breton, faire coup double.

— Je comprends ton étonnement. Mais il ne peut durer longtemps : donc, remets-toi vite, songe aux avantages d'une semblable union, réfléchis et dis-moi oui le plus tôt possible.

— Mais, ma chère mère, je n'aime pas ce jeune homme. Il faut que cette idée d'un mariage avec lui s'acclimate un peu dans mon esprit et surtout dans mon cœur.

— Ne vas-tu pas maintenant t'amuser à suivre l'exemple de ton frère, et croire qu'il faille pousser des soupirs à tourner les moulins, lever les yeux au ciel, pleurer, perdre le boire et le manger, ne pas dormir, n'avoir à la bouche que les mots d'union d'âme, d'affinité élective, que sais-je? Le baragouin des gens qui noircissent du papier à écrire des romans stupides — devient-il donc nécessaire pour être heureuse en ménage, faire une bonne petite femme, riche et adulée? Tu ne vas pas, je suppose, me parler de l'amour, de ce sentiment qui, de ce sentiment que... L'amour, c'est tout au plus bon à faire les faux ménages; non pas que je blâme ce genre d'union; il a pour moi un grand avantage, qu'on se quitte comme on s'est pris. Mais s'il faut l'imposer, comme règle de conduite, il devient une simple stupidité, et tu n'es pas devenue bête tout d'un coup, que je sache. Allons, va, ma chérie, et sois bien raisonnable.

Julie, en allant rejoindre Marguerite, rencontra M. de Soutisse en grande conférence avec Valère. Les caisses du feu d'artifice étaient arrivées, et il s'agissait maintenant de trouver une équipe de paysans qui fût capable de les monter. Il aperçut Mlle Breton qui marchait d'un pas hâté, la tête inclinée en avant.

— Julie, fit-il, qui vous presse tant que vous passiez fière, sans jeter même un regard à votre frère et à votre ami?

— Je ne vous avais pas vus, et cependant vous occupiez ma pensée, vous, particulièrement, mon cher marquis. Puisque je vous trouve sur ma route, donnez-moi votre bras; j'ai des choses graves à vous communiquer, ajouta-t-elle dans un sourire charmant.

— Vous permettez, Valère?

Et M. de Soutisse s'éloigna avec la jeune fille.

— Qu'est-il arrivé ? Vous m'inquiétez.

— Ecoutez-moi ; vous allez comprendre si j'ai lieu d'être préoccupée et chagrine : Je viens d'avoir avec ma mère une conversation des plus graves...

— Elle ne se doute de rien au moins ?

— Non, mais j'ai bien peur que nous ne soyons obligés de lui tout avouer.

— Ça, jamais.

— Alors, il faut trouver un moyen de me sortir de l'impasse où je suis acculée. En deux mots, voici le contre-temps qui me met à la torture. Ma mère a voulu faire ce qu'elle appelle d'une pierre deux coups : Valère marié, elle a tout de suite songé à mon établissement, et elle a trouvé pour moi un parti. Elle exige une réponse de ma part dans les vingt-quatre heures, et une réponse affirmative, vous pensez bien, mon pauvre et cher ami. Ainsi, sans me consulter, elle a disposé de moi. Comment faire pour me sortir de cet embarras cruel ? Je cherche, et je ne trouve pas.

— Mais que lui avez-vous dit, lorsqu'elle vous a mise au courant de ses intentions ?

— Je connais trop ma mère pour lui opposer une résistance quelconque. Elle a une volonté de fer ; le mieux était de gagner du temps et de répondre par cet argument banal tant il est vrai, qu'il était au moins nécessaire, pour se marier, d'aimer celui auquel on va lier son existence.

— Et qu'a-t-elle dit alors ?

Elle a répondu que l'amour était bon dans les romans, mais tout à fait utopique dans la vie pratique. Il faut donc que nous trouvions quelque chose à nous deux, car mon imagination me laisse dépourvue d'expédients

absolument. Il est donc dit, mon pauvre ami, que le
bonheur, ici-bas, ne saurait aller sans le chagrin. Je
m'étais pourtant si vite habituée à mon rêve réalisé! Je
vivais dans une béatitude si parfaite, que le coup qui
me frappe me laisse sans défense, anéantie. Sauvez-
moi, Georges — pardon, sauvez-nous.

M. de Soutisse, lui aussi, était atterré ; il demeura
quelque temps silencieux, regardant bien en face l'i-
nextricable situation, s'en voulant de n'y point trouver
une issue immédiate. Peu fait pour la lutte, le poète reparaissait avec son imagination ardente qui l'emportait
au delà de la vie réelle et raisonnée. Le premier moyen
qui lui vint à l'esprit fut d'enlever tout simplement
Mlle Breton et d'aller au loin, en une floride quelconque,
enlacés pour toujours, débarrassés de toute contrainte,
vivre, au plein jour, dans l'affirmation éclatante et
joyeuse de leur amour.

Julie dut le rappeler sur cette terre au sentiment cruel
de la vérité.

— Que faire, alors? Revenir à ce que vous disiez tout
à l'heure, avouer à votre mère la liaison qui nous unit.

Puis, changeant brusquement le cours de ses réflexions, ramené à une vision plus juste des choses de ce
monde, il se demandait si l'amour coupable, mais pourtant si profond qu'il éprouvait pour la jeune fille, ne
devait pas s'effacer devant l'occasion offerte d'un mariage inespéré, étant donnée leur situation réciproque.
Il s'en voulait maintenant de son égoïsme. Sa générosité naturelle reparaissait; devait-il continuer de garder
pour lui seul cette enfant dont il brisait l'avenir et à laquelle il ne pouvait donner aucune compensation morale? Elle lui avait fait sans réserve, sans arrière-pensée,
la chère âme, l'abandon de son honneur. Rompre! Il

fallait donc rompre, dût-il en mourir. Mais il n'était pas le maître de leur amour. Accepterait-elle une rupture que conseillait la raison, mais que rejetterait son cœur? Ne serait-elle pas en droit de considérer comme un outrage une si terrible proposition?

Julie interrompit toutes ses réflexions :

— Vous voyez bien, dit-elle, que la solution n'est pas facile à trouver; nous chercherons tous les deux encore. En attendant, je tâcherai d'obtenir un délai nouveau de ma mère, si demain, ce que je crains bien, nous n'avons aucun prétexte à lui opposer.

Le lendemain, dès le matin, le château entra en fête; le temps était superbe, lui aussi avait voulu être de la partie. La cloche de la petite église du Crétois sonnait à toutes volées. Suivant le plan arrêté par la marquise de Soutisse, on commençait par un service religieux, un véritable *Te Deum*, pour remercier Dieu de sa puissante intervention dans la façon dont Marguerite avait échappé à la mort. Sur les routes, dans les petits chemins de traverse, on voyait défiler par groupes de famille ou d'amis, ou un à un, des paysans en costume de cérémonie. Les hommes avaient passé une blouse d'un bleu tout neuf, brodée aux épaulettes, par-dessus la redingote noire frippée sortie de la grande armoire, en même temps que le tromblon roussi, posé sur le derrière de la tête et qui datait du mariage de leur propriétaire. Les vieux s'en allaient cheminant, cassés en deux, marionnettes usées, ridées, à la marche tremblante, appuyés sur un bâton dont les nodosités sortaient en saillies, comme celles des mains calleuses qui le portaient. Les vieilles, en cotillon court de laine brune, aux plis ronds comme des tuyaux d'orgue, s'avançaient dans la même allure, branlant plus fort leur tête, qu'encadrait un bonnet plat aux dentelles de grand'mère; un fichu à pointe de cotonnade éclatante faisait la croix sur la poitrine. Les jeunes gens ingambes, l'air faraud, la cigarette ou le cigare aux lèvres, se dandinant comme à la ville, portaient, les plus élégants, un chapeau de feutre, et étaient habillés d'un vêtement, un *complet* de drap pareil. Les moins riches se contentaient de la casquette de soie et de la blouse des anciens. Quant aux filles, presque toutes avaient augmenté leurs avantages d'une crinoline, corsage à basques, boutons de verre jouant les pierres précieuses, bonnets à fleurs ou à choux de rubans semblant tissés exprès pour elles ; quelques-unes, plus fortunées, avaient des chaînes de cou en or et des bagues cerclant leurs doigts boudinés. On voyait passer tous ces piétons sur le sol poussiéreux du chemin, disparaissant quelquefois aux endroits où la route s'encaissait pour reparaître plus loin, la tête émergeant d'abord d'un massif, puis, petit à petit, dans leur entier.

Il y avait aussi des carrioles à deux roues, chargées de voyageurs, et traînées par de gros chevaux, blanchis de sueur à l'endroit des harnais, et puis des cabriolets et des charrettes. Tout ce monde, débouchant des cinq routes formant l'étoile dont le centre était l'église, s'arrêtait devant l'antique monument, dont les vestiges gothiques s'alliaient à une toiture de grange. Chacun se débarrassait de ses paniers à provisions. Il y en avait qui venaient de loin. On devait déjeuner, après la messe, sur l'herbe, ou chez les deux marchands de vin du Crétois, ou chez des amis habitant le petit village. Le souper ayant lieu au château.

A onze heures et demie déboucha le cortège. Le marquis, donnant le bras à la marquise, ouvrait la marche. Puis venaient Valère avec sa mère, Marguerite et Maurice, et enfin Julie et Lucien. M. l'abbé Bertillon reçut les châtelains au parvis de l'église. Il avait revêtu pour la circonstance ses plus beaux habits sacerdotaux taillés dans une robe à bouquets de la grand'mère de M. de Soutisse et confectionnés par la marquise actuelle. Derrière le curé se tenait le maître d'école, précédant quatre enfants de chœur, vêtus de lévite trop courte ou trop longue, d'un rouge coquelicot, que recouvrait un surplis tout blanc et trop empesé. Puis le chantre Benoist, qui cumulait ses fonctions avec celles de fossoyeur, et le serpent, l'antique serpent de cuir dont jouait le maréchal-ferrant.

M. le curé, goupillon en main, offrit l'eau bénite aux châtelains et aux hôtes des Tilleuls, pendant que Baricand, pendu à la corde, carillonnait à tours de bras.

Cette cérémonie préliminaire terminée, le cortège entra dans l'église, suivi de tous les paysans du lieu et d'alentour, invités à la fête.

M. de Soutisse, sa femme et ses enfants, Valère, Julie et Mᵐᵉ Breton s'assirent aux places réservées. M. Bertillon monta les marches de l'autel, et le service commença par l'*Asperges me*, qu'entonnèrent le chantre et les voix de fausset des enfants de chœur, accompagnés par l'harmonium que tenait le maître d'école. De temps en temps, une basse lugubre, à côté du ton, grondait dans cet ensemble : c'était le serpent qui faisait sa partie.

Après l'offertoire, le curé Bertillon monta en chaire. Ah ! il n'était pas éloquent, le cher vieux homme, et Dieu sait si, dans ce jour de réjouissance, sa bonne volonté fit tout pour le mettre à la hauteur des circonstances. Mais, pour comble de malheur, la présence du marquis et des Parisiens augmenta son embarras. Son sermon se réduisit aux proportions d'un fait-divers débité d'une voix chevrotante et nasillarde. Il raconta gauchement comment Mlle de Soutisse avait été sauvée, « grâce à Dieu et au courage d'un bon et savant jeune homme de Paris ». Comment aussi Mme la marquise, « sa bonne mère », avait recouvré la santé, « grâce aux soins d'une charmante demoiselle ». Le bon Dieu avait envoyé les anges gardiens de Mme la marquise et de Mlle sa fille sous les espèces et apparences de M. Valère et de Mlle Julie. Aussi fallait-il le remercier de sa puissante et manifeste intervention. Une fois lancé sur ce thème, M. Bertillon ne s'arrêta plus que pour annoncer l'union prochaine de Valère et de Marguerite :

— Et la preuve, mes chers amis, qu'un bienfait n'est jamais perdu, dit-il en manière de péroraison, c'est que le Créateur a récompensé M. Breton en permettant son mariage avec la noble Mlle de Soutisse ; il a voulu leur donner, ici-bas, le bonheur qu'ils méritent si bien, en attendant celui qu'il leur réserve au ciel et que je vous souhaite à tous, mes très chers frères.

Mme de Soutisse, d'ordinaire si respectueuse de la religion et de ses ministres, oublia le caractère dont était revêtu le vieux curé de campagne et accueillit la fin de son discours par ces mots murmurés tout bas : « Le maladroit ! »

La messe terminée, les châtelains et leurs amis sortirent et traversèrent la foule des paysans assemblés, qui, rangés des deux côtés du porche, se découvrirent en poussant des cris de : « Vive monsieur le marquis ! Vive madame la marquise ! » Le soir, à six heures, les invités s'attablèrent sous les deux longues allées de

tilleuls où les attendait le souper. Menu de résistance :
soupe grasse, bœuf bouilli, quartiers de veau rôti, poulets fricassés, salades, gâteaux de toutes sortes, fruits,
fromages, et, pour couronner toute cette pitance, café
et cognac à pleins verres.

A sept heures, les domestiques piquèrent, de distance
en distance entre les arbres, d'énormes torches de ré-
sine pour éclairer les convives. Leurs visages, émeril-
lonnés par l'absorption du vin, ils avaient dédaigné les
fûts de cidre et de bière, sous la lueur rouge des
torches grésillantes, avaient des reflets d'émail. Les
voix, silencieuses au commencement du repas, s'étaient
faites, petit à petit, plus nombreuses et plus hautes.
Bientôt le moment arriva où tous parlèrent à la fois : la
conversation roula sur les sujets qui pouvaient les intéresser. Il y eut des histoires de cochons, de vaches en
gésine, de blé trop tôt rentré, qui se croisaient avec le
récit de la maladie de la vieille Martinot, ou la para-
lysie du père au petit Lucas. De leurs hôtes, il n'était
point question. Quelques-uns, les plus vieux ceux-là,
s'interpellaient à distance, s'excitaient à boire en se
portant des santés réciproques. Alors, tous les noms
de la famille y passaient ; à chaque nom, nouveau
verre vidé, puis rempli ; l'occasion était trop belle pour
ne point en profiter.

— Et pour ce que ça nous coûte ! criait un finaud.

— Et pour ce que ça coûte au marquis ! ajoutait un
vieux paysan à l'œil gris et plissé, dont le nez pointu
et la bouche sans lèvres ne disaient rien qui vaille.

— T'as toujours le fiel au cœur, ajouta un grand gars
basané qui venait de finir son service.

— J'aurais cru, ajouta une jeune femme, que, la
bouche pleine, tu n'aurais pu médire.

— S'il crève, celui-là, ce ne sera pas de la colique, pour sûr, mais bien de la jaunisse, hurla un paysan tout tassé sur lui-même, sans une dent, la figure croisillée de rides profondes.

— Qui qu'a dit ça ? reprit un vacher auquel la boisson donnait du courage ! Ah ! c'est le père Jenfrey ! Pour sûr qu'il a les foies sûris.

— Va, va, tu peux médire sur M. Georges, ajouta une femme en marmotte ! c'est-y pas lui qu'a fait rebâtir ta maison quand elle a été brûlée et que tu pleurais misère, vieux grippesous ? T'as cependant de l'argent caché dans ton cellier.

Bientôt ce fut un haro général contre le père Jenfrey.

La tablée devint houleuse, les gros mots succédèrent aux disputes et les coups auraient suivi les gros mots si Baricand n'avait mis le holà en rappelant aux buveurs qu'ils n'étaient point au cabaret. Au reste, les convives de ce côté réunis, à part quelques rares exceptions, étaient tous des vieux : hommes et femmes ; par une attirance singulière, ils semblaient s'être donné le mot.

La jeunesse avait choisi, au contraire, l'avenue opposée. Là, on ne disputait pas : les garçons lutinaient les filles, les femmes plaisantaient leurs maris et on riait à faire éclater les corsages et sauter les boutons de gilets dans des renversements désopilants.

Le silence se rétablissait par moments, mais il suffisait d'une fille de ferme criant avec son accent traînard : « Tu sais, François, si tu me pinces encore, je t'envoie une giroflée à cinq feuilles, » pour réveiller le rire endormi et secouer toute la longue table. Les plus sérieux, ceux qui causaient d'amour, ne pouvaient résister à la contagion. Les lazzis couraient de bouche en bouche et les gros coq-à-l'âne aussi. Quelqu'un raconta l'histoire d'une jeunesse qui était partie pour Paris afin de se faire soigner un panaris.

— Ah ! ah ! ah ! un panari ! Si c'est comme ça que ça s'appelle à présent, dit le fils du charpentier, laissez-moi rire.

— Qui qui lui avait donné ce mal-là ? répliqua un autre.

— Ben sûr que ce n'est pas en ravaudant ses bas, ajouta une petite amie à la mine effarouchée.

— Pourvu que son lait soit bon, ses nouveaux maîtres n'ont pas le droit de lui demander autre chose.

Et dans un coin :

— Pisque je vous dis que c'est pas moi qui l'ai caché, votre couteau : fouillez-moi, plutôt.

— C'est la Jeannette qui l'a chipé ; elle veut cueillir une baguette pour conduire, comme qui dirait, son mari.

— Hé ! la Rougeaude ! Fais attention, ton nez va taper le fond de ton verre.

Et tout le monde de se tordre à cette fine plaisanterie.

Au bout de la table, assises prétentieusement, trois paysannes en bonnets semblables à des parterres de fleurs, causaient ; elles furent bientôt à leur tour l'objet des quolibets, s'y prêtant, d'ailleurs, de bonne grâce.

— Etait-elle assez gentille, mam'zelle Marguerite, à ce matin ? s'écria, dans un geste admiratif, le fils du serpent.

— Aussi bonné que gentille et pas fière, celle-là, répondit une des filles, employée à la lingerie du château.

— C'est comme la Parisienne, s'n'amie, mam'zelle

Julie, elle se retirerait putôt le pain de la bouche pour
le donner aux autres.

— Et son frère donc, quel beau gars! C'est ça qui va
faire une chouette noce!

Deux bombes éclatèrent presque simultanément dans
la nuit, donnant le signal du feu d'artifice. Chacun se
leva, vidant une dernière fois son verre. On quitta la
table en une bousculade générale pour se ranger sur la
pelouse, dans l'espace réservé entre la salle de danse et
la grille du château. Baricand maintint les invités à
une distance respectueuse pour éviter des accidents.

Les premières fusées furent accueillies par des hour-
ras et des applaudissements enthousiastes. Les spectateurs suivaient du regard leur parabole hardie et lumineuse, s'exclamant lorsqu'une pluie d'étoiles bleues,
rouges ou blanches éclatait au-dessus de leur tête,
tombant et s'élargissant en gerbe. Les frondaisons
sombres des tilleuls s'illuminaient tout à coup.

L'apparition des chandelles romaines dont un jon-
gleur invisible envoyait à tour de rôle les boules de
feu, les canonnades des macarons, le bruit des mor-
tiers, enlevèrent des cris de stupéfaction. Ce fut du dé-
lire lorsque les soleils tournants, aux transformations
multiples, aux moulinets contrariés, firent leur apparition dans la fusillade des boîtes d'artifices ; deux fon-
taines de feu eurent un non moins grand succès.

Dans l'intervalle, les fusées continuaient leurs trajec-
toires, que terminait un panache renversé d'étoiles
tombantes.

La pièce principale arriva enfin dans le crépitement
des pétards allumés. Son dessin apparut en traits de
feu, courant rapidement sur le fond noir de la nuit,
comme le voyage bizarre que font certaines étincelles

dans la trame d'un papier qui finit de brûler. Elle représentait une figure allégorique de la France sous un portique de style assez singulier. D'un côté, les attributs de l'agriculture et de l'autre un faisceau d'armes.

Cette banale composition frappa l'esprit des paysans, dont l'admiration se tint en haleine jusqu'au moment où lentement la fulgurante architecture pâlit, puis s'éteignit dans l'ombre.

Au même instant, le bouquet final avec ses myriades d'étoiles crevant le ciel et ses jets de fusées sans cesse renouvelés, au milieu d'un bruit de fusillade comme s'il y avait bataille là-haut dans les nuages, mit des cris dans la gorge de ces gens, hypnotisés, tout à fait, par ce spectacle nouveau pour beaucoup d'entre eux. Pendant qu'ils suivaient les différentes phases du feu d'artifice, les domestiques de la maison avaient allumé la salle de bal et des guirlandes de lanternes vénitiennes attachées aux tilleuls.

Du côté de la grille, tout était retombé dans la nuit. L'orchestre préluda par une polka; les paysans, en se retournant, eurent une nouvelle surprise. Ils s'engouffrèrent dans l'immense tente élevée à leur intention.

La famille de Soutisse et les Breton étaient montés, après leur dîner, au premier étage du château; c'est de là qu'ils avaient vu le feu d'artifice. Au signal donné par l'orchestre, ils descendirent sur la pelouse et gagnèrent la salle de bal.

On les attendait.

De longues acclamations accueillirent leur entrée. Le marquis, toujours excessif, avait grandement fait les choses. La salle, improvisée et parquetée, était tendue de toile rayée blanc et rouge, sur laquelle, de distance en distance, étaient disposés des cartouches, entourés

de drapeaux, où figurait le chiffre de Marguerite, sur-
monté simplement d'une couronne de roses. Six lustres,
à pendeloques, tombaient d'un plafond dont la char-
pente était revêtue d'étoffe blanche. Deux piliers enru-
bannés, debout dans la longueur de la pièce, supportant
la toiture, étaient ornés d'appliques de bronze, aux
nombreuses lumières, et d'écussons chargés de drapeaux, pareils à ceux appendus à la tenture.

Au fond, les musiciens sur leur estrade de draperies :
et, tout autour de la salle des banquettes recouvertes de
housses de velours rouge, à crépines d'or. La musique
s'arrêta net et on organisa le quadrille d'honneur,
dansé par M. de Soutisse et la gigantesque Mme Breton,
tout empanachée dans sa toilette criarde. Valère et Marguerite leur faisaient vis-à-vis. La marquise s'étant ré-
cusée, Julie et Maurice firent partie d'un quadrille
où figuraient un gros meunier des environs et sa fille.

Tous les autres, couple par couple, entrèrent en
branle, au milieu du bruit que faisaient les gros souliers cloutés des danseurs cognant lourdement de leurs
pieds le plancher. Le tapage était assez assourdissant
pour que les deux pistons se vissent obligés d'accen-
tuer l'éclat de leurs notes ; la petite flûte sifflait à
perte d'haleine, pendant que le saxhorn, le trombone
et la contrebasse mugissaient sourdement. Le violon,
seul, conservait ses allures guillerettes, phrasant prétentieusement la mélodie de bastringue.

Le marquis fut forcé d'inviter plusieurs paysannes de
marque ; de même que Mlle de Soutisse, il ne pouvait
se soustraire à cette corvée : situation oblige. Marguerite, en effet, fut contrainte d'accepter l'invitation de
cinq ou six gars, du pays, qu'un refus aurait certainement froissés ; c'était un usage, il fallait s'y soumettre.

La marquise se retira de fort bonne heure, suivie de Maurice et de Lucien, pour lesquels la danse n'avait aucun attrait.

Julie, Valère et Mme Breton restèrent sur la brèche courageusement ; ils ne voulaient pas abandonner aux sauvages le pauvre M. de Soutisse et sa fille, et, de fait, le marquis, malgré de réels efforts pour paraître s'amuser, faisait grise mine.

Il cherchait avec obstination une issue à la situation que Mme Breton leur avait faite à Julie et à lui. Ce mariage, presque arrêté par elle, venait inopinément détruire leur bonheur. Julie, pour ne point mettre en éveil l'esprit de sa mère, s'était donné de son côté l'apparence d'une gaieté insouciante. Elle s'en remettait d'abord au marquis beaucoup plus qu'à elle-même pour sortir d'une situation aussi douloureuse et aussi compliquée, et, pendant ce temps, les musiciens, les joues gonflées comme des ballons, les yeux louchant ou désorbités, soufflaient avec rage une sorte de galop endiablé. Ce vacarme, mêlé au tapage des danseurs, ne parvenait pas à faire sortir M. de Soutisse de ses absorbantes songeries. De temps en temps, cependant, pour ménager Mme Breton, il tentait d'être aimable et lui adressait une phrase ou un compliment banal. Ne sachant que dire, il s'avisa de lui parler du goût de sa toilette. Le malheureux ne se doutait pas qu'il venait d'émoustiller la faiblesse de la dame.

Elle répondit en minaudant :

— Mon cher marquis, j'ai toujours passé pour avoir beaucoup de goût. Ne suis-je pas femme ? Je tenais aussi à faire honneur à mes hôtes. La toilette, pour moi, est chose importante ; elle a son art, et je l'ai divisée en trois points ou plutôt en trois manières, d'accord avec les circonstances où je la porte. Ainsi, j'ai trois sortes de robes que j'ai baptisées : court-toujours, bellotte et triomphante. Aujourd'hui, j'ai mis triomphante ! Court-toujours est la mise du matin, de la messe de huit heures, de mes visites aux pauvres ou dans les magasins. Bellotte est exclusivement réservée aux visites de l'après-midi, c'est ma tenue le jour où je reçois. Triomphante, enfin, est pour les grandes occasions : dîners en ville, bals ou spectacles. Une femme qui sait s'habiller ne doit pas se départir de cette classification, inventée par moi ; mais, hélas ! le besoin de paraître quand même oblitère leur goût.

Julie causait avec son frère, et lui racontait le mariage arrangé par sa mère.

Valère, très attentionné, lui répondit :

— Maman a eu là une inspiration de génie ; tu ne pouvais pas espérer une union plus belle. Charles Villot est non seulement dès aujourd'hui fort riche, mais il sera archi-millionnaire un jour. C'est un homme tout à fait remarquable, destiné au plus brillant avenir. Il ne m'a pas dissimulé le penchant sérieux qui l'attirait vers toi ; je t'en aurais parlé, si je n'avais pris le parti de ne me mêler jamais, fût-ce même pour ma sœur, de choses où le seul juge est la personne en cause. Aujourd'hui que maman a tout arrangé, je puis te dire que je suis particulièrement heureux pour toi et pour mon camarade du choix qu'elle a arrêté d'accord avec le père de Villot. Qu'as-tu répondu à notre mère ?

Mlle Breton avait caressé l'espoir que son frère, la franchise même, aurait trouvé quelque obstacle à ce mariage, en lui faisant de M. Charles Villot un portrait moins louangeur que celui que lui en avait fait Mme Bre-

ton. Il n'en était rien, et elle retombait dans son incer-
titude. Elle ne l'avoua pas cependant.

— La pensée que M. Charles Villot pourrait être un
mari pour moi ne m'étant jamais venue à l'esprit, j'ai
été plus surprise que satisfaite de la nouvelle que
m'annonçait notre chère maman. Je n'ai pas encore
songé au mariage et il faut bien me donner le temps
de m'acclimater à cette idée, que je ne repousse pas,
d'abord. Seulement, notre mère exige une réponse immédiate que je ne veux lui donner qu'en connaissance
de cause, après m'être consultée longuement ; le sujet
n'en vaut-il pas la peine ?

— Je me range tout à fait à ton avis, qui est fort
sage.

— Eh bien ! je te demande si maman, bien entendu,
se plaint à toi de ma temporisation, de me soutenir en
lui disant que j'ai besoin de me rencontrer avec
M. Charles Villot, à peine entrevu, et que j'aimerai sans
doute comme il le mérite.

L'orchestre jouait maintenant une polka que Marguerite dansait avec un lourdaud en blouse, tenant son
corps délicat serré dans son bras rustique et qui
de l'autre bras élevé en l'air dans l'attitude d'une me-
nace, serrait de sa main puissante la petite main blanche effilée, fuyante de sa victime résignée.

Le parquet, arrosé avant le bal, était sec maintenant : à chaque coup de soulier, il s'en dégageait une
poussière légère et montante qui formait une atmosphère épaisse et lourde, rougie par la lumière des
bougies qui s'y tamisait avec peine. C'était une suffo-
cation, un air chaud prenant la gorge, auquel se mêlaient
les aromes un peu crus de tous ces gens, dont le front
perlait de sueur.

M. de Soutisse, une fois la polka terminée, rallia tout son monde, et profita d'un nouveau quadrille pour disparaître avec Mᵐᵉ Breton, Marguerite, Valère et Julie.

La présence de tout ce beau monde avait forcément mis quelque contrainte aux épanchements des danseurs; le châtelain disparu, l'indépendance reprit le dessus et chacun dansa à sa guise, loin des regards intimidants. Des contorsions de toutes sortes, des tournoiements de toupies, des bras jetés en l'air en même temps que des pointes de souliers faisant une courte apparition au-dessus des têtes, des sursauts de démoniaques, succédèrent à la contrainte des invités; tous ces gens-là se secouaient comme des possédés, la bouche largement fendue dans un rire contracté. Les bonnets des danseuses chaviraient maintenant sur leurs têtes, les chignons se déroulaient; les vieux, assis en rangs d'oignons sur les banquettes, fumaient de petites pipes noires aux tuyaux rongés jusqu'au fourneau; d'aucuns traversaient la cohue, pressés à droite, rejetés violemment à gauche par les bousculades, recevant des coups de coudes ou des coups de poings, pour se rendre, — pénible voyage, — à la porte du bal, où des tables dressées, devant des pièces de vin et de bière montées sur leurs chantiers, les attendaient avec leurs verres, que Baricand, aidé de trois domestiques, ne cessait d'emplir. Les gosiers, desséchés par la chaleur et la poussière, devenus de véritables foyers d'incendie, engloutissaient d'un trait tout ce liquide. Puis, on rentrait dans la salle, profitant d'un intervalle entre deux danses, pour reprendre sa place. L'orchestre, bientôt, rugissait de nouveau.

On se sépara à six heures du matin.

Les habitants du château passèrent, grâce à ce formidable tapage, une nuit blanche. Tout le monde, au déjeuner, arriva le visage pâli, le corps brisé.

Et cependant ce fut l'heure du repas que Mme Breton choisit pour prendre la parole.

Elle remercia d'abord le marquis et la marquise de leur bonne hospitalité, elle annonça officiellement le mariage de Julie, s'étalant avec complaisance sur tous les avantages qu'il garantissait à sa fille pour le présent et pour l'avenir. C'était son œuvre à elle, et chacune de ses paroles lui procurait une indicible et égoïste jouissance. Elle termina son discours par ces mots :

— Il n'y a pas de plaisir ici-bas dont on doive abuser ; j'ai donc décidé, mes chers hôtes, de quitter les Tilleuls aujourd'hui même. J'emmène avec moi Julie et Valère.

— Oh ! laissez-nous Julie, interrompit le marquis, incapable de déguiser l'atterrement où le jetait cette décision subite.

— Impossible, mon cher marquis ; la présence de ma fille est plus que jamais indispensable auprès de moi, vous le comprenez bien, pendant les quelques semaines qui vont précéder son mariage, dont vous me ferez l'honneur d'être témoin, j'en suis sûre. Ne faut-il pas que ma chère enfant voie son fiancé ? M. Charles Villot aurait tout lieu de s'étonner de son absence, et il serait dans son droit, ce charmant jeune homme. Quant à Valère, par une raison inverse et cependant analogue, il ne peut continuer de vivre sous le même toit que sa future. Il viendra de temps en temps faire sa cour, jusqu'au jour de la cérémonie.

Mme de Soutisse écoutait impassible tout ce bavardage ; Julie et le marquis, silencieux tous les deux, étaient plongés dans leurs douloureuses pensées. Mar-

guerite, seule, insista, et de sa voix harmonieuse dit à
Mme Breton :

— Vous me faites une grande peine, madame, en
m'enlevant ma meilleure amie: je comptais la garder
auprès de moi jusqu'au jour de mon mariage, où elle
remplit les fonctions de demoiselle d'honneur. N'y aurait-il pas moyen de nous la laisser encore pendant une
semaine, une pauvre petite semaine ?

La marquise écouta sa fille, souriante et émue à la
fois de ce cœur exquis, qui ne lui appartenait plus tout
entier. Mais elle reporta les yeux aussitôt sur son mari
et sur Julie, que depuis quelques instants elle épiait
d'une insistante façon. Son esprit, éloigné par nature
autant que par éducation de tout mauvais soupçon,
était subitement en arrêt sur cette monstrueuse possi-
bilité que son mari, si transformé depuis un mois,
pourrait être épris de Mlle Breton! Elle rapprocha
alors certains mots, certaines circonstances passés ina-
perçus, et qui prirent tout d'un coup l'importance d'une
révélation. Elle tentait de chasser ces vilaines suppositions, mais malgré les raisonnements qu'elle essayait
de se faire pour sauvegarder l'honneur du marquis, et
son bonheur à elle menacé, elle revenait obstinément à
sa pensée première. Ce serait horrible! Comment, sous
son toit, elle aurait introduit, aimé, choyé une créature
aussi fausse que cette Julie Breton?

Alors, c'est Julie seule qu'elle accusa, qu'elle rendit
responsable du malheur qui s'abattait sur sa maison.
Il avait fallu, évidemment, qu'elle s'offrît au marquis,
pour changer à ce point celui qui l'avait rendue si heureuse. Elle ne pouvait admettre que M. de Soutisse,
qu'elle connaissait bien, dont elle savait la doctrine et
le sentiments élevés, eût eu, le premier, une pensée

criminelle. Mais non! elle se trompait. Alors, elle plaça à son tour un mot dans la conversation.

— Ma chère Marguerite, tu as tort d'insister; ce que disait tout à l'heure Mme Breton est absolument juste et sensé, et, dans la règle, il est hors d'usage qu'une jeune fille fiancée, se tienne éloignée de celui qui lui est destiné, lorsque rien ne l'y force. Julie doit être chez elle; c'est là sa place aujourd'hui et plus que jamais. Dans quelques semaines, tu seras libre de la voir à ton gré.

— Merci, chère madame, répondit Mme Breton; la voix de la sagesse et du savoir-vivre a parlé par votre bouche. Les enfants sont terribles, vous savez: ils ne veulent en faire qu'à leur tête et traiteraient leur mère de radoteuse s'ils osaient. Allons, Julie, ma fille, monte chez toi et prépare ton départ.

Mlle Breton ne put maîtriser ses larmes. Elle sortit de table et alla dans sa chambre pleurer sans témoins. Au bout de quelques instants, elle entendit un coup discret frappé à sa porte; c'était le marquis, qui entra sur la pointe du pied, tournant derrière lui la clé dans la serrure. La décision de Mme Breton le rendait fou; il s'assit, accablé de douleur, attirant à lui Julie qu'il tenait par les deux mains:

— Faut-il dire un éternel adieu à notre bonheur? Pour moi, ma chère et tendre amie, je ne saurais résister à un pareil effondrement. Après une vie déjà longue, arrivé enfin au paradis, y entrevoir les félicités inconnues, goûter aux joies des bienheureux, entendre le concert de l'adoration perpétuelle, y prendre sa part, posséder tout, enfin, — et subitement tout perdre, cela dépasse la somme du courage humain...

Mlle Breton pleurait, silencieuse, comme si elle avait perdu l'usage de la parole. Elle s'abandonna et s'assit

sur les genoux de M. de Soutisse, cachant sa tête contre
sa poitrine.

Celui-ci la serra dans une étreinte passionnée. Ni l'un
ni l'autre n'entendirent qu'on parlait à voix basse dans
la chambre de Marguerite.

C'était Mᵐᵉ Breton, qui, avant de partir, avait tenu à
entretenir quelques instants sa future belle-fille. Elle
lui faisait de maternelles recommandations au sujet de
son cher Valère, qui méritait si bien l'amour qu'elle lui
avait donné. La bonne dame, parlant fort bas, ne ta-
rissait pas d'éloges sur les qualités de son enfant. Marguerite, assise devant elle, l'écoutait radieuse, soulignant
d'un sourire chacune des perfections vantées, au fur et
à mesure que sa future belle-mère les énumérait.

Elle quitta sa future belle-mère avec un baiser sonore
sur ses vastes joues...

Les deux chambres communiquaient l'une dans
l'autre.

M. de Soutisse reprit à haute voix :

— Non, ce crime ne se commettra pas ; non, ma
Julie bien-aimée, je ne te laisserai pas céder à ta mère,
je ne veux pas que ton cœur généreux te fasse victime
de cette épouvantable union. Tu ne peux pas enchaîner
ta vie à celle d'un être que tu n'aimes pas. Pour éviter
l'extrémité où je te vois réduite, il n'y a qu'un moyen :
la fuite.

A ce moment, la porte placée entre les deux pièces
fut ouverte dans un bruit épouvantable. Mᵐᵉ Breton,
l'œil en feu, les joues couvertes d'un incarnat apoplec-
tique, se tenant droite, s'avança lentement, théâtrale-
ment !

Le marquis de Soutisse et Julie s'étaient dressés,
comme mus par un ressort :

— Vous nous écoutiez, madame, dit le marquis prenant le premier la parole, pendant que Mlle Breton, un mouchoir sur les yeux, cachait son angoisse. Eh bien ! j'aime mieux cela. Vous savez tout, maintenant ; vous voilà donc dans l'impossibilité de perpétrer l'action mauvaise que vous aviez si habilement préparée.

Mme Breton, d'un geste noble, ramena son index sur ses lèvres et, se contenant, parlant à voix basse, les dents serrées par la colère :

— Silence d'abord. Vous avez une fameuse audace pour oser ouvrir la bouche devant moi. Tout marquis de Soutisse que vous êtes, vous entendrez ce qu'une mère outragée a sur le cœur. Vous êtes, monsieur, un misérable ! Si j'étais un homme, je vous tuerais comme un chien. Comment, je vous confie la plus pure, la plus chaste des enfants, je me repose en vous, comme en un père de famille, qui lui-même a une fille, et vous profitez, malgré votre âge, malgré vos cheveux blancs, du dépôt sacré que je vous ai fait, pour me le voler, pour déshonorer mon enfant, et cela sous votre propre toit ! Mais tenez, je vaux mieux que vous, j'ai pitié de votre triste mine et je me tairai. Ce secret, découvert par moi, doit être gardé et doit rester entre nous. Il y va de l'intérêt de ma fille, il y va du bonheur de mon fils et de votre enfant et du repos de la marquise de Soutisse, dont j'oublie les hauteurs, les dédains et la rogue pour la plaindre maintenant d'avoir un mari tel que vous. Que personne ne soupçonne l'attentat dont vous vous êtes rendu coupable. Je vais partir tout à l'heure avec Julie. Nous nous quitterons comme si rien ne s'était passé entre nous ; telle est ma volonté formelle : jurez-moi de vous y conformer.

M. de Soutisse s'inclina.

— Je vous jure, madame, que votre volonté sera faite.

— Adieu! ajouta sèchement Mme Breton, un peu apaisée. Vous ne me reverrez plus que le jour du mariage de nos enfants. Quant à vous, Julie, suivez-moi.

VI

Le mariage de Valère, annoncé par les journaux mondains, deux jours après que la famille Breton eut quitté le château, fut célébré simplement, tristement, le jeudi 23 septembre, à la date convenue. Julie n'y assista pas ; sa mère l'excusa, prétextant une fièvre sérieuse qui ne laissait pas de l'inquiéter beaucoup. La marquise de Soutisse, pendant les deux cérémonies à la mairie et à l'église du Crétois, se renferma dans une attitude calme, où ceux qui ne la connaissaient pas n'auraient pu deviner l'immensité du chagrin que souffrait son cœur maternel ni la blessure profonde faite à son orgueil d'aristocrate. M. de Soutisse, complètement changé, hâve et très maigri, les moustaches et les cheveux presque blancs, semblait un vieillard. Deux rides profondes, se perdant derrière le contour de ses narines délicates, creusaient ses joues. Mme Breton, habillée en perruche, la face épanouie comme une pivoine, son corps puissant renversé en arrière, semblait avoir oublié son ressentiment. Seuls, Valère et Marguerite montraient un visage véritablement heureux.

Leur bonheur, en somme, n'était-il pas seul en cause ?

Mme Breton, qui devait reprendre avec les nouveaux mariés le train de quatre heures, assista calme et tranquille au déjeuner intime qui suivit la cérémonie et où était invité, comme étranger, seul le vieux curé Bertillon.

Maurice et Lucien étaient attristés de l'absence de celle qu'ils appelaient leur belle-sœur par alliance, malgré ce que leur avait dit leur mère qui, à plusieurs reprises, s'était efforcée de leur prouver l'inanité de ces liens de parenté.

Valère et Marguerite se rendaient à Paris pour prendre le chemin du château de la Roche-Sesson, où le comte et la comtesse, trop vieux pour assister au mariage, attendaient leur petite-fille.

Le repas touchait à sa fin, lorsque Mme Breton, cynique, prit la parole :

— Et d'un, dit-elle ! Maintenant, à l'autre ! C'est dans trois semaines que ma Julie, mon ange, se marie avec M. Charles Villot. Ah ! je suis sur les dents, mais aussitôt après ma tâche ici-bas sera accomplie et le bon Dieu pourra me rappeler à lui. Je serai sans inquiétude, maintenant que mes chers enfants sont casés. Si vous voulez me faire l'amitié, monsieur le marquis, et vous, madame la marquise, d'assister au mariage de ma fille, vous me ferez honneur et plaisir.

Mme de Soutisse s'excusa pour elle et pour son mari.

— Je vous remercie sincèrement, madame, mais nous ne pouvons pas quitter le château en ce moment, la santé du marquis s'est tout d'un coup fort ébranlée, sans qu'il soit possible d'attribuer une cause au mal qui le fait souffrir. Je suis à présent réduite au rôle de garde-malade. M. de Soutisse suit un régime qui exige une continuelle attention et une grande ponctualité! Vous savez qu'il n'est jamais entré dans ses habitudes de s'occuper de sa personne et cependant il faut qu'il se rétablisse au plus tôt, car les vacances parlementaires vont cesser. Le médecin fonde les plus grandes espérances dans cette diversion qui doit amener une guérison complète.

— Mais quelle est donc la maladie de M. de Soutisse ? dit Mᵐᵉ Breton, témoignant un réel intérêt.

— Le docteur appelle cela, je crois, répondit tout bas l'abbé Bertillon, une anémie cérébrale, mais il n'y a aucun danger.

L'heure du départ approchait; le breack, chargé du volumineux bagage des jeunes mariés, s'avança devant le perron.

Marguerite embrassa longuement sa mère, puis son père. Valère baisa la main de la marquise, serra celle de M. de Soutisse et celle du curé du Crétois, que sa jeune femme prit à son tour.

Maurice et Lucien accompagnaient leur sœur jusqu'à la gare de Saint-Lambert.

Mᵐᵉ Breton monta la dernière dans la voiture, où l'avait accompagnée le marquis, pendant que Mᵐᵉ de Soutisse, debout dans le vestibule, se raidissait dans un effort suprême pour ne point pleurer.

Au moment d'atteindre le marchepied, la mère de Valère se retourna et dit d'un air bon enfant à M. de Soutisse :

— Remettez-vous; on revient de plus loin; dans six

semaines, je vous dirai bonjour de ma fenêtre, rue des Bourdonnais.

Le châtelain se pencha vers l'oreille de l'impitoyable femme et lui murmura :

— Rue des Bourdonnais peut-être, mais je suis frappé au cœur, et je le sens, j'en mourrai.

Le valet de pied hissa la corpulence de Mme Breton dans le breack, ferma la portière, rejoignit le cocher, à côté de son siège. Le marquis et la marquise restèrent debout sur le seuil du château, écoutant s'éloigner le bruit sonore des grelots. Quand ils n'entendirent plus rien, et qu'ils se virent seuls, ils rentrèrent au salon, s'assirent et tous les deux se mirent à pleurer.

Mme de Soutisse ne s'était point méprise sur les causes de la maladie dont souffrait son mari ; elle n'allait point cependant jusqu'à l'accuser d'avoir trahi la foi conjugale, mais elle savait maintenant, par ses ravages, la passion qui le minait et connaissait celle qui en était l'objet.

Ainsi, en moins d'une année, elle avait vu s'évanouir son bonheur. Ce fut d'abord la politique qui s'empara du marquis, le transforma, en fit sa chose et rompit le cours de la longue et facile existence à laquelle elle s'était habituée. Puis, comme si ce premier coup ne suffisait pas, sa fille, sa chère Marguerite, celle qu'elle croyait avoir formée à son image, lui échappait, contractant un mariage qui blessait son orgueil. Elle y avait été contrainte, mais peut-être à la longue s'en serait-elle consolée, en voyant son enfant heureuse. Une dernière douleur lui était réservée : on venait de lui voler le cœur du plus loyal et du plus chevaleresque des hommes. Un amour sénile, faisant son œuvre de destruction, réduisait celui qu'elle ne cessait d'aimer de-

puis tant d'années au triste état où il était. Guérirait-
il seulement ? Courageuse et fière, elle avait dévoré ses
larmes, ne laissant rien paraître. Mais le départ de sa
fille lui porta un coup trop fort pour n'être point vaincue, et alors des larmes, longtemps retenues, jaillirent
malgré son courage, malgré son énergique volonté.

Lui, trop faible pour réagir, s'abandonna au chagrin immense qui suivit le départ de l'ange qu'on lui
avait enlevé. Il lui fut impossible de se ressaisir ; il lui
semblait qu'on lui avait arraché l'âme et, aujourd'hui,
hanté par la vision disparue, il se trouvait seul, bien
seul. Le souvenir cruel et déchirant de Julie était encore, dans le désarroi de son être, l'unique occupation
de son esprit et augmentait la névrose qui le rongeait
comme une proie !

La retrouverait-il jamais, cette chère et tendre enfant, cause de tant de maux ? Aurait-il la force de vivre jusqu'au jour béni où il pourrait la revoir, ne fût-
ce qu'un instant, pour exhaler son dernier soupir en
un baiser de mortel adieu ? De son côté, la pauvre, n'é-
tait-elle pas la plus malheureuse des femmes, victime
comme lui des conventions de ce monde, obligée de se
donner en holocauste à un être qu'elle n'aimait pas ?
À cette pensée, le rêveur reparaissait ; absorbé par sa
passion farouche, il s'en prenait aux choses et aux
gens, qu'il englobait également dans une haine devenue féroce par son impuissance. Ah ! elle était jolie la
société, telle que la convention humaine l'avait faite !
Ne se composait-elle pas que de bourreaux et de victimes ? L'amour devenait un paria. Cette belle et divine manifestation de l'âme, celle dont on devrait être
fier, la seule digne de se montrer au grand jour comme
un exemple donné aux autres, il fallait la cacher ou en

mourir, comme une chose honteuse, hors nature. Alors,
chevauchant son utopie, il s'armait en guerre pour com-
battre le genre humain et le ramener, après l'avoir
convaincu, aux éternelles vérités qui le dégageraient
de ses lâches compromis, de ses lois barbares et de
ses turpitudes. Il n'y avait plus ni femmes ni enfants,
le monde était à refaire tout entier. Que lui importaient
Alix de la Roche-Sesson, ses fils, sa fille et Valère ?
Toutes ses affections d'autrefois devenaient des ruines,
au sommet desquelles se dressait comme un ange vic-
torieux la douce et lointaine apparition de Julie, nim-
bée d'or. Cette existence, en perpétuel tête à tête avec
sa femme, qu'il rendait responsable des calamités abat-
tues sur lui, lui devenait odieuse.

Cependant, les vacances prirent fin, les enfants rentrèrent à la rue des Postes, et, après un suprême effort,
dans lequel le soutenait l'espoir de revoir peut-être de
loin Mlle Breton, devenue Mme Villot, il se décida à rentrer à Versailles.

Une nouvelle douleur était réservée à la marquise :
M. de Soutisse, qui décidément ne pouvait plus tolérer
sa présence auprès de lui, exigea qu'elle allât rejoindre,
pour quelque temps, son père et sa mère à la Roche-
Sesson. Il se sentait mieux, plus fort ; les occupations
de la Chambre finiraient la guérison. Sa femme obéit,
elle partit.

. . . .

Julie était revenue à Versailles après la terrible cons-
tatation faite par sa mère. Pendant le voyage effectué
en compagnie de Valère, Mme Breton avait repris son
visage ordinaire. Lorsqu'elle fut seule avec sa fille, qui
s'attendait aux reproches les plus sanglants, aux récri-
minations les plus justifiées, elle se montra au con-

traire ce qu'elle était autrefois, bavarde et gaie, comme
si rien ne s'était passé. Elle garda le plus profond silence sur la liaison du marquis et de son enfant. Elle
n'y fit allusion qu'une seule fois, lorsqu'elle lui annonça
la visite qu'elles devaient faire chez le père de M. Charles
Villot :

— Tu vas te reposer pendant deux jours, ma mignonne,
pour reprendre tes bonnes couleurs d'autrefois et dégon-
fler ces beaux yeux rougis par les larmes. L'aventure
dont tu viens d'être victime est peut-être la conséquence
des conseils que je t'avais donnés pour enlever d'assaut
le mariage de ton frère, conseils malheureusement in-
terprétés, et qui ont failli tout compromettre. J'aurais
dû me méfier de la générosité de ton cœur qui t'a laissée
sans défense contre la passion violente de celui à qui
je t'avais confiée. C'est un malheur réparable, puisque
les intéressés ne peuvent que gagner à conserver le secret. Si Valère a sauvé la vie de Marguerite, Charles te
sauvera ton honneur d'une situation difficile en te prenant pour femme. Sois raisonnable et docile, comme tu
l'as toujours été ; chasse de ton esprit, comme un mauvais rêve, l'accident des Tilleuls ; redeviens la fille aimable et séduisante que tu étais ; ton mariage est fait
et ton bonheur assuré. Ton fiancé est un homme sérieux, grave même ; ta gentillesse et ta réserve, qui
l'ont séduit déjà, auront une influence nécessaire sur un
cerveau souvent absorbé par les affaires.

Julie réfléchit beaucoup pendant ces deux jours ; elle
envisagea nettement la situation qu'elle s'était faite,
s'en rendit un compte bien exact et, finalement, pensa
qu'elle s'était donnée au marquis beaucoup plus par un
sentiment de généreuse pitié que poussée par un amour
invincible. Déjà, à deux reprises, là-bas, aux Tilleuls,

elle s'était demandé où la conduirait la voie dans laquelle elle venait de s'engager si à la légère. Décidément, il valait mieux suivre les avis sages d'une mère rompue aux choses de ce monde, que de compromettre à jamais son existence en devenant la honte des siens. Le marquis de Soutisse trouverait dans le Temps, ce grand guérisseur, un soulagement à une douleur qu'elle savait réelle. Ne faisait-elle pas, elle aussi, violence à son cœur en s'arrêtant au parti que lui conseillait sa mère? Après tout, ce qu'avait risqué M. de Soutisse dans cette liaison éphémère pouvait-il entrer en ligne de compte avec l'abandon qu'elle avait fait d'elle-même? Son séducteur était arrivé à l'époque où l'on redescend le chemin de la vie. Elle, elle était jeune et vierge, à un âge où l'avenir ouvre toute grande la porte aux espoirs permis. Dans cette union de leurs deux êtres, n'avait-elle pas apporté la plus grosse, la meilleure et la plus inestimable des parts? Non, non! Elle ne pouvait en être victime; sa vie commençait, elle devait oublier ce début malheureux.

Le papa Villot, comme on l'appelait, possédait à quelques lieues de Versailles, tout près d'une de ses nombreuses exploitations agricoles, une grande et confortable maison. C'est là que Julie et sa mère vinrent passer quelques jours. L'accueil qu'elles reçurent, pour ne ressembler en rien à celui des Tilleuls, n'en fut pas moins cordial. M. Villot père était cependant un parvenu, mais il n'en laissait rien paraître : malgré ses soixante-cinq ans, il se levait dès l'aube, montait à cheval ou dans un cabriolet, suivant le temps, et allait donner le coup d'œil du maître à ses nombreuses et riches propriétés. Pas encombrant, on ne le voyait qu'à l'heure des repas où il montrait toujours une humeur égale. « La maison, disait-il, n'est point l'usine ; ici je me repose. » Aussi se couchait-il immédiatement après son dîner, qu'il appelait encore, comme au temps de ses jeunes années : le souper. Il était tout rond, plein de verve et de gaieté, à la bonne franquette !

Son fils, solidement taillé, ne conservait de son origine paysanne qu'une rare carrure d'épaules et une puissance musculaire vraiment étonnante. L'éducation en avait fait un homme à l'esprit droit, grave, d'une instruction solide, mais éminemment pratique. Il aimait à faire le bien, à condition qu'on ne l'en remerciât point. Fidèle à ses amitiés, il avait des principes immuables dont il ne se départait jamais. L'étude des sciences exactes l'attirait particulièrement ; il en avait pris de bonne heure les goûts dans les usines de son père. Ses connaissances en chimie et son numéro, le désignèrent, au sortir de l'école, à l'administration des tabacs. Il n'en continuait pas moins de s'intéresser, d'une façon générale, aux exploitations paternelles, qu'il était appelé à diriger un jour. Julie lui parut plus charmante, plus séduisante que jamais ; il ressentit, en la voyant, la même impression qu'il avait reçue lors de leur première rencontre. Resté seul avec elle, il ne lui cacha pas l'affection déjà ancienne qu'il attachait à sa chère personne, et, brutalement, sans précaution oratoire, il lui dit :

— Mademoiselle, mon père et madame votre mère sont désireux de nous marier ; j'ai pour vous une grande estime et surtout une loyale et sincère affection. Voulez-vous de moi pour mari ?

Elle eut une seconde d'hésitation que Charles Villot attribua à une timidité bien naturelle et répondit simplement en lui tendant la main :

— Je serai votre femme.

— Je vous préviens, — ajouta-t-il en riant, — pour ne pas vous tromper sur la valeur de votre époux, que je ne sais pas déguiser ma pensée ; vous venez de vous en apercevoir, du reste. Ma vie, jusqu'à ce jour, a été régulière et toute de travail, il faudra donc être indulgente et ne pas m'en vouloir si vous me voyez quelquefois absorbé. Ne vous méprenez jamais sur mon compte, vous avez et vous aurez toujours la grande place dans mon cœur. Dans notre maison, votre royaume, vous serez maîtresse absolue ; je tiens, aussi bien pour votre satisfaction propre que par goût, à n'avoir à me mêler d'aucuns détails. Je ne me charge que d'une chose, c'est d'équilibrer votre budget. Je veux aussi, pour établir une parité plus réelle entre nous, vous constituer par contrat une somme qui, si je venais à mourir sans que vous m'ayez donné d'enfants, vous mettrait à même de ne point modifier le train que nous mènerons.

Mlle Breton accepta ces paroles avec un étonnement pénible ; elle ne le laissa pourtant point paraître. Cette façon rude d'entrer en matière et de traiter leur union, comme une sorte de marché, la blessa. De prime abord, elle ne sut discerner l'homme de cœur, loyal, tout d'une pièce, de l'homme positif, exact comme un chiffre, celui que l'éducation avait fait de Charles Villot. Sa simplicité ressemblait véritablement trop à de la brutalité. Avait-on tenu jamais pareil langage pour faire sa cour à une fiancée ? Et, subitement, elle compara ces façons d'être à celles auxquelles le marquis l'avait habituée. M. de Soutisse lui apparut avec son langage de poète, son mépris de toutes préoccupations terre à terre, et une pointe de regret la piqua au cœur. Mais il fallait être raisonnable, ainsi que disait sa mère, et réparer sa faute. Elle n'avait pas le droit de se montrer si difficile sur la qualité du sauveur. Ne devait-elle pas, au contraire, remercier la Providence de l'avoir mis tel qu'il était sur sa route. En somme, le sacrifice était consommé. Ce n'était pas un mariage qu'elle faisait, mais une expiation qu'elle était obligée de subir. En effet, que donnait-elle en échange de cette affection sincère, dans une enveloppe un peu rugueuse ? Un cœur qui avait déjà aimé et un corps défloré !

Elle répondit à son singulier fiancé :

— Pourquoi, de gaieté de cœur, vous calomnier ainsi ? Me connaissez-vous si mal que vous me croyiez capable de ne vous juger que sur les apparences ? Toutes ces choses, un peu trop positives, étaient inutiles à dire. J'estime que mon mari doit avoir une occupation et, si je suis sûre de son amour pour moi, je serais bien mal avisée d'en être jalouse.

Après huit jours passés chez les Villot, Julie et sa mère retournèrent à Versailles. Le mariage de sa fille était fixé au 14 octobre. Mme Breton, en matière d'union, comme en toutes autres choses, menait rondement les affaires. Pour le mariage de son fils, sa hâte s'expliquait par la crainte où elle était que le marquis et la marquise de Soutisse ne reprissent leur consentement ; elle n'avait point voulu leur en laisser le temps. Pour celui de Julie, un autre mobile la guidait : avec des amoureux de la trempe du marquis, on ne pouvait jamais se tenir que sur un pied, pensait-elle, et dormir d'un seul œil ; il fallait s'attendre à tout de la part d'écervelés de sa trempe. Et puis, pour tout dire, elle se sentait pressée de prendre sa revanche de la maigre cérémonie du Crétois, à laquelle elle devait assister dans deux jours.

A ce propos, elle dit à sa fille :

— Tout marche comme sur des roulettes, à présent ; grâce à toi, je peux m'en aller aux Tilleuls pour assister au mariage de ton frère. Tu comprends bien pourquoi je ne t'emmène pas. D'ailleurs, je quitterai Paris le matin de la cérémonie et je serai de retour ici à onze heures du soir.

Julie ne fit aucune objection, et sa mère mit à exécution ce qu'elle lui avait annoncé. A son retour, Charles Villot commença ses visites quotidiennes rue des Bourdonnais.

Il fit des présents superbes et eut assez d'empire sur lui-même pour adoucir la rudesse de ses manières. Il devint moins brusque, parla moins de sa volonté, se montra plus empressé, plus amoureux, meilleur prince, enfin.

Mlle Breton constata avec plaisir ce changement et devint, de son côté, plus libre et plus tendre.

La mère profita des bonnes dispositions où se trouvait son futur gendre, pour organiser avec lui une cérémonie imposante à la cathédrale Saint-Louis, cérémonie dont les bons Versaillais conserveraient longtemps le souvenir. Elle avait carte blanche, sûre à l'avance que tout ce qu'elle ferait serait approuvé.

Sans plus tarder, elle se mit en campagne. Sa nature d'intrigante trouvait encore une fois l'occasion de s'exercer. Elle se remua si bien qu'elle obtint de l'évêque de Versailles de donner la bénédiction nuptiale aux nouveaux époux. Les voitures vinrent de Paris, à l'exception toutefois de celle qu'avait achetée pour sa femme Charles Villot.

On décida que pendant la messe en musique, dite au maître-autel par le curé de la paroisse, assisté des vicaires, en présence des chanoines du chapitre, des artistes en renom apporteraient le concours de leur talent pour compléter cette fastueuse cérémonie. Une somme de cinq mille francs était destinée aux pauvres.

Sur ces entrefaites, Valère et sa femme arrivèrent à Versailles pour prendre part à cette solennité. Les deux jeunes gens revenaient enchantés de leur voyage de noces à la Roche-Sesson, où les vieux châtelains leur avaient fait le meilleur accueil.

Le jour de la cérémonie se leva enfin. Sur tout le parcours de la rue des Bourdonnais à la cathédrale, les petites gens et les boutiquiers se tinrent aux fenêtres ou sur le seuil de leur porte. Des invitations avaient été lancées aux personnes de marque de la ville. Le conseil général, dont faisait partie M. Villot père, envoya une délégation. Les religieuses, aux soins desquelles étaient confiées les petites orphelines, prirent place dans l'église, ainsi que les petites filles assistées par les différentes œuvres dont Mme Breton était dame patronnesse.

Le maître-autel, surchargé de lumières, resplendissait, émergeant d'une véritable forêt de palmiers et de plantes vertes. La double rangée des lustres était allumée, de même que les lampadaires appliqués aux colonnes des bas-côtés. Un tapis courait de la porte centrale au chœur; l'évêque, en grande pompe sacerdotale, crossé et mitré, avait pris place sur son siège épiscopal. L'église fut littéralement envahie, et c'est entre les deux haies tassées et profondes que le cortège, précédé des deux suisses en culotte courte, fit son entrée.

Malgré la sévérité du lieu, de petits cris d'admiration

mal contenus s'échappèrent des bouches féminines lorsque Julie parut au bras de son frère. C'est qu'elle était vraiment charmante dans son costume virginal. Un long voile de magnifique point d'Angleterre couvrait toute sa personne de sa blancheur laiteuse. Sa robe de satin broché, faite à souhait par un grand faiseur, mettait en relief les grâces de sa taille fine et souple et se terminait en une longue et majestueuse traîne aux plis lourds et cassés. La tête légèrement inclinée, les yeux long ciliés, baissés sur des joues où l'émotion mettait une coloration de rose du Bengale, elle s'avançait lentement, toute simple, dans l'attitude de la Vierge, lors de sa présentation au temple.

Dans ce cortège nuptial, où les rutilants atours de Mᵐᵉ Breton jetaient leurs couleurs voyantes, figurait un vieux couple, tout branlant, tout naïf, que ces splendeurs confusionnaient : c'étaient deux paysans endimanchés, le bonhomme avec sa blouse et la femme en bonnet rond, proches parents du grand-père de Charles Villot. Ce fut pour Mᵐᵉ Breton une douloureuse surprise lorsqu'elle vit M. Villot père placer ces deux vieilles personnes sur les fauteuils dorés recouverts de velours nacarat, réservés aux membres de la famille.

— Décidément, se disait-elle, il est dit que cette odeur de purin me poursuivra jusqu'au mariage de mes deux enfants.

La cérémonie donna ce qu'elle avait promis. Les indiscrétions et les récits pompeux dont elle fut l'occasion huit jours avant qu'elle n'eut lieu, furent justifiés.

A la sacristie, le défilé des invités ne dura pas moins d'une heure et demie.

— Êtes-vous heureuse, chère madame !

— Combien nous prenons part à votre joie, chère madame !

— Votre fille est adorable !

— Quel homme superbe que votre gendre !

— Tiens, mais voilà votre belle-fille !

— Et M. Valère !

— Le mariage lui va bien !

Et les serrements de mains, et les embrassades, et les compliments se succédaient sans interruption.

Les jaloux et les mécontents exhalaient leur bile en propos amers. On entendait, sur les marches de la cathédrale, des gens arrêtés par petits groupes, qui arrangeaient Mme Breton de la belle façon. Une intrigante, après tout ; elle n'avait ni sous ni mailles ; sans son benêt de fils qui lui a donné, ainsi qu'à sa sœur, la grosse part d'un héritage imprévu, elle n'aurait que les yeux pour pleurer. — Non ! c'est vraiment à mourir de rire de la voir jouer à la grande dame. Je me suis laissé dire, par M. un tel, qui l'avait parfaitement connue dans sa jeunesse, qu'autrefois, cette chère dévote avait eu des aventures à faire dresser les cheveux sur la tête d'un chauve. — Quand le diable est vieux, il se fait ermite, dit-on. En voilà la preuve. — Il n'y a que ce monde-là pour avoir de la chance. Savez-vous que son ingénieur de fils sera millionnaire ? — Et cette petite poseuse de Julie, il paraîtrait qu'elle sera plus riche encore...

Les suisses, solennels, le jarret tendu, frappant les dalles de leur hallebarde dorée, se montrèrent dans l'immense encadrement de la porte. Les langues se turent. Mlle Breton, maintenant Mme Charles Villot, saluant à droite et à gauche la foule qui tenait à la voir passer une seconde fois, parut au bras de son mari. Elle

14

était radieuse; la vie de luxe qui lui était réservée commençait déjà; les appariteurs de l'église écartèrent les curieux échelonnés sur les marches, et les deux époux montèrent dans le coupé merveilleusement tenu, dont les deux chevaux, d'un noir d'ébène, encensaient de la tête, dans un bruit de gourmettes, pendant que le cocher, impassible, le mollet moulé dans ses bas de soie, la boutonnière ornée d'un bouquet de fleurs d'oranger, enrubanné de blanc, attendait l'arrivée de ses maîtres. Le valet de pied, chapeau bas, tenait par la poignée la portière ouverte. Dès que Julie et son mari se furent installés sur les coussins de satin vert de la voiture fleurie, l'homme monta sur le siège et les chevaux, secouant les bouquets blancs de leurs cocardes, partirent, le pied haut, dans la direction de la rue des Bourdonnais. Les voitures du cortège s'avancèrent un à un, s'emplirent également et suivirent le coupé.

Le soir même, la remuante Mᵐᵉ Breton partait pour Rambouillet, avec son fils et sa belle-fille. Valère l'avait priée de donner un coup d'œil à son installation. Le jeune ingénieur, de retour de la Roche-Sesson, avait fait ses visites de noces à ses chefs et aux autorités du département. Il allait habiter maintenant la résidence pour laquelle, grâce à la puissante intervention du marquis, il avait été désigné. En priant sa mère de venir avec eux et de leur prêter son concours précieux dans les choses du ménage, il avait obéi en même temps à un sentiment de curiosité bien naturelle, et que Marguerite, sa femme, partageait avec lui. Ils se demandaient tous les deux quel changement subit était survenu aux Tilleuls. Le départ précipité de Julie pouvait s'expliquer encore, mais son silence, jusqu'au jour de son mariage à elle, les impressionnait péniblement.

Et puis, quelle était donc cette maladie bizarre, cette
morne torpeur, ce chagrin profond dont souffrait leur
père? Valère, après avoir longtemps cherché, pendant
son séjour à la Roche-Sesson, s'était arrêté à cette supposition que le marquis de Soutisse subissait le contre-
coup de grosses pertes d'argent.

— Mais où et comment? Il me semble, répondait
Marguerite, d'après des lambeaux de conversation entre
mon père et ma mère, — vous savez pourtant si je m'in-
téresse peu à ces questions, — que la fortune de mes
parents est en biens fonciers, ou bien en actions de la
Banque de France et de chemins de fer. Mon père n'est
pas joueur, et s'il avait engagé quelque argent dans
une entreprise, tout le monde l'aurait su à la maison ;
il faut donc chercher ailleurs la cause de ses tristesses
et de son dépérissement.

Mais Valère continuait son raisonnement :

— Je m'explique encore moins le départ de votre
mère, et, enfin, l'absence de Julie à notre mariage.
Pour moi, sa maladie n'a été qu'un prétexte.

Mme Breton survint à point.

En chantonnant, elle entra dans le salon d'un air
affairé, se dirigea vers la cheminée pour y ranger
symétriquement une statuette de marbre d'après Clo-
dion et essuyer avec un linge fin les branches dorées
de deux candélabres anciens supportés l'un par un
faune, l'autre par une nymphe, au corps de bronze
florentin.

— Je ne vous dérange pas, mes enfants, dit-elle en
continuant son inspection.

— Non, ma mère, fit Marguerite, maintenant moins
que jamais. Nous avons besoin de vous demander l'explication d'un mystère, dont Valère et moi voudrions

bien avoir la clé! Mon pauvre père est malade, très
malade. Depuis le jour où vous avez quitté les Tilleuls
avec vos enfants, son mal, que j'ai vu commencer, n'a
fait qu'empirer, nous mettant tous dans la plus grande
inquiétude. Il est demeuré sourd à nos questions; sa
tristesse, les idées sombres auxquelles il semblait en
proie, n'ont fait qu'augmenter de jour en jour. Il a
conservé le même air lors de mon mariage. Nous lui
avons écrit de Paris et de la Roche-Sesson; il a répondu
d'une façon évasive à nos lettres, nous annonçant
seulement l'arrivée de maman. Ma mère est venue chez
mes grands-parents. La veille de notre départ, elle a
répondu à nos questions : que mon père, se sentant un
peu mieux, n'avait plus besoin de ses soins et allait
reprendre ses travaux parlementaires. Mais vous, qui
n'avez sans doute pas les mêmes raisons de garder le
silence, savez-vous quelque chose?

— Je vais vous répondre franchement, mes bons amis,
vous prévenant à l'avance que ce que je vous dirai
n'est que le résultat de mes conjectures personnelles.
Votre mariage, vous le savez bien, s'est fait contre le
gré de la marquise, qui avait au sujet de votre établissement, ma chère Marguerite, des idées fort arrêtées.
M. de Soutisse a dû imposer sa volonté : en présence
de la peine que sa femme en ressentit, il a lui-même
éprouvé un chagrin, surtout s'il a songé, comme je le
suppose, que sa vie calme et heureuse était dorénavant
brisée. M. de Soutisse est un rêveur et un enthousiaste,
chez lequel les impressions sont toujours très vives,
très exagérées même.

— Mais, en raison de cette exagération, repartit Marguerite, les impressions ne sont pas durables. Que de
fois je l'ai vu s'éprendre d'une idée, ne vivre que pour

elle, et l'abandonner ensuite aussi vite qu'elle lui était venue ! Il y a autre chose encore qui ne m'a pas échappé : c'est, non seulement la coïncidence de son changement d'état avec notre départ, mais encore la façon singulière dont on évitait mes questions chaque fois que je demandais des nouvelles de Julie, et le jour surtout où j'interrogeai ma mère pour savoir d'elle si ma tendre amie m'assisterait pendant la cérémonie de mon mariage. Ma mère me répondit assez durement : « Julie est en ce moment fort occupée du sien et, tu le vois, son nom seul semble irriter ton père. » Il y a une raison, oui, il y en a une, pour que celle que je considère encore comme ma meilleure amie, qui a été ma confidente, ne m'ait pas une seule fois écrit. Le jour où elle s'est mariée avec M. Charles Villot, c'est bien récent, vous le voyez, elle s'est montrée tendre comme par le passé, mais elle a évité, elle aussi, de donner une explication de son étrange conduite envers moi.

— Tout cela n'est pas clair, en effet, mes bons amis, répondit Mme Breton ; si je savais quelque chose de plus précis, je vous le dirais. Voilà ce que nous pouvons supposer : votre père est un exagéré au cœur jeune et généreux, toujours prêt à s'emballer ; il aime les esprits cultivés, délicats, et les intelligences ouvertes. A ce point de vue, ma Julie devait le satisfaire ; mais, voilà le diable, la petite est aussi jolie, aussi avenante que possible. Est-ce qu'elle ne l'aurait pas troublé ? Il s'était fait à sa présence, il n'ignorait pas qu'elle allait se marier, puisqu'il aurait été son témoin sans cette satanée maladie, à laquelle nous ne comprenons rien. Pour moi, plus je cherche à me l'expliquer, moins je trouve ; tenez, mettons que j'ai dit des bêtises. Je donne ma langue au chat. Quand vous reverrez Julie, soit à la maison, soit chez vous, où elle ne peut manquer de venir, questionnez-la de nouveau.

Mᵐᵉ Breton, ayant présidé à l'installation de la maison de Rambouillet, repartit pour Versailles.

— Je suis le Juif-Errant fait femme, dit-elle en prenant congé du jeune couple.

La première chose qui frappa ses regards, lorsqu'elle ouvrit les fenêtres de son appartement, fut de voir l'hôtel qu'habitaient les Soutisse rendu à la vie. Elle se mit aux aguets, et ne tarda pas à apercevoir le marquis sortant de chez lui, un gros portefeuille bourré sous le bras. Il lui sembla moins triste ; sa taille s'était redressée.

Elle l'appela.

M. de Soutisse releva la tête, la salua, et, comme elle insistait, il traversa la rue et monta chez elle.

— Comme je suis heureuse, mon cher ami, de vous voir avec cette bonne mine. Puisque vous avez fait la paix avec votre cœur, oublions tout à fait, et donnez-moi la main.

M. de Soutisse tendit nonchalamment la sienne.

— Maintenant que voilà le mal réparé, ajouta la dame, pourquoi ne reprendrions-nous pas nos bonnes relations d'autrefois ? Ne sommes-nous pas unis par un lien qui nous est cher, par nos deux enfants ? Voyez, c'est moi, une femme, qui reviens la première, malgré les graves sujets de mécontentement que vous m'avez donnés. Mais, en agissant ainsi, je pense aussi à ma chère Julie : un bon mariage a effacé le passé. Il est impossible pour son mari, qui sait que la marquise et vous aviez fait de ma fille votre enfant gâtée et l'amie intime de la vôtre, que vous ne vous rencontriez pas un

jour. Il serait en droit de me demander une explication, ce que n'ont pas manqué de faire Marguerite et
Valère. Allez donc les voir dimanche à Rambouillet,
votre visite les comblera de joie.

— J'irai, répondit M. de Soutisse, avec le ton d'un
homme dorénavant résigné à tout.

— Pendant ce temps, je vais organiser chez le papa
Villot une partie de chasse qui nous réunira tous, vous,
moi et les quatre enfants. M. Villot et son fils brûlent
du désir de vous connaître et attendaient votre rétablissement avec impatience. Eh bien ! voilà une occasion
superbe et un terrain neutre pour se serrer les mains
franchement et sans arrière-pensée. Mais j'oubliais,
étourdie que je suis, de vous demander des nouvelles
de la marquise : comment va-t-elle ?

— Beaucoup mieux ; cependant, elle restera quelque
temps encore à la Roche-Sesson ; d'après ses lettres, je
vois qu'elle s'est faite à la situation nouvelle de notre
fille. Mes beaux-parents, plus indulgents qu'elle, sont
pour beaucoup dans ce revirement ; le charmant accueil qu'ils ont fait à Valère et à sa femme a endormi
ses regrets. Je vous quitte, je suis déjà en retard pour la
séance.

. . . .

C'est un somptueux appartement, que celui de M. et
Mme Charles Villot. Situé au premier étage d'une maison de l'avenue des Champs-Elysées, ceux qui l'habitent
ont su y réunir les productions de bon goût et de con-
fort de l'art moderne ; deux grands salons, un boudoir, une salle à manger, une salle de billard, cinq
chambres à coucher, dont une ayant vue sur l'avenue
et occupée par l'ingénieur et sa femme. L'immeuble
est leur propriété. Papa Villot l'a donné comme présent

de noces. Dans les écuries, six chevaux; dans les remises, quatre voitures.

Julie, au bout de quelques jours de mariage, était citée parmi les élégantes de Paris. Le luxe de ses équipages, ses toilettes, lui avaient conquis, du premier coup, droit de cité dans la ville où les gens sont cotés selon leur train. Ils n'avaient point fait de voyage de lune de miel, les occupations de Charles, à la manufacture des tabacs, les en avaient empêchés. Il était, de plus, cet autoritaire, trop l'esclave de ses devoirs pour s'absenter au moment où il croyait sa présence nécessaire. Ils avaient décidé de visiter l'Espagne l'hiver suivant.

Mme Breton, et, de son côté, M. Villot, étaient venus les voir deux fois.

A sa dernière visite, Mme Breton s'était longuement étendue sur les qualités de M. de Soutisse.

— Je finirai par croire, avait dit son gendre, que votre ami le marquis, si parfait en tous points, n'est qu'un mythe. Julie ne m'en parle qu'en termes élogieux; quant à mon beau-frère, il ne tarit point d'éloges et Dieu sait si Valère a la langue silencieuse, mais on le voit peu.

— On n'en dira jamais assez de bien, reprit Mme Breton : quand vous le verrez, en chair et en os, vous serez de l'avis de tout le monde. Seulement, il vient de passer par une maladie grave, que les médecins appellent, les uns anémie cérébrale, les autres névrose, et qui ne nous a pas laissés sans inquiétude. Selon moi, il paie un travail exagéré; à la Chambre, il est membre de toutes les commissions, secrétaire de son groupe, sans compter toutes les affaires politiques auxquelles il est mêlé : réunions extra-parlementaires

à Versailles, réunions d'intérêt local dans son département. Et puis, les beaux arts, et la musique, et la peinture, et la littérature, et la poésie, que sais-je ? Tout
enfin ! Il y a longtemps qu'une cervelle moins solide
que la sienne y aurait succombé.

— Mais, va-t-il mieux ? demanda Julie avec intérêt.

— Je l'ai vu hier à Versailles, il m'a fait une visite,
le temps de poser seulement ; je lui ai trouvé meilleure
mine et l'air ragaillardi ; il avait reçu des nouvelles de
la marquise, qui est pour quelques semaines encore chez
ses parents, le comte et la comtesse de la Roche-Sesson.

Et la mère de Julie se complaisait à citer tous ces
noms à particules, comme s'ils appartenaient aux gens
de sa famille. Elle ajouta :

— Votre père, monsieur mon gendre, va nous réunir
tous, vous, Julie, Marguerite, Valère et moi, dans son
hospitalière maison. Là, vous ferez connaissance avec
le marquis, et vous verrez si nous sommes au-dessous
de la vérité.

Julie ne parut nullement émue de la pensée de se retrouver en face de M. de Soutisse.

D'ailleurs, depuis la fameuse aventure des Tilleuls,
elle avait singulièrement changé d'allures. Ses façons
d'être calines, ses gentillesses, sa gaieté mutine, avaient
fait place à une tenue plus réservée, plus sérieuse. Son
mariage avec M. Charles Villot n'était point pour lui
rendre les mutineries passées ; plus d'élans, plus de
joie, ni de ces accès de fou rire qu'elle ne pouvait arrêter. Sa physionomie s'en ressentit, elle devint grave,
sans rien perdre de son charme. Elle caressait l'espoir,
pendant le temps où son mari lui faisait la cour, qu'une
fois devenue sa femme, elle pourrait modifier ce caractère entier dont elle avait peur, mais elle s'était trom-

pée : deux jours après leur union, Charles Villot reprit
avec ses habitudes journalières le caractère rude qu'elle
lui connaissait. La veille même de la seconde visite de
sa mère, il s'était retiré dans son cabinet une demi-
heure après le dîner ; il avait travaillé jusqu'à une heure
du matin ; harassé de fatigue, il se coucha sans précaution et réveilla sa femme. Celle-ci se plaignit doucement d'être interrompue dans son sommeil ; mais lui,
préoccupé comme toujours, ne l'entendit pas et s'endormit sans lui faire une excuse. Elle voyait bien maintenant le genre d'existence qui lui serait imposé à en
juger par le début ; elle en prit son parti.

C'est dans ces nouvelles dispositions qu'elle arriva
chez son beau-père, avec son mari, le jour arrêté pour
la réunion familiale.

Le père Villot les accueillit avec sa gaieté paysanne :

— Eh ! mais, le mariage ne vous fait pas dépérir, ma
bru, ni toi non plus, mon fils. Vous avez raison, les enfants, faut s'aimer et en profiter quand on est jeune.
Cependant, je te donne un conseil, Charles ; tu n'as pas
pris de vacances, ménage-toi, tu travailles trop. N'est-ce
pas, Julie, que vous ne vous en plaindrez pas, ajouta-t-il
en soulignant sa plaisanterie d'un gros rire sonore.

Se sentant soutenue, la jeune femme s'enhardit.

— C'est aussi mon avis, mon père ; figurez-vous qu'a-
près avoir passé toute sa journée à la manufacture,
Charles, l'autre soir, s'est enfermé dans son cabinet
pour travailler jusqu'à une heure et demie du matin.
Je n'ai pas osé le lui dire, mais c'est trop !

— Tu aurais dû conserver cette précieuse réserve,
répondit Charles, fronçant légèrement le sourcil. N'oublie pas nos conventions : les choses de la maison sont
de ton domaine, celles du travail ne regardent que moi.

Au même moment, la porte du hall s'ouvrit, et Marguerite, accourant les bras ouverts, se jeta au cou de son amie.

Il était temps ; Julie, froissée du ton un peu sec de son mari, et se départant de la tenue qu'elle s'était imposée, allait lui répondre.

— Te voilà donc enfin, affreuse ingrate que j'aime toujours.

Et Marguerite couvrait Julie de ses baisers. Valère serra la main de M. Villot et de son fils, et une conversation entre les trois hommes s'engageait déjà lorsque parurent en même temps Mme Breton et le marquis de Soutisse qui lui donnait le bras.

— Ah ! mon père ! ah ! maman ! exclamèrent les deux jeunes femmes en allant d'un pas précipité, légères comme deux oiseaux en liberté, à l'avance des nouveaux arrivants.

Marguerite embrassa chaleureusement son père. Son premier mot fut pour lui faire compliment de sa mine. Elle le prit par la main et le présenta à M. Villot père et au mari de Julie.

M. de Soutisse, pâli beaucoup plus par l'émotion que par la maladie, se montra affable et l'impression première qu'il produisit sur Charles fut excellente.

— Nous n'avons pas les mêmes opinions politiques, lui dit tout crûment le papa Villot ; je suis, moi, un impérialiste à tous crins ; vous, monsieur le marquis, un républicain centre-gauche ; c'est égal, j'espère que nous ferons bon ménage.

Le marquis avait à peine entrevu Julie, mais elle, depuis un instant, l'épiait du regard ; elle était aussi devenue très pâle, le changement survenu dans la physionomie de celui qui l'avait tant aimée la peinait profondément ; elle s'accusa intérieurement d'être la cause de l'état où elle le voyait. C'est que, malgré le mieux apparent, il était loin de ressembler à ce qu'elle l'avait connu quelques mois auparavant. Il était donc vrai que la douleur pouvait causer de ces ravages rapides ? Prise de remords et de pitié, elle quitta sa mère, dont elle n'écoutait plus le bavardage, pour aller droit à M. de Soutisse.

— Que c'est aimable, lui dit-elle en s'efforçant de sourire, de vous joindre à nous; vous êtes toujours l'esclave de votre cœur.

Et, craignant de se laisser deviner par son mari, elle s'empressa d'ajouter :

— Marguerite n'est-elle pas, d'ailleurs, la meilleure des filles ?

— Et vous, madame, fit le marquis, plongeant son regard triste dans les yeux de Mme Villot, n'êtes-vous pas la meilleure des femmes ?

Mme Breton, seule, comprenait. Elle devina l'effort surhumain de Julie pour se contenir et elle intervint :

— Vous pourriez dire aussi, comme elle l'a dit pour Marguerite, mon cher marquis, la meilleure des filles.

Puis elle se tourna vers le vieux M. Villot :

— Et ici je parle pour nous deux, mon compère; la plus charmante des brus.

La situation était sauvée !

La journée passa vite ; Julie, bien à contre-cœur, évita de se trouver seule avec M. de Soutisse ; elle se défiait de son énergie et elle craignait de faire voir à son mari le trouble invincible qu'elle ressentait.

M. de Soutisse comprit cette réserve, elle lui alla au cœur. De son côté, il affecta de rechercher la compagnie de son gendre et des deux MM. Villot, laissant ensemble sa fille et son amie, que Mme Breton avait abandonnées sous prétexte que la marche là suffoquait et qu'elle n'était pas assez alerte pour monter en voiture et en descendre. Elle resta donc volontairement seule dans le hall, partageant ses loisirs entre la lecture des faits divers des journaux étalés sur une table et une promenade à la basse-cour.

Les deux nouvelles mariées, se tenant par la taille, avaient pris une allée de charmes couverte ; elles marchaient ainsi enlacées, doucement, silencieuses d'abord, n'entendant que le bruit des feuilles mortes dont le sol était jonché, et qu'écrasaient leurs pas.

Julie se décida à parler.

— Maintenant que nous sommes seules en tête-à-tête, Marguerite, dis-moi bien exactement ce qu'a eu ton père et comment est survenu le mal qui l'a tant changé ?

— C'est encore une chose incompréhensible pour nous tous, ma chère Julie ; ton frère et moi avons longtemps cherché ; car, je dois te le dire, nous sommes convaincus que les médecins n'y ont rien vu absolument. Découragés de ne rien découvrir, nous nous sommes adressés à ta bonne mère ; elle n'était pas plus instruite que nous. Elle a cependant fait cette supposition bien improbable que, sans le vouloir, tu serais la cause indirecte de cette singulière maladie.

— Ah ! elle a supposé cela ?

— Mais ni Valère ni moi ne l'avons cru. Voici d'ailleurs comment le mal s'est manifesté. Aussitôt que vous avez quitté tous les trois les Tilleuls, mon père est tombé dans un état de prostration complète ; nous ne le voyions qu'à l'heure des repas, sombre, silencieux, refusant toute nourriture. Au bout de deux jours, ma mère s'est inquiétée et a fait venir le médecin de Saint-Lambert ; papa a répondu aux questions qu'il lui posait et le docteur est reparti sans se prononcer. L'état a empiré, le sommeil a disparu complètement, les cheveux ont blanchi, puis, petit à petit, il a maigri, maigri ; ce n'était pas étonnant, il ne touchait à aucun plat. Que s'est-il passé depuis mon mariage ? je l'ignore ; ce qu'il y a de certain, c'est qu'aujourd'hui il va beaucoup mieux. Je crois, ma bonne amie, que nous n'en saurons pas davantage.

— Mais dans quelles circonstances ta mère a-t-elle quitté le château ? Comment se fait-il qu'elle l'ait laissé seul, le sachant malade et privé de soins ?

— C'est lui, paraît-il, qui l'a exigé, en prétextant qu'il se trouvait beaucoup mieux ; et, de fait, ce malaise général a disparu peu à peu ; l'appétit est revenu. Maintenant le voilà sur pied, quoique un peu faible, mais ayant repris ses occupations à la Chambre. Selon moi, vois-tu, il lui faut surtout des distractions : son esprit a besoin d'être occupé ; ses dossiers finiront par l'ennuyer, à mon avis ; aujourd'hui qu'il connaît ton mari, tu devrais l'avoir quelquefois chez toi ; il a pour toi, ma Julie, une grande affection, et ça lui ferait du bien.

— Tu crois ? fit Mme Charles Villot d'un air détaché ; et la conversation tomba.

Rentrées au salon, elles trouvèrent ces messieurs en grande conversation. M. de Soutisse discutait avec animation cette question de la supériorité des choses de l'art sur celles de la science.

— Si on la laissait faire, continua-t-il, elle envahirait tout ! étouffant sous ses cylindres, broyant dans ses engrenages ce que l'homme a de meilleur : l'imagination !

— Vous voulez dire le rêve, monsieur le marquis, répondait, de son verbe haut, le jeune M. Villot. Le rêve est le pire ennemi de l'espèce humaine. Connaissez-vous quelqu'un de plus malheureux qu'un utopiste ? Un rêveur dans son genre ! Le rêve, pour quelques jouissances cérébrales qu'il nous donne, pendant qu'il nous fait voyager dans l'improbable, quel réveil ne nous réserve-t-il pas ? Mort le rêve, morte la félicité ! Les Orientaux, ces rêveurs forcenés, ont eu recours à la science pour empêcher ces réveils cruels, où le cerveau s'effondre : ils ont inventé l'opium.

— Vous faites une confusion dans ce moment-ci, monsieur Villot ; vous prenez l'ivresse pour le rêve, une sensation pour un sentiment ; tout le monde peut s'enivrer, tout le monde n'a pas la force cérébrale suffisante pour rêver. Et vous disiez tout à l'heure, comme argument contre ma thèse, que la désillusion cruelle succédait immanquablement au rêve. C'est une erreur : de même que, dans le sommeil, il y a certains songes qui reviennent, toujours les mêmes, à des époques indéterminées, variables, il y a des rêves, ceux que j'appellerais éveillés, qui renaissent de leur évanouissement.

Julie, attentive, écoutait, et combien mieux elle aimait les théories de M. de Soutisse que celles de son mari ! la comparaison ne lui était pas favorable. La conversation continua quelques instants encore, aride et sèche de la part de Charles Villot, enthousiaste, enflammée, pleine de cœur du côté du marquis. Elle pensa que sa dernière phrase de tout à l'heure était pour elle.

L'heure de la séparation sonna et le mari de Julie, enchanté de M. de Soutisse, termina la discussion par ces mots :

— Monsieur, ce matin, mon père vous disait que, malgré les différences d'opinions politiques qui vous séparaient, vous feriez bon ménage ; ce soir, j'ajoute que, malgré votre philosophie et la mienne, qui sont diamétralement opposées, je souhaite que nous nous voyions souvent ; j'avais depuis longtemps le désir de connaître celui à qui ma femme a voué une véritable affection filiale.

VII

La maison des Villot devint un centre où se réunirent bientôt les camarades d'école avec lesquels Charles
avait conservé des relations. Quelques-uns d'entre eux
étaient mariés. Chaque vendredi, par séries, Mme Villot
donnait un dîner suivi d'une soirée tout intime. Sur le
désir exprimé par la maîtresse de maison, l'habit noir
était rigoureusement exclu. Il ne faisait son apparition
qu'aux jours carillonnés. Rien de curieux comme cette
assemblée de jeunes hommes sortant tous de la même
école et se retrouvant dans des situations diverses:
ponts et chaussées, mines, génie maritime, artillerie,
inspection des finances, génie militaire, toutes les car-
rières dépendantes de l'École polytechnique étaient
représentées dans ce salon.

Charles, continuant ses traditions, attirait ses amis
dans son cabinet de travail, sitôt après le dîner. Là, on
fumait, on prenait le café ; les cigares exquis et les
cigarettes encombraient les plateaux de laque, et les
conversations allaient leur train : souvenirs d'école,

discussions scientifiques ; chacun, se sentant à l'aise, parlait comme au temps des promenades dans les cours de la rue Descartes.

Il n'est pas besoin de dire que les femmes étaient exclues de ce cénacle enfumé. Contraintes de faire bande à part, elles restaient ensemble dans le salon, causant théâtres ou chiffons, à peine distraites par la présence de rares hommes ne fumant point. Le marquis de Soutisse, qui ne manquait pas un vendredi, s'était rangé naturellement du côté des femmes, parmi lesquelles il ne distinguait que Julie! A l'heure du thé seulement, les enragés causeurs daignaient se rendre au salon, où ils demeuraient jusqu'au moment du départ.

M. de Soutisse, pour rendre les politesses qu'il recevait dans la maison de l'avenue des Champs-Elysées, avait choisi, lui aussi, un jour, où il réunissait Charles et sa femme, l'inévitable Mme Breton et Valère et Marguerite, le jour où ils pouvaient se faire libres. N'ayant pas de maison montée à Paris, on avait convenu, d'un commun accord, que le dîner du samedi aurait lieu au cabaret. Les femmes surtout trouvaient cela fort amusant.

C'était le Café Anglais qu'on avait choisi. Au jour fixé, trois salons du premier étage étaient réservés. L'amphitryon avait fait venir un piano excellent ; car, à ses invités de fondation, venaient se joindre des hommes de lettres, des peintres et des musiciens qui passaient la soirée, et tout ce monde menait la vie de garçon joyeusement, comme au temps des folles équipées. Les heures marchaient vite, et les convives étaient étonnés que les entretiens littéraires ou la musique eussent fait si rapidement marcher la pendule lorsque, sur le cadran d'émail, les aiguilles indiquaient deux heures du matin.

Charles Villot, contre toute attente, prit un grand plaisir à ces réunions ; il fut vraiment émerveillé de la variété des connaissances du marquis, qui était plus qu'un dilettante, mais un véritable artiste, au goût sûr, ennemi de toutes conventions, accessible aux manifestations nouvelles, dans quelque branche de l'art qu'elle se produise. La raideur de son caractère avait fini par s'assouplir ; cette distraction à ses travaux arides, positifs, lui manquait maintenant si une circonstance exceptionnelle empêchait la réunion du samedi. Combien de fois, en rentrant chez lui avec sa femme, dans la douce chaleur du coupé, se surprit-il à dire :

— Je comprends l'ascendant qu'exerce le marquis sur ceux qui l'entourent ; évidemment, c'est un rêveur, mais son charme vous entraîne, malgré soi, dans des métaphysiques sensationnelles qui, prises à petites doses, ont bien leur prix. Son érudition est surprenante ; elle en fait un homme intéressant, sans fatigue pour qui l'écoute, tout au contraire.

Et Julie entendait ces éloges, que son cœur trouvait encore trop faibles, tout heureuse de sa vie qu'elle avait divisée en deux parts : d'un côté, son mari, positif, autoritaire, toujours absorbé et auquel maintenant elle savait gré de lui éviter ses tendresses ; de l'autre, M. de Soutisse, qu'elle sentait bien à elle, dont l'âme poétique l'enveloppait tout entière.

Leur situation à tous les deux eût été bien difficile, sans les délicatesses d'esprit de celui qu'elle se surprenait à aimer toujours et de l'amour duquel elle était assurée. Dans ces conditions, son mariage avec *l'autre* devenait supportable.

Puis, elle éprouvait une joie sincère à voir la santé
de M. de Soutisse reprendre peu à peu et redevenir
florissante ! Ne s'était-elle pas accusée d'être la seule
cause de la maladie dont il avait failli mourir, et, maintenant, grâce à elle, il revenait à la vie ! Elle l'avait
perdu : elle devenait son sauveur.

L'hiver passa rapidement ; les réceptions, les quelques bals, les obligations mondaines et les spectacles
hâtèrent la marche du temps.

Mais si, de son côté, M\ :sup:`me` Villot s'acclimatait, grâce
au marquis, à la vie nouvelle que, par raison, elle
s'était faite, il se produisait chez M. de Soutisse un
changement nouveau.

Epris plus que jamais des charmes de Julie, ne songeant exclusivement qu'à elle, distrait de ses travaux
parlementaires par l'existence qu'il menait, il se détacha des choses de la politique. Les séances de l'Assemblée de Versailles lui parurent longues et sans intérêt ; il fut moins assidu aux travaux des commissions,
auxquels il se donnait autrefois avec plaisir. Ses per-
pétuels voyages entre Versailles et Paris occasionnèrent
fatalement des absences que ses collègues remarquè-
rent à la longue. Il donna bientôt sa démission de
secrétaire de son groupe, prenant pour motif les conseils de son médecin, toute tension d'esprit lui étant
interdite. Ses lettres, que chaque courrier apportait
nombreuses et auxquelles, autrefois, il répondait avec
exactitude, restèrent enfermées sous le secret de leur
enveloppe. Il se rendait bien encore, à de rares intervalles, dans son département ; mais les réclamations
dont il était l'objet, de la part de ses électeurs, lui rendirent ses voyages odieux. Il finit bientôt par ne plus
mettre du tout les pieds à l'Assemblée.

La marquise était revenue de la Roche-Sesson, dans le courant de décembre, pour les vacances de ses fils. Elle avait décidé de prolonger son séjour; les lettres, rares cependant, de son mari, l'avaient complètement rassurée sur sa santé.

Sa présence à l'hôtel de la rue des Bourdonnais contraria M. de Soutisse, sans qu'il s'en rendît compte; l'habitude de vivre seul dans cette grande maison était venue sans regrets. Maintenant, les allées et venues de sa femme lui pesaient; il s'en affranchissait cependant souvent par ses fréquentes absences. Mais la pensée de la savoir là, toujours, l'irritait d'autant plus que, par éducation, il n'en laissait rien paraître. Celle-ci, surprise d'abord du changement d'existence de son mari, de l'abandon de ses traveaux de prédilection, finit par soupçonner l'influence de Julie. Une visite de Mme Breton suffit pour l'édifier complètement.

Aussi, lorsque les vacances du jour de l'an furent terminées, que Maurice et Lucien eurent réintégré la rue des Postes, elle prévint M. de Soutisse de son départ pour Rambouillet.

— Il y a longtemps que je suis privée du grand plaisir de voir ma fille; les quelques visites qu'elle m'a faites en courant ne sauraient lui suffire; je veux passer quelques semaines auprès d'elle!

— Mais son mari? fit ironiquement le marquis.

— Quand on ne peut faire autrement, mon cher Georges, il faut vivre avec son mal; je reconnais, volontiers, mon injustice pour ce brave garçon; je ne puis pas être, non plus, plus difficile que mon père et ma mère, qui l'ont fort apprécié. Si je me fais, avec regret, à l'idée de voir Marguerite s'appeler Mme Breton, c'est que je pense qu'à l'encontre de bien des femmes, elle a trouvé un mari selon son cœur et qui la rend parfaitement heureuse.

— Eh bien ! allez et embrassez ces chers enfants pour moi ; dites-leur, en passant, que je me plains, cependant, de ne pas les voir assez souvent à mes réunions du samedi.

Le marquis n'était pas mécontent de profiter de l'occasion offerte de ne point cacher à sa femme l'emploi de son temps.

— Ces fameux dîners au Café Anglais ? Mme Breton, qui y est, elle, une assidue, ainsi que sa fille et son gendre, m'en avait déjà parlé.

— J'en eusse fait autant en vous priant même d'y assister, si je n'avais craint de m'exposer à un refus.

— Et vous avez eu raison, mon cher Georges ; je ne suis pas de celles que Mme Villot a attachées à son char.

Redevenu solitaire, M. de Soutisse, autant par esprit de contradiction que pour se rapprocher de Julie, se persuada qu'il ne pouvait continuer de vivre à Versailles.

Les résolutions, chez lui, étaient prises rapidement.

En effet, il arrêta, rue Monsieur, un appartement où se trouvait un atelier de peintre. Il fut meublé en quelques jours, et c'est avec une satisfaction d'enfant que le samedi suivant, au Café Anglais, il annonça à ses hôtes l'installation de ce qu'il appela, comme Barbey d'Aurevilly, son tourne-de-bride de sous-lieutenant.

— Et l'Assemblée nationale ? dit en riant Charles Villot, fort amusé de voir le poète chevaucher un nouveau rêve.

— Mais l'Assemblée, j'irai la trouver à Versailles,

jusqu'au jour où elle viendra à son tour, comme j'en ai le ferme espoir, me retrouver à Paris, répondit sur le même ton le marquis.

J'ai donné, pendant un an, reprit-il, un assez rude coup d'épaule pour avoir le droit de me reposer un peu et de modérer mon zèle; j'avais par trop négligé vraiment la peinture : c'est à peine si j'en ai fait pendant mes vacances.

— A en juger par le petit tableau que vous avez donné à ma femme, mon cher marquis, et qu'elle a placé dans sa chambre à coucher, je ne puis que vous louer de votre détermination; à quand le prochain chef-d'œuvre?

— Mais bientôt; je vais me mettre dès demain à la besogne.

Après le dîner, comme toujours des plus intéressants et des plus gais, pendant que MM. Villot père et fils, en compagnie d'un musicien et de deux peintres de valeur, fumaient dans une pièce voisine, M. de Soutisse passa au salon, où Mme Breton et Julie le rejoignirent. Là, il s'assit au piano et, se tournant vers Mme Villot :

— J'ai besoin de votre avis : imaginez-vous que, pendant ces deux dernières nuits, j'ai été poursuivi par une mélodie d'une tournure vraiment étrange, tellement étrange en son rythme que j'ai eu toutes les peines du monde à y adapter une poésie.

Il plaqua cinq ou six accords et, d'une voix chaude de baryton, il chanta son œuvre. Ses vers disaient la désespérance d'un poëte, qui, au soleil couchant, exhalait les tourments de son âme; les derniers rayons de l'astre disparus, à son tour il entrait dans la nuit éternelle et pour toujours!

Les accents de ce cœur en détresse, les sanglots in-

terrompant le récit, étaient d'une telle tristesse, que
Julie, malgré elle, se prit à pleurer. Lorsque le dernier
accord mourut avec la voix, elle prit la main du marquis et, sans s'inquiéter de la présence de sa mère, elle
lui dit, au comble de l'émotion :

— Pardon, cher ami, de vous avoir fait tant souffrir;
je suis une grande coupable.

M. de Soutisse répondit simplement :

— Ça vous plaît? Permettez-moi de vous en faire la
dédicace; je vous apporterai la chose écrite vendredi
prochain.

Julie écrasa fortement ses larmes; il était temps, son
mari et les autres invités entraient au salon.

— J'ai entendu à distance, fit le musicien, quelque
chose qui m'a paru d'un caractère curieux et bien ori-
ginal; de qui est-ce ?

— Du marquis de Soutisse, répondit Mᵐᵉ Villot.

— Oh! jouez-nous cela.

Sans se faire prier, le marquis recommença.

— Savez-vous que c'est très bien, mais très bien, af-
firma le compositeur, et fort habilement harmonisé? Tous
mes compliments, mon cher maître. On voit bien que
les vers sont de la même main que la musique; c'est le
seul moyen, du reste, d'écrire musicalement. Mais ne
laissez pas cette mélodie dans les cartons; faites-la gra-
ver, j'en retiens un exemplaire.

— Je n'accepte, mon cher ami, qu'une fort mince
partie de vos compliments et, diminués ainsi, venant
de vous, ils me sont précieux.

Il ajouta :

— Vous savez, monsieur Villot, que votre femme
m'a fait l'honneur d'en accepter la dédicace.

— Je l'approuve et vous remercie.

Avant de se séparer, on s'entendit pour visiter ensemble l'appartement de la rue Monsieur.

Ainsi s'écoulait maintenant l'existence de ces deux
êtres violemment séparés et que les hasards de la vie
avaient fait se ressaisir.

Un soir, en rentrant dîner, Charles Villot parut plus
préoccupé que de coutume; sa femme s'en inquiéta.
Mais, fidèle à sa détermination prise de ne point l'in-
terroger, elle garda le silence. Elle ne lui avait jamais
vu aussi sérieux visage. Aurait-il appris quelque chose?
En effet, elle remarqua qu'une certaine tristesse s'ajoutait à la dureté ordinaire de ses traits. Tout à coup,
Charles rompit le silence, soupira longuement et lui dit:

— J'ai une mauvaise nouvelle à t'annoncer, ma chère
Julie; il faut que je parte pour un lointain voyage. Par
conséquent, je vais faire une longue absence; le service a quelquefois de dures exigences. Mais à quoi
sert de récriminer lorsqu'il n'y a qu'à obéir? Je suis
obligé d'aller à la Havane pour le compte du gouvernement et je prends dans six jours le paquebot des Messa-
geries.

Julie affectait de se désintéresser des occupations de
son mari; dans la crainte de le mécontenter, elle avait
évité de le questionner sur ce sujet. Elle savait d'une
façon générale que M. Villot, ingénieur adjoint à la
manufacture du tabac, s'occupait d'analyser les feuilles
des plantes fournies par la culture française, ainsi que
les tabacs et les cigares achetés dans les plantations de
l'île de Cuba. Cependant, elle se hasarda :

— Je croyais, jusqu'à présent, mon cher Charles,
que tes occupations t'attachaient à ton laboratoire de
chimie, à des dégustations, et enfin à la rédaction de
rapports spéciaux.

— Tu te trompais; le gouvernement français a là-bas, sur place, un ingénieur qui s'occupe du contrôle et des marchés qui doivent intervenir entre les planteurs et l'Etat. Or, une grosse nouvelle est parvenue au ministère des Affaires étrangères : les Allemands continuent la guerre contre la France par tous les moyens possibles; ils tentent, à présent, de nous vaincre sur différents marchés. Des commerçants ont envoyé des acheteurs pour faire table rase et accaparer les meilleures plantations, de façon à nous rendre leurs tributaires. Plusieurs grosses maisons de La Havane ont déjà traité avec eux; j'ai été désigné pour arrêter nos ennemis dans leur marche ascendante et m'entendre directement avec certains planteurs. Mon absence peut donc durer deux mois, trois mois au plus. Ce n'est pas sans regrets profonds, tu dois le comprendre, que j'entreprends ce voyage; la pensée de te laisser seule se complique de la préoccupation que me donne la responsabilité qui m'incombe. Il faut un impérieux devoir pour que je me détermine à cette longue séparation, presque au lendemain de notre mariage. J'avais pensé un instant à t'emmener, mais, réflexion faite, je n'ai pas le droit de te faire courir les chances d'une traversée, qui n'est pas dangereuse par elle-même : cependant, avec la mer, on ne sait pas ce qui peut arriver. Tu vas donc rester seule à la maison; ta mère, ton frère et ta belle-sœur, mon père et notre ami le marquis de Soutisse, te tiendront compagnie et tâcheront d'adoucir ta solitude pendant mon exil forcé. Il faut leur écrire, pour leur annoncer cette nouvelle, et les réunir avant mon départ. Je tiens à leur serrer la main et à faire appel à leur affection pour ce qui te concerne.

Julie envisagea ce voyage avec un sentiment de crainte, non point que cette longue absence lui causât un trop vif chagrin, mais elle se défiait d'elle-même.

Charles ne parla plus de sa mission jusqu'au jour où ceux qu'il avait conviés se réunirent chez lui. Son air absorbé disparut dans l'activité qu'il montrait à faire ses préparatifs. Il marqua même plus de laisser-aller et quelque tendresse à sa femme, ce qui surprit les membres de sa famille et M. de Soutisse. Il parlait d'une voix moins brève, s'efforçant même d'être aimable, en leur demandant de s'occuper plus particulièrement de Mme Villot.

Celle-ci lui proposa de l'accompagner jusqu'à Bordeaux, mais il refusa net.

— A mon avis, il est inutile de prolonger les adieux; cela ne sert qu'à aviver le chagrin et les regrets de celui qui part et de celui qui reste.

Il embrassa son père et Mme Breton, qui pleurait en étouffant des petits cris d'enfant. Il serra la main de Valère, mit un baiser au front de Marguerite et, se tournant vers le marquis :

— Quant à vous, mon cher ami, vous êtes trop l'ami de Julie pour que j'insiste davantage. L'affection dont vous avez donné tant de preuves à la jeune fille, ne fera pas défaut à la femme, j'en suis certain.

Le lendemain, il se rendait seul, avec un domestique qu'il emmenait avec lui, à la gare d'Orléans.

Il prit le rapide de huit heures.

Il avait quitté Julie sans émotion apparente. Avec sa force de caractère habituelle, il voulait éviter, de la part de sa femme, un adieu trop déchirant.

Pendant les premiers jours, Mme Villot, mue par un sentiment bizarre, ferma sa porte; elle ne fit d'exception qu'en faveur de Marguerite et de sa mère.

M. de Soutisse en conçut un réel chagrin; il vint cependant régulièrement, deux fois dans la journée, prendre des nouvelles de la jeune femme. Un soir même il attendit, dans l'avenue des Champs-Élysées, que sa fille sortît de chez sa belle sœur pour tenir d'elle l'explication de cette rigueur.

Marguerite ne sut que répondre; elle attribua la résolution passagère de son amie au profond chagrin que celle-ci ressentait du départ de son mari.

— Mais rassurez-vous, mon cher père; Julie ne pourra pas longtemps se passer de votre bonne affection; je lui dirai, néanmoins, la peine que vous cause sa résolution.

Une semaine ne s'était pas écoulée que le marquis était reçu de nouveau par Mme Villot.

— Je n'ai rien compris aux raisons qui vous ont fait fermer votre porte à un ami comme moi.

— Excusez-moi, j'ai été folle! Je me suis méfiée de moi-même; maintenant que je suis tout à fait aguerrie, nous nous verrons souvent, cher ami.

— Suis-je donc si redoutable? Croyez-vous qu'après les angoisses subies, les chagrins dévorés, les nuits sans sommeil, seul à seul avec mon cœur déchiré, je ne sois pas devenu invulnérable? La douleur m'a fait une cuirasse sûre. La réflexion est entrée dans mon cerveau et l'a converti. La réalité, la triste réalité est venue, s'est montrée à moi et elle a pris soin de couper les ailes de mes rêves. Je ne me défie plus de moi.

— Merci, vous êtes le meilleur; vos paroles me rassurent, dissipent mes mauvaises pensées. Qui nous force aujourd'hui à conspirer contre notre repos?

— Votre mari dirait notre devoir; nous, nous dirons le respect des heures bénies que nous ne reverrons plus.

A partir de ce moment, Mme Villot partagea son existence entre ceux auxquels son mari l'avait tout particulièrement recommandée ; Marguerite et Valère eurent leur jour aussi bien que Mme Breton et que le papa Villot; M. de Soutisse, lui, était de toutes les réunions.

D'autres fois, c'était le tour de Julie d'aller chez les siens : elle passa six jours à Versailles; un peu plus tard, son frère la garda une semaine à Rambouillet. M. Villot père, enfin, lui fit installer un charmant appartement dans la grande maison qu'il possédait au centre de ses exploitations.

— Ici, lui dit-il, vous êtes chez vous ; disposez de tout : des gens et des bêtes; seulement, ne m'en veuillez pas, ma chère petite, de ne vous tenir compagnie que fort irrégulièrement : l'industrie a des exigences auxquelles on ne peut se soustraire.

La jeune femme profita de ces bonnes hospitalités, mais combien plus elle préférait la compagnie du marquis de Soutisse !

Le marquis, plus alerte, plus séduisant que jamais, s'ingéniait à lui trouver toujours des distractions nouvelles ; n'écoutant que son amour, insoucieux de l'opinion du monde, il menait de préférence Julie, — avec qui il jouait le jeu dangereux de la camaraderie — dîner dans la salle commune d'un grand restaurant pour aller, ensuite, comme une paire d'amis, au théâtre, où de préférence, ils s'enfermaient dans l'ombre d'une baignoire. Là, tout près l'un de l'autre, ils suivaient curieusement la pièce, ou bien écoutaient, perdus dans le rêve, les phrases d'un opéra.

Petit à petit, l'habitude aidant, leurs conversations devinrent moins générales : le sujet, emprunté fatalement au milieu où ils se trouvaient, devint invariablement le même : ils ne parlaient que d'eux, rapportant à eux seuls les spectacles entrevus.

Alors, ils remontaient le cours des mois et s'arrêtaient à la vie heureuse qu'on menait aux Tilleuls. Une fois sur ce terrain, ils parlaient, détachés des objets qui les entouraient. Le spectacle qu'ils n'avaient pas écouté finissait, et ils se surprenaient, la main dans la main, le regard perdu, dans un autre monde, causant à voix basse de leur bonheur passé. Les moindres accidents de leur existence de cette époque revenaient à leur mémoire, nets et précis. Quelquefois, un souvenir gai traversait leur esprit, et ils riaient de bon cœur, comme deux enfants échappés à la vigilance de leur maître : la fameuse peinture, là-bas, sous les grands arbres, à Chantoiseau ! Un autre jour, sur la demande de Julie, M. de Soutisse, se faisant cicerone, la conduisait au Louvre, qu'elle connaissait à peine, et lui apprenait à admirer les œuvres des maîtres, qui devenaient des révélations ; ils allèrent ainsi au Luxembourg regarder les toiles des contemporains ; à les voir, arrêtés devant un paysage de Corot, ou une mare de Daubigny, on les eût pris pour deux artistes étrangers, visitant, pour la première fois, ce grand Paris, où il y a tant à voir !

Ils vivaient ainsi isolés, l'un pour l'autre, indifférents à tout ce qui les entourait, à tout ce qui n'était pas eux. Combien de fois le marquis se retourna-t-il, cherchant à reconnaître quelqu'un qui, passant près de lui, l'avait salué.

Mme Villot s'accoutuma bien vite au plaisir inavoué qu'elle éprouvait en compagnie de son ami d'excursions ; elle négligea Valère et Marguerite, et inventa des prétextes nombreux pour éloigner sa mère qui n'aurait pas demandé mieux que de les accompagner dans leurs promenades, et d'être, comme elle disait, de toutes ces parties fines.

Il arriva pourtant un jour où elle réfléchit et se demanda si la continuelle présence de M. de Soutisse à ses côtés ne finirait pas par susciter les propos des méchantes langues. Elle fit part au marquis de ses craintes.

M. de Soutisse, vivant plus que jamais dans le vague, se rendit néanmoins à cette observation ; ils arrêtèrent, d'un commun accord, un nouveau plan qui leur permit de se voir sans s'exposer plus longtemps aux calomnies.

Mais, à l'avenue des Champs-Elysées, ils ne se sentaient point chez eux ; sans se le dire, ils éprouvaient une certaine contrainte à se trouver dans cet appartement, où chaque chose leur rappelait la présence de l'absent, dont ils avaient toujours évité de parler. Ils choisirent alors, comme lieu de rendez-vous, l'appartement de la rue Monsieur ; là, ils étaient chez eux, loin des visiteurs indiscrets, au bout du monde.

Cet appartement, en effet, comprenait le rez-de-chaussée et le premier étage d'un vieil hôtel situé entre une cour aux pavés moussus et un jardin rempli de vieux arbres. La propriétaire de la maison, une vieille dame fort pieuse, ne sortant qu'aux heures des offices, habitait le second. Le grand salon, dont les hautes fenêtres ouvraient sur un balcon de fer forgé, surplombant le jardin, avait été converti en atelier et contenait sous ses lambris sculptés à plein bois, les meubles anciens, bahuts et crédences, les tapisseries, les cuivres et tous les objets de curiosité devenus, depuis quelque temps, fort à la mode. De longs et profonds divans couraient le long des plinthes, sous l'amoncellement moelleux de coussins d'Orient. Du plafond pendait un immense lustre hollandais de cuivre rouge. C'est là que maintenant Mme Villot venait presque tous les jours vers deux heures. Dans les premiers temps, sa voiture l'y menait ; mais les visites se succédant, elle se méfia de ses gens et prit un fiacre. Un après-midi, Mme Villot, en entrant dans l'atelier, fut toute surprise de voir M. de Soutisse assis devant son chevalet, en train de peindre de mémoire la maisonnette du garde forestier de Chantoiseau : elle avait soulevé doucement la lourde portière, s'était avancée à pas discrets, étouffés par la haute laine du tapis de Smyrne. Le marquis ne l'avait pas entendue, et pendant que sa brosse courait sur la toile, des larmes silencieuses coulaient le long de ses joues.

D'un mouvement instinctif, spontané, auquel elle ne put résister, Julie se précipita vers lui, et, comme il se levait, tout étonné, il sentit qu'elle l'embrassait dans une chaleureuse étreinte. Le feu, un grand feu de bois, pétillait dans la cheminée ; à baisers reçus, baisers rendus, et tous deux, oublieux du présent, revécurent les heures écoulées dans la chambrette, aux images ridicules, perdue au fond des grands bois.

Mme Villot reprit ses sens la première ; le marquis, au contraire, l'œil attiré par une vision lointaine, demeurait extasié.

— Le courage nous a manqué, fit Julie, rougissante ; aussi l'épreuve était au-dessus de nos forces.

A son tour, elle devint triste. La pensée de son mari, qu'elle n'aimait cependant pas, se présenta à son esprit. Elle s'en voulait de sa faiblesse, se disant que tant qu'elle avait été jeune, indépendante, elle pouvait disposer d'elle, mais aujourd'hui, qu'elle était liée par la loi, elle n'avait pas le droit de donner, sans faillir au plus sacré des devoirs, un bien appartenant à celui dont elle portait le nom. Mais se ressaisissant bien vite, prompte comme toujours à prendre une décision, elle chassa loin d'elle son remords. Etait-elle, après tout, la seule femme qui eût cédé à sa passion? Et dans cette passion déjà ancienne, elle trouva l'excuse de son acte.

Elle revint au chevalet et examina la toile attentivement.

— Votre mémoire est fidèle.

Puis se tournant vers lui:

— Il me vient une idée folle; ne riez pas, je vous en prie. Me voici tout d'un coup poursuivie par l'ardent désir d'aller revoir les Tilleuls et de parcourir avec vous ce chemin, à jamais précieux, du château à Chantoiseau.

— Vous savez bien que je ne sais rien vous refuser; mais un pareil voyage serait-il prudent?

— Il y a à peine deux mois qu'*il* est parti, et sa dernière lettre ne fait pas mention d'un prochain retour.

— Eh bien! ma chère âme, va pour le voyage. Je dois aller auparavant passer deux jours à Versailles; je serai à Paris lundi prochain.

Le lundi suivant, à midi, Mme Villot, tenant à la main un minuscule sac de voyage en cuir de Russie, le visage couvert d'un voile épais de dentelle noire, était assise dans un des fauteuils de la salle d'attente des premières, à la gare Saint-Lazare; elle avait pris un billet pour Saint-Lambert. A son tour, le marquis entra dans la salle et vint la saluer.

16

Au bout d'un instant, l'employé ouvrit les portes et tous les deux montèrent dans un compartiment. Devenus plus prudents, pour attirer moins l'attention, ils avaient évité de faire réserver la voiture. Trois autres voyageurs prirent place auprès d'eux.

Julie conserva son voile pendant le trajet ; du coin où elle était adossée, le poignet placé dans l'embrasse, elle regardait courir les paysages : fermes, châteaux, bois, prés et vallons apparaissaient derrière la vitre pour disparaître aussitôt comme des images emportées dans la rapidité du train ; le marquis lisait, tirant à tout moment sa montre.

Que le temps leur parut long !

— Saint-Lambert ! Saint-Lambert ! cria enfin le conducteur.

Mme Villot descendit la première, comme il était convenu, et remit son billet en passant rapidement. M. de Soutisse, au contraire, s'arrêta pour causer un instant avec le chef de gare. Il expliquait son voyage, auquel il donna un prétexte enfantin : un dossier oublié aux Tilleuls.

A son tour, il remit son billet et s'engagea sur la route.

Au bout de quelques mètres, il rejoignit Julie qui lui sourit doucement ; mais il la dépassa bien vite, comme s'il ne la connaissait pas.

Ces précautions enfantines, le mystère forcé dont il entourait son aventure, le charmaient comme un amoureux de vingt ans.

Il arriva au château que Baricand gardait seul, en l'absence de ses maîtres. Le brave homme, au bruit de la grille refermée, était accouru.

— Oh ! monsieur le marquis ! s'écria-t-il tout joyeux.

— Faites moins de bruit et préparez ma chambre. Dressez-y mon couvert.

— Mais que désire monsieur le marquis ?

— Ne vous inquiétez pas; j'ai tout ce qu'il faut dans cette mallette. Je retourne de ce pas à Saint-Lambert, pour une affaire importante, et je ne reviendrai au château qu'à huit heures. Couchez-vous d'ici là; je vous le répète : je n'ai besoin de personne.

Baricand obéit sans répondre.

M. de Soutisse reprit le chemin de Saint-Lambert, pénétra dans le pays. La nuit tombait. Il frôla les fenêtres de la petite auberge, où l'attendait Mme Villot. Elle était assise dans le coin le plus obscur d'une salle qu'éclairait la lumière fumeuse d'une lampe à pétrole.

Julie vit l'ombre derrière la vitre, jeta une pièce de monnaie pour payer le verre de sirop infâme auquel elle n'avait point touché, sortit et rejoignit son compagnon sur la route.

Pas une âme, dans l'unique rue du village. Le quart moins de huit heures tintait à l'église du Crétois.

— Venez, dit-il silencieusement, personne ne vous verra.

Ce n'est pas sans émotion qu'elle passa la grille des Tilleuls. Tout dormait dans la maison; une seule lumière, au premier étage, trouait l'ombre de sa lueur scintillante d'étoile. La maison de Baricand était dans l'obscurité.

Parvenu dans la chambre, le marquis serra la taille de Julie, qui retirait son chapeau, l'approcha de lui et la baisa silencieusement au front. Elle se dégagea en souriant et lui dit :

— Laissez-moi faire mon office de ménagère, comme à Chantoiseau.

. . . .

Le lendemain, de très bon matin, le marquis descendit sur la pelouse, couverte d'un tapis de gelée blanche, appela son garde, lui donna une course à faire pour se débarrasser de sa présence et éviter une indiscrétion. Mme Baricand était à l'étable et les enfants dormaient encore.

Dès que Baricand eut disparu, Mme Villot, son sac à la main, le visage couvert de son même voile, descendit à son tour. Ils s'engagèrent bientôt tous les deux sous le grand bois chenu, aux branches noires et tordues, qui les mena à Chantoiseau. De loin, se dissimulant derrière les troncs ravinés des chênes, ils contemplaient la maisonnette si chère à leurs souvenirs : les poules picoraient dans l'enclos ; par les fenêtres ouvertes, ils virent la vieille ménagère vaquer aux soins de son modeste intérieur. Rien n'était changé dans ce lieu témoin de leurs premiers épanchements, où leurs cœurs avaient battu à l'unisson ; rien, hormis les arbres, dépouillés de leur épais et gras feuillage, et le sol que ne couvraient plus ni le gazon frais, semé de fleurettes, ni les fougères aux larges ombelles, ni les herbes folles, mais seulement des ronces noires, enchevêtrées, toutes épines dehors.

Le froid se saisit de leur être, en même temps qu'un grand sentiment de tristesse s'empara d'eux ; ils reprirent, quelques heures plus tard, le chemin de Saint-Lambert, remportant de leur pèlerinage une impression pénible et de désillusion, presque d'amertume.

Le train de quatre heures les ramena à Paris.

— Rentrons rue Monsieur, dit Julie.

Le marquis se garda bien de contrarier ce désir ; il lui semblait singulier cependant que Mme Villot n'al-

lât pas chez elle et ne s'inquiétât pas de savoir si
quelque chose de nouveau n'était pas survenu. Ils di-
nèrent fort mal dans un restaurant de la rive gauche
de la Seine.

La jeune femme paraissait surexcitée ; elle parlait vite
et à propos de tout comme si le bruit de ses paroles
lui apportait un soulagement. Elle se leva plusieurs
fois pendant le repas, impatiente, coupant tout à coup
son bavardage par un long silence. Puis elle recommen-
çait de parler.

— Je me sens un peu nerveuse, ce soir, j'aurais besoin d'une distraction violente ; il me semble que si je
riais beaucoup, cela me ferait du bien. Pourquoi
n'irions-nous pas voir une pièce gaie ?

On donnait à cette époque, au Palais-Royal, une
pièce bouffe fort amusante, et que tout Paris allait entendre.

Installée au fond d'une baignoire, Mᵐᵉ Villot put,
sans risquer d'être vue, s'abandonner à des accès
de rires tellement sonores, tellement continus, que
beaucoup de spectateurs de l'orchestre se tournaient
du côté de la loge.

Le marquis ne l'avait jamais vue si joyeuse.

Le spectacle fini :

— Maintenant, pour terminer cette bonne soirée et
me dédommager de la mauvaise cuisine de ce restau-
rateur médiocre, emmenez-moi souper dans un bon endroit. Je veux retarder ma rentrée à l'avenue des
Champs-Elysées le plus longtemps possible ; si vous saviez combien la maison me pèse !

. . . .

Charles Villot arriva le matin de ce même lundi où
sa femme partait pour les Tilleuls.

Sa mission à la Havane remplie avec succès et terminée plus tôt qu'il ne l'espérait, lui avait permis d'avancer d'un paquebot son retour. Il s'était bien gardé d'en avertir Julie, comptant lui faire une surprise. Dans ses lettres, Mme Villot avait exagéré l'impression de vide que lui causait son absence, malgré les attentions délicates et les efforts constamment renouvelés de M. de Soutisse pour la distraire, l'affection de sa mère, celle de Marguerite et de Valère ayant été impuissantes à lui faire oublier l'exilé. Elle avait écrit ces mensonges beaucoup plus par charité d'âme que pour obéir au besoin de mentir et de détourner les soupçons que sa conduite aurait pu éveiller. C'est l'histoire de tous les criminels qui se trahissent par excès de précautions.

Le premier soin de Charles, en mettant le pied sur le pavé parisien, fut de se rendre d'abord — toujours esclave de son devoir — à l'administration des tabacs ; il lui tardait de raconter par le menu le résultat de son voyage et la façon dont il avait agi là-bas.

A onze heures et demie, il quittait les bureaux du quai d'Orsay, reprenait son fiacre pour rentrer chez lui. Au moment de monter, il rencontra à sa porte Valère et Marguerite qui se disposaient à faire une visite à Julie.

Il alla au-devant de son beau-frère.

— Déjà de retour, lui dit M. Breton, tout joyeux de revoir son camarade. As-tu fait bon voyage et as-tu réussi ?

— Traversée excellente en allant, mauvaise au retour ; mais ceci n'est qu'un détail ; j'avais, pour me consoler, les bonnes nouvelles que je rapporte. Mon-

tons vite, je suis pressé d'embrasser Julie. Je te conte-
rai le reste, en déjeunant.

— Elle va être bien heureuse et bien surprise de votre
retour, fit Marguerite.

L'entrée de Charles Villot dans l'appartement fut l'objet de l'étonnement de ses gens; cependant, la femme
de chambre s'empressa de lui annoncer que madame
était absente.

— Absente! exclama M. Villot dans une attitude de
douloureuse déception ; mais où est-elle?

— Madame est partie tout à l'heure avec un petit sac
de voyage ; je croyais même que madame allait chez
son frère, à Rambouillet; mais, puisque monsieur Breton est là, il est certain que madame se sera rendue
à Versailles, chez sa mère.

M. Villot, vivement contrarié, donna des ordres pour
le déjeuner. Il raconta d'un air préoccupé ses négocia-
tions à la Havane et les difficultés vaincues.

A une heure, il prit congé de son beau-frère et lui
annonça qu'il prenait le train de Versailles pour trouver Julie chez Mme Breton. N'était-ce pas là qu'il était
certain de la rencontrer ?

Pendant ce court trajet, son esprit était assailli par
de contradictoires suppositions. Comment se faisait-il
que sa femme, si ordonnée, si méthodique, n'eût point
dit, en partant, aux gens de la maison, l'endroit où elle
se rendait? Il est vrai qu'elle ne pouvait supposer un
retour aussi prochain.

Une fois à Versailles, il marcha d'un pas pressé et fut,
en quelques minutes, chez Mme Breton.

La bonne dame, qui ne s'attendait pas à le voir si
tôt, l'accueillit avec force démonstrations de surprise
et de joie bruyante.

Charles l'interrompit net par ces mots :

— Où est Julie ? Mais prévenez donc Julie ; il me tarde de l'embrasser. Remettons à plus tard vos discours

— Julie ? Mais elle n'est pas chez moi.

Et, devinant quelque imprudence de sa fille, elle ajouta :

— Mais j'y pense : elle est chez son frère, à Rambouillet ; dans sa dernière lettre, elle m'a annoncé l'intention qu'elle avait de lui faire visite, car la pauvre chère petite a été bien triste pendant votre absence.

Le visage de l'ingénieur changea subitement d'expression ; un soupçon épouvantable pénétrait, comme une pointe acérée, dans son cœur ; il regarda bien en face sa belle-mère et lui répondit, en essayant de dissimuler son émoi :

— Valère et sa femme sont à Paris, chez moi.

— Pourquoi prendre ces airs de Barbe-Bleue ? dit Mme Breton, essayant de ne pas trahir l'inquiétude qui s'emparait d'elle. Si Julie n'a pas rencontré chez eux Valère et Marguerite, pour sûr, elle est allée chez votre père, c'est là que vous la trouverez. Rambouillet n'est pas si loin des usines.

Elle mentait, mais ce qu'elle voulait, avant tout, c'était gagner du temps et éloigner son gendre, pour prévenir sa fille, si elle le pouvait.

Charles Villot prit congé immédiatement de sa belle-mère, alla d'une traite jusqu'à la station de voitures du chemin de fer de la rive gauche et se fit conduire à la gare de la rue des Chantiers. Dix minutes après, le train le transportait à Rambouillet, où il tomba sur son père, juste à la descente du wagon.

Le papa Villot, tout surpris, l'embrassa et lui apprit que sa belle-fille n'était pas venue à l'habitation depuis au

moins six semaines. Ce coup porté amena l'évanouissement de toutes les conjectures qu'il avait faites pour
trouver une raison plausible a l'absence de sa femme du
domicile conjugal. Le soupçon se changeait en certitude.

Il revint d'une traite à Paris, sombre, les traits con-
tractés, et s'enferma dans son appartement. Il était
neuf heures !

Lorsque le domestique vint lui {rappeler que le dîner
était servi depuis longtemps, il le renvoya brusquement,
donnant l'ordre formel qu'on le laissât seul. Il se retira
dans son cabinet dont il alluma les bougies. Assis devant son bureau, la tête dans ses poings crispés, il demeura là, pendant de longues heures, cherchant le nom
de celui qui lui avait ravi l'honneur.

De temps en temps, il prêtait l'oreille au bruit des
voitures, écoutant avec attention, se figurant par moments que l'une d'elles s'arrêtait à sa porte. Il se levait
alors, ouvrait la fenêtre, se mettait au balcon, où une
bouffée d'air froid mettait sa fraîcheur sur sa tête enflammée où les tempes battaient la charge. Il regardait alors l'avenue du côté de l'Arc-de-Triomphe, puis
après vers les Tuileries en ruines, et ne percevait que le
bruit sourd des voitures aux lanternes falotes, montant
et descendant les Champs-Elysées et se croisant devant
lui dans leur course nonchalante ou rapide. Il resta à
cette place jusqu'au moment où le petit jour fit son
apparition. Le ciel était splendide et les étoiles piquées
dans sa voûte pâlirent par degrés pour s'effacer bientôt
dans les lueurs incertaines du matin.

Le froid eut bientôt raison de sa ténacité ; il rentra
dans son cabinet, consulta sa pendule et, d'une main
nerveuse, mit de l'ordre dans les nombreux papiers dont

sa table était couverte. Cette nuit fut, pour lui, épouvantable. Cependant, il savait gré à son beau-frère et à
sa belle-sœur d'avoir quitté sa maison. La solitude,
quelque atroce qu'elle fût, lui semblait préférable à la
présence inopportune de ce couple heureux, impuissant à soulager la douleur qui le torturait, qu'il voulait
garder pour lui tout seul et dont le spectacle était inutile.

A sept heures, il s'habilla ; le visage calme et décidé,
il donna l'ordre qu'on attelât et, d'une voix assurée, il
dit à son cocher :

— 7, rue Monsieur.

Il trouva close la porte du marquis. Il était sur le
point de se retirer, lorsqu'il se ravisa et demanda au
portier si M. de Soutisse était absent pour longtemps.

— M. le marquis est parti à la campagne sans nous
rien dire.

— Parti seul ? reprit Charles Villot qui remit un billet
de cent francs plié dans la main de celui qu'il questionnait.

— Monsieur peut garder son argent ; M. le marquis
est parti seul.

Charles s'éloigna, allégé d'un grand poids. Dans le
désarroi de son esprit, ses soupçons étaient tombés sur
ce galant homme ! Il s'en voulait de l'avoir accusé. Il
chercha donc, mais, vainement, à qui s'en prendre.

La force de caractère, dont il était armé, ne le trahit
pas pendant cette journée longue. Il eut le courage de
se rendre à la manufacture et d'y travailler ; à midi, il
passa chez lui : rien de nouveau. Il écrivit alors une
longue lettre à son père, puis une autre à sa femme ; il
avait décidé d'en finir avec la vie. Puis il sortit de nou-

veau, alla chez son notaire, régla lui-même différents comptes chez les fournisseurs.

En traversant le boulevard, à la hauteur de la rue de la Michodière, il s'arrêta au magasin d'armes situé au coin de la rue du Helder. Il demanda des revolvers, les examina, un à un, longuement. Embarrassé dans le choix, et pour en finir:

— Tenez, dit-il à l'armurier, je m'en rapporte à vous; donnez-moi une arme sûre et ne vous inquiétez pas du prix.

Le marchand saisit, parmi tous les pistolets, celui qui remplissait les conditions imposées par l'acheteur, un revolver qu'il enferma dans sa gaine et auquel il joignit une lourde boîte de cartouches.

— Avec ceci, dit-il, tout en rendant la monnaie, vous êtes assuré contre toute agression. Ce n'est pas un joujou que je vous vends, mais un véritable instrument de précision. A dix mètres, vous êtes sûr d'abattre votre homme.

La nuit vint, les cafés s'emplirent de monde, la foule faisait queue à la porte des théâtres.

— Ceux-là vont s'amuser, ils ont la vie facile, et connaissent le bonheur, pensa-t-il.

Il eut un moment l'envie d'entrer.

Pourquoi faire? Est-ce que la comédie ou le drame que des hommes fardés, sans conviction, jouaient devant des spectateurs intéressés à la belle humeur ou au chagrin de personnages de convention, se rapprochait seulement de la réalité! Ah! ils étaient bien bons, les auteurs, de combiner l'action de leurs pièces d'événements sortis de leur imagination, lorsque la vie de tous les jours leur livrait, tout faits, des sujets d'épouvantable vérité. Est-ce qu'il y en avait un seul, parmi ces faiseurs de drames, qui pût inventer une aussi terrible catastrophe que celle dans laquelle il s'anéantissait ?

Il erra encore longtemps, plus décidé que jamais d'en finir. Mais une force invincible le ramena jusqu'à sa maison, dans cette maison qu'avait fuie la plus perfide des femmes ! Il se promena devant ses fenêtres pour leur dire un adieu ; la tête levée, il regarda un moment son balcon, cloué sur place.

Si, seulement, il avait pu connaître l'amant de cette infâme ! Comme sa vengeance serait prête ! Et, d'une main fébrile, dans la poche de son pardessus, il tournait et retournait l'arme qu'il avait achetée. Tout d'un coup, il la sortit, la dégagea de sa gaine, l'examina attentivement sous la lumière d'un bec de gaz, et, déficelant la boîte de cartouches, d'une main tranquille maintenant, il prit une à une les cartouches et les introduisit, sans émotion, dans les six ouvertures du barillet. A ce moment, une voiture de place s'arrêta devant sa porte.

Deux heures sonnaient à l'horloge d'un marchand de chevaux, voisin de sa maison.

La portière s'ouvrit, une femme élégante sauta sur le trottoir ; il la reconnut tout de suite.

C'était Julie !

Mme Villot, la main tendue dans l'ouverture de la vitre baissée, disait tout bas, pas assez cependant pour qu'il ne distinguât point ses paroles :

— A demain, mon cher aimé ! à demain, et toujours. Ne suis-je pas vôtre ?

Puis, elle approcha sa tête de la portière, et Charles reconnut M. de Soutisse qui déposait un baiser sur le front de la jeune femme.

Celle-ci, alors, se dirigea, rapide, vers la porte co-

chère, tira le bouton, et elle disparut dans l'ombre, re-
fermant derrière elle le lourd battant.

La voiture repartait déjà ; l'ingénieur se précipita
d'un seul bond à la tête du cheval, qui s'arrêta net.

M. de Soutisse, croyant à une agression, descendit et
se trouva face à face avec Charles Villot.

Celui-ci, blanc comme un suaire, leva son revolver,
pressa la détente. Le coup partit et le marquis roula
comme une masse, le front percé d'une balle.

— A l'assassin ! hurla le cocher, sautant de son
siège.

Mme Villot, rentrée chez elle, entendit le coup de feu
et le cri d'alarme. Elle ouvrit, anxieuse, affolée, pré-
voyant un malheur qu'elle croyait sien, une des fenêtres
de sa chambre.

Alors, sous la lumière du gaz, que déchirait le vent,
elle reconnut son mari qui, au même moment, malgré
les efforts du cocher, dirigea l'arme contre son cœur,
pressa la détente et tomba, sous ses yeux, foudroyé à
son tour.

FIN

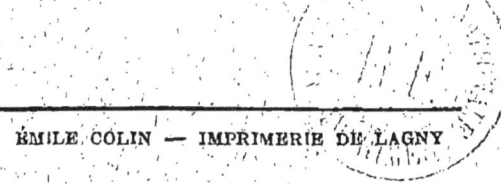

ÉMILE COLIN — IMPRIMERIE DE LAGNY

AVIS DE L'ÉDITEUR

Le but de la collection des *Auteurs célèbres*, à **60** centimes le volume, est de mettre entre toutes les mains de bonnes éditions des meilleurs écrivains modernes et contemporains.

Sous un format commode et pouvant en même temps tenir une belle place dans toute bibliothèque, il paraît chaque quinzaine un volume.

CHAQUE OUVRAGE EST COMPLET EN UN VOLUME

PARIS. — IMPRIMERIE E. FLAMMARION, RUE RACINE, 26.